俄罗斯文学的多视角阐释

杨浔伟　著

九州出版社
JIUZHOUPRESS

图书在版编目（CIP）数据

俄罗斯文学的多视角阐释 / 杨淳伟著 . — 北京：
九州出版社 , 2018.5
ISBN 978-7-5108-7168-9

Ⅰ . ①俄… Ⅱ . ①杨… Ⅲ . ①俄罗斯文学—文学研究
Ⅳ . ① I512.06

中国版本图书馆 CIP 数据核字 (2018) 第 122323 号

俄罗斯文学的多视角阐释

作　　者	杨淳伟　著
出版发行	九州出版社
地　　址	北京市西城区阜外大街甲 35 号 (100037)
发行电话	(010)68992190/3/5/6
网　　址	www.jiuzhoupress.com
电子信箱	jiuzhou@jiuzhoupress.com
印　　刷	九洲财鑫印刷有限公司
开　　本	787 毫米 ×1092 毫米　16 开
印　　张	12.5
字　　数	223 千字
版　　次	2018 年 5 月第 1 版
印　　次	2022 年 9 月第 2 次印刷
书　　号	ISBN 978-7-5108-7168-9
定　　价	78.00 元

前　言

　　谈及俄罗斯文学，自然会想到高尔基说过的那段名言："在任何地方不到一百年光景，都不曾像在俄国这样人才辈出，群星璀璨……在这神话般奇妙地飞速建成的殿堂里，那历久不衰、鲜艳夺目、气势磅礴、心地圣洁的思想——真正艺术家的思想和襟怀大放光芒。"正如高尔基所说的，俄罗斯文学的形式是多样的，内涵是丰富的，可以说是世界文学史上一颗璀璨的明珠。

　　俄罗斯文学从不同侧面表现了俄罗斯文化的诸多特性，这是一个自明性的问题。但文化是一个相对宽泛的概念，让文学替代思想来承担文化的使命，这历来是俄罗斯文学所追寻的目的，这种目的亦被表述为俄罗斯文学具有"俄罗斯思想的哲学叙事和日常生活叙事功能"。俄罗斯文学和俄罗斯思想这种亲缘关系不是俄罗斯文化所特有的现象，而是所有民族文化的共性，只是由于每个民族的历史不同，信仰各异，文学在文化中的作用和重要性亦存在差异。

　　俄罗斯是一个体内有维京海盗和草原游牧基因的民族，从其诞生之日起就不断被异族征服和征服异族，对于这个民族而言，其历史的开端时刻由于地理、环境和历史偶然性及必然性等多种因素作用的结果。俄罗斯特有的文化背景，影响了其文学的特质，也赋予了俄罗斯文学独特的写作主题。

　　本书就从几个方面对俄罗斯文学进行了详细研究。第一，本书详细阐述了俄罗斯文明的基本状况，这对下面对俄罗斯文学进行详细研究奠定了背景基础，接着，本书对俄罗斯文学的发展概况进行了简述，让读者对俄罗斯文学的发展有了大概的了解。第二，本书研究了俄罗斯文学中的圣愚现象，圣愚现象是俄罗斯特有的文化现象，它一出现就得到了广泛的认同，并对俄罗斯文学产生了巨大影响，俄罗斯文学巨匠们塑造了很多圣愚形象。第三，本书从存在主义视角对俄罗斯文学进行了研究，俄罗斯文学中的存在主义意识契合了俄罗斯文化的全球化焦虑和忧患意识。存在主义文学作品中所揭示的孤独、异己、恐惧、绝望或百无聊赖等情绪体现了现代人的精神危机。第四，生态文明是近些年来全球普遍关注的一个重要问题，本书就试图分析了俄罗斯不同时期代表作家作品中的生态思想。第四，女性形象和知识分子形象也是俄罗斯文学作品中的重要主题，这两种文学主题的存在丰富了俄罗斯文学的题材和思想。第五，文学理论是俄罗斯文学宝库的重要组成部分，本书就以雅各布森、巴赫金、维谢洛夫斯基以及普罗普为代表研究了俄罗斯文学理论的主要思想。

　　本书在写作的过程中，受到了很多学者的大力支持和帮助，并学习、参阅和引用了大量俄罗斯文学和俄罗斯文化方向的有关研究成果及文献资料，这里未作一一注明，在此，特向有关作者、译者、出版社表示衷心的感谢。本书篇幅比较长，加之作者自身水平有限，书中难免有错误与遗漏之处，望各位读者予以批评和指正！

目　录

第一章　俄罗斯文明的起源与特征……………… 1

　　第一节　现代俄罗斯文明的起源与本质 ……… 2

　　第二节　俄罗斯的自然环境与民族性格 ……… 7

　　第三节　俄罗斯的社会状况与风俗民情 ……… 14

第二章　俄罗斯文学的历史发展……………… 26

　　第一节　基辅罗斯时期的俄罗斯文学 ………… 27

　　第二节　莫斯科公国时期的俄罗斯文学 ……… 28

　　第三节　沙俄帝国时期的俄罗斯文学 ………… 32

　　第四节　苏联时期的文学 …………………… 42

　　第五节　当代俄罗斯文学 …………………… 48

第三章　圣愚现象视角下的俄罗斯文学研究………… 51

　　第一节　圣愚与俄罗斯文学的精神品格 ……… 52

　　第二节　圣愚与俄罗斯文学的形式品格 ……… 59

　　第三节　圣愚与俄罗斯文学的生命品格 ……… 64

第四章　存在主义视角下的俄罗斯文学研究………… 74

　　第一节　19世纪俄罗斯代表作家的存在主义创作 ……… 75

　　第二节　索洛古勃诗学中体现的存在主义主题 ………… 79

　　第三节　俄侨作家的存在主义创作 …………… 85

第四节　西方与俄罗斯存在主义作家的比较 …………… 92

第五章　生态视角下的俄罗斯文学研究 …………… **98**

第一节　生态文学概述 ……………………………… 99

第二节　普希金文学作品中的生态思想 …………… 106

第三节　托尔斯泰文学作品中的生态思想 ………… 109

第四节　拉斯普京文学作品中的生态思想 ………… 114

第六章　俄罗斯文学中的女性形象分析 …………… **121**

第一节　俄罗斯文学中女性形象的类型 …………… 122

第二节　19世纪俄罗斯文学中的女性形象 ………… 126

第三节　19、20世纪之交的俄罗斯女性文学两论 ……… 132

第四节　俄罗斯当代女作家笔下的女性形象 ……… 136

第七章　俄罗斯文学中的知识分子形象分析 ………… **145**

第一节　白银时代俄罗斯文学中的知识分子形象 …… 146

第二节　纳博科夫作品中的知识分子形象 ………… 153

第三节　屠格涅夫作品中的知识分子形象 ………… 161

第八章　俄罗斯文学理论 ……………………… **168**

第一节　雅格布森与形式主义 ……………………… 169

第二节　巴赫金与对话理论 ………………………… 172

第三节　维谢洛夫斯基与比较诗学 ………………… 180

第四节　普罗普与结构主义叙事学 ………………… 184

参考文献 …………………………………… **193**

第一章　俄罗斯文明的起源与特征

众所周知，俄罗斯是一个多民族的国家，在俄罗斯的辽阔的土地上，生活着180多个少数民族。在历史上以俄语和东正教为基础的俄罗斯文化统治了俄罗斯，但是这种文化优势有时却不是全面的。俄罗斯的现代文明发端于彼得大帝的改革，但彼得改革并不代表整个俄罗斯文明。而需要着重指出的是，乌克兰、白俄罗斯、塞尔维亚、波兰等斯拉夫国家在俄罗斯文化的发展过程中起到了很大的作用。因此，俄罗斯文明不仅有长度，而且有宽度。作为世界上举足轻重并与中国有着千丝万缕联系的世界土地面积第一大国，尽管当代在经济萧条和国际大环境不利的情况下，俄罗斯的民族精神从来不曾被轻视，他们的战斗意识、团结意识和横跨欧亚却找不到确切归属的犹疑，都深深刻入了俄罗斯文明的史册。当下的俄罗斯文明虽难以超越曾经的辉煌，但也在当今世界举足轻重。

第一节　现代俄罗斯文明的起源与本质

俄罗斯联邦共和国，简称俄罗斯（Russia）。俄罗斯有两个正式国名——俄罗斯联邦和俄罗斯。1917 年十月革命胜利后至苏联解体前，俄罗斯国名为俄罗斯苏维埃联邦社会主义共和国，系苏联 15 个加盟共和国之一。独立后，1991 年 12 月 25 日改国名为俄罗斯联邦。

在 20 世纪二三十年代，西班牙的独特发展论者和乡土派拒绝承认自己的国家是西欧统一文明的一部分。而且，不仅仅是西班牙，欧洲大陆的其他国家也需要时间和努力，才能最终冲破民族的封闭性，承认自己的欧洲同源，进而目标明确地着手建设统一的欧洲大家园。这在 20 世纪下半叶才发生，意味着欧洲开始意识到自己是世界整体构成中的一种特殊文明；欧洲作为统一文明的思想才开始出现并变为现实。

对于现代俄罗斯而言，要求把自己作为一种特有文明的时机是否已经成熟，这样的历史时刻是否已经到来？人们认为，情况正是如此。当然，这里所谈论的不是要"上头"采取什么决议或决定。谈论的也不是要经常提起共同的过去并延续咒语，同样不是说统一命运是永恒而不可避免的。将俄罗斯看作是一种文明的思想，要求各民族和所有认同自己是俄罗斯人的全体，都自觉自愿地准备奔向共同（合作）的未来。

来自不同种族和地区的精英（即政治、经济和精神领域的精英）以及中央，意识到需要在统一整体内生活和发展。地区和民族精英可以自由解决这一问题，拥有自由选择权，这些事实是实现文明统一，而非帝国统一的前提条件。而且，承认俄罗斯是一种文明，也就意味着拒绝重新回到过去的帝国，这是一个方面；另一个方面，承认俄罗斯思想是一种文明，这会与普及和推广狭义上的各种各样的民族思想相矛盾。在特有或直接（狭义）意义上，民族思想都会以建立民族国家为自己的宗旨和目标，也就是说，要建立某一种族（民族）占主导地位的国家，关于文明的思想是对民族思想的克服。换言之，承认俄罗斯是一种文明，这就意味着，纳入该文明的每一个民族的基本思想都不再是要建立民族国家，而代之以每个民族都归属于俄罗斯的思想。

俄罗斯文明这一想法存在多方面的好处，其中包括，它能够克服那些有名的思想冲突和矛盾。对于 19 世纪的思想家来说，这些思想冲突和矛盾在俄国思想史上成了绊脚石，遗憾的是，在很多方面这些冲突和矛盾延续至今。从这个意义上讲，在长达两百年间，俄罗斯思想仿佛在一个封闭的圈子里运行：斯拉夫派（乡土派）—西方派，爱国派—民主派等等。与此同时，在新千年开启之际，人类的存在需要服从明显有别于过去的游戏规则。因此，与传统方法迥然不同的地方在于，即便不能占据上风，但至少是必须加以推广的。今天已无暇去"伺候旧怨"。将俄罗斯看作一种文明的想法，有助于克服西方派和乡土派之间矛盾的循环论证，这要部分地借助于这一思想与现代化之间存在着的有机的联系。

合乎理性且目标明确的现代化并非是接受西方同化的过程。相反，它能巩固俄罗斯独立存在的基础，为此需要引进西方的成果，而且，这些成果不仅来自西方，也可以来自任何一个国家和地区。

现代化历来都是对自己过去的否定，大大不同于过去。然而，在现代化进程中，并不是要拒绝独立性，而是要摆脱旧模式，并创建新的独立模式。我们不能再用19世纪讨论时所适用的视角去看问题，这样的视角在今天已不适合。譬如，在始自彼得大帝的改革中，正是这一点发挥了作用。伟大的改革家确立了新的俄罗斯，不同于过去的自我，同时也没有等同于英国、法国及整个西方：俄罗斯开始构建出了独立的新模式。彼得一世撇开了过去的俄国，依靠西方的成果，为新的俄罗斯奠定了基础，新的俄罗斯既不同于自己的过往，也不同于西方的。不同于当代的改革家们，俄罗斯伟大的变革者一开始就没有把模仿西方作为自己的任务，他的任务是将国家变成一个能体现最先进技术和其他成果的强国。尽管在此过程中也存在着盲目模仿的极端情形、肤浅的西方化、"欧化"，不过，未必有人敢断定说，彼得的事业有利于其他国家而不是有利于俄罗斯。

显然，在罗斯以及俄罗斯一千多年的历史上，它体验过相继而来的一系列文明。但是，现代俄罗斯文明，也是直至今天一直存在着的文明，并且我们生活于其中，它的源头可追溯到彼得时代。然而需要强调的是，彼得改革只是新文明诞生的初创阶段，是它的源头。几乎整个18世纪都旨在将过去进行现代化，也就是说，致力于形成这一种文明。只有到了亚历山大一世统治之初，才可以认为现代俄罗斯文明最终形成。从那一刻起，俄罗斯文明开始发展并持续到今天。

彼得以帝国形式确立了新的文明，在当时这种形式是唯一可能的，但原则上这一形式却并不适用于文明。不过显而易见，有别于莫斯科罗斯的前辈们，帝国实际上继承的并非唯一要素（东正教俄罗斯），而是继承了多个不同的要素，内中将文化和宗教取向不同的众多民族联合统一了起来。在随后的几百年直至今天，俄罗斯文明一直带有在自身内部联合众多不同要素的这一特点。

彼得改革标志着现代俄罗斯文明的起源，这还表现在另一个方面，即俄罗斯首次明确宣称，不愿意仅仅充当拜占庭这一祖先的接班人和继承者。莫斯科罗斯在模仿拜占庭并继承其事业上获得了自身存在的意义。然而，就像一个人处于发育的某一阶段，少年会对父母表现出叛逆，同样在新文明形成的初始阶段也会发生果敢的叛逆现象，挣脱不久前还是神圣和不可动摇的东西，真正的成熟和独立是不能容忍外人监管的。尽管对父辈精神遗产的反叛和放弃，最终会代之以更加平稳和审慎的态度，但这是重要的一环，说明俄罗斯已认识到自我独立，为自主创造做好准备这一过程的重要性。俄罗斯决定拥有自己的面貌，不再代表谁，而是代表自己。套用杰出的俄国历史学家 C.M. 布罗代尔·索洛维约夫（1820—1879）说过的话，彼得改革是"由感情转向思想年龄阶段"的开始。

按照我们的观点，彼得一世的改革完全不同于弗拉基米尔大公在罗斯推行基督教的做法。在那个时候，整个欧洲虽有早有晚，但都在推行基督教。这为后来欧洲自称既可以作为地理概念，也可以作为文化文明概念而存在打下了基础。基督教文化取代了野蛮和半野蛮性质的文化。对于整个欧洲和俄国而言，接受基督教时还处于幼儿阶段，彼得改革的实施则完全是在另一种背景下进行的，其背后是文明发展的漫长道路，需要确立文化生活的形式并经受考验。并非如整体而言像接受基督教那样，从白纸一张开始，而是要重建自身的文化基础，重建作为统一整体的文化体系，且要比接受基督教时的文化体系更牢固，这就是任务所在。正是因此，彼得的主张遭遇抵制，与弗拉基米尔大公当初遇到的抵制相比更甚。彼得改革开启了彻底现代化的时代，整个 18 世纪都在持续这种现代化。在现代化进程中逐渐形成了新的俄罗斯文明，即现代俄罗斯文明。

在 18 世纪现代化进程中诞生了新的（当代）文明这一事实说明，在这一个百年中所发生的变化，按其规模和深度，极大地超出了后来俄国历史上发生的急剧变化，其中包括 1917 年和 1991 年发生的事件。后者不仅没有摧毁俄罗斯社会深层的文明基础，按照已引用过的布罗代尔的说法，反而是一种促进，文明仅仅"改换了固有的颜色"，但保持着自己的基本属性。今天，由于 1991 年开始发生的系列事件所产生的新影响，人们在心理上很难接受这样的观点，即 18 世纪的变革就其规模和深度而言是难以被超越的。这并不难解释，不久前的事件如此重大，以至于遮住了在久远的俄罗斯启蒙时期所发生的事情。但是，我们与 1991 年相隔的时间越长，就会越明显地看到那些不变的东西。当然，这里谈论的并不是苏联体制的遗留问题，而是现代俄罗斯文明的永恒特征。它们体现在生活和思维方式中，表现为劳动和生活习俗的特征，不只在社会生活的"高级"领域出现，而是首先表现在日常生活之中。这些特征不会作为一蹴而就行为的结果而出现，它们只有在长期而不断变化、深刻而宏大变革的过程中才会形成。俄罗斯在 18 世纪中叶还保持着教会斯拉夫、俄语两种语言体系，对此在 18 世纪末、19 世纪初便已很少有人提及。"属于上流社会的俄罗斯人，以及政治活动家，一方面需要熟练掌握教会斯拉夫语，以此确认自己的社会地位；另一方面需要使用白话进行交际，为的是让社会地位较低者能听懂。"18 世纪末、19 世纪初，借助于卡拉姆津、格里鲍耶陀夫、普希金的作品才奠定了标准俄罗斯语的基础，并完整地保持至今。当代人可以毫不费力地阅读 19 世纪初之后的任何文本，而读更早的文本则会很吃力。阅读莫斯科或基辅罗斯时期的作品则需要借助字典才行。这难道不可以证明，后者虽也属于俄罗斯文明，但并不属于现代俄罗斯文明，不属于这一根本不同的文明？

19 世纪初期，在科学、文化和教育领域，发生了剧烈变化。为一些文化机构和传统奠定了基础，并完整地传承至今，其中很多已成为俄罗斯的象征。其于 1724 年创办了科学院，1755 年建立了莫斯科大学，1775 年建立了大剧院。我们也来提一下那些乍看起来微不足道的事实，涉及人类存在的风俗习惯和纯粹的生活方面：彼得改革前，土豆还不为莫斯科罗斯的居民所知，只有在 19 世纪初才进入俄罗斯人的日常生活。在 18 世纪出现了向日葵、茶叶和咖啡。很多在今天我们习以为常且不可缺少的东西，自 18 世纪起才进入俄罗斯，在莫斯科罗斯（彼得改革前）根本不为人所知。

然而，应该强调一下，彼得改革没有改变文明之种族信仰核心，像从前一样，这一核心由俄罗斯人民和东正教信仰构成。沙皇采取的那些反对教会的措施广为人知，这些措施用来限制教会影响并将教会置于国家权力的全面监督之下。它们并不以改变信仰，从社会生活中清除教会为目的。众多证据表明，彼得深知东正教之于俄罗斯社会稳定发展的意义：虽然独裁者的性格非常独特，但他仍旧是一个虔诚的东正教信徒。广泛吸纳外国人参政，吸引西方专门人才，其宗旨是提高国家管理的效率，掌握先进的科技成果，这些举措始自彼得并延续到后来。俄罗斯民族作为处于文明核心的民族，其主导地位不会因此而被撼动，在 19 世纪初该文明就其种族信仰构成而言，简直是五彩缤纷，欧亚大陆的所有民族都受到了影响。

将俄罗斯整体作为对象，并努力回答其本质、历史任务和使命，这样一些观念与将俄罗斯作为一种文明的想法之间，究竟是一种怎样的关系呢？

俄罗斯当代哲学家和政治学家 A.C.帕纳林在其著述中提出的观点里，有一点与将俄罗斯作为一种文明的思想是相同的：坚决地否定了一种看法，即俄罗斯不算是真正意义上的国家，注定不能保持自己的独特性和自主性，而只能一味地跟在西方的后面。帕纳林的观点要求，在构建俄罗斯社会时首先要考虑的不是抽象的一般原理，而应是俄罗斯具体的特点，民族的幸福与繁荣。

照 И.Б.丘拜斯的看法，"新俄罗斯的核心思想——建设以及保证质量的集约发展"。这一提法的根据是，对于俄罗斯来说，粗放发展的可能性已全部耗尽。被耗尽的还有领土扩张（拓展）的可能性，在过去的一些历史时期，为此曾分散和消耗了过多的精力。将力量集中起来的时机已经到来，将之指向国内，指向建设，避免使之分散和消耗、避免任何形式的扩张，已是"收集石块的时候"。显而易见，将俄罗斯视作一种文明的思想与对当代俄罗斯任务的这种理解很协调。当然，建设并不仅仅是建设过程和优化物质生活条件，也包括改善人与人、不同阶级、社会团体、各民族和不同地区居民等之间的关系。实质上就是团结一致，这为当代俄罗斯社会所急需。

在著名的当代俄罗斯历史学家和哲学家 А.И.乌特金发表的论述中（首先来自他的《俄罗斯与西方：文明史》，莫斯科，2000 年）提出了这样一种思想，按照这种思想，西方诸文明和俄罗斯文明之间主要的差别是由它们各自的特色思想所决定的。对于西方来说是美的观念，对于俄罗斯则是正义的观念。按照历史学家的看法，从这些观念中最终会产生两种文明的全部特性。然而，需要指出的是，美的观念在俄国未必不如在西方那么普及。在弗拉基米尔大公从拜占庭接受基督教时，东正教仪式之美与之庄严隆重恰恰是一个关键因素。这一事实广为人知。到目前为止，外国人在对比天主教、新教教堂之简朴时，都特别惊讶于东正教教堂精美的装饰。俄罗斯文明的文化很大程度上是具有美感的，关于这一点我们将在后面的章节中多次谈到。在我看来，较之西方，俄罗斯的生活条件、风俗和劳动，在追求美这一方面并不逊色，但在合理性和目的性上稍差。西方则更合理、理智和模式化，在很大程度上甚至于受到自身模式化和理性的牵制。谈到公正思想时，不应与平等观念相混淆。公正是对恶的惩罚和对善的褒扬。这样理解的话，它的确是俄罗斯文化所特有的，首先表现在经典作品之中。

这样的话，现代俄罗斯文明就是世界大家庭中的一种独立自主的文明。俄罗斯人名和俄罗斯东正教就是其种族—信仰的核心。"伟大俄罗斯"的思想是该文明的社会理想，公正（理解为扬善惩恶）和美就是其首要的价值观。民众构成上的多民族和多信仰、领土的广袤，还有其他一些特征，都使该文明与众不同。思想的广度、务实的现实主义，还有喜欢自嘲、开玩笑及游戏比赛（这种喜好与彼得推行的"快乐改革"多少有关联），以及我们将在后面详细谈论的其他一些品质，都是现代俄罗斯文明精神所固有的。

第二节 俄罗斯的自然环境与民族性格

一、俄罗斯自然环境

"所有文明一定程度上都是地理因素造成的结果",格奥尔吉·韦尔纳茨基写道,"但历史没有给出更明显的例子,以证明地理较之俄罗斯人民的历史发展对文化的影响更大。"自然地理因素之于俄罗斯的发展具有特殊意义,这与这些因素的性质有关,即与该地理空间的自然特性有关,在这一地理空间之中曾经绵延着并继续绵延着俄罗斯的历史。欧亚学派运动的代表人物称之为欧亚地带。

(一)气候

俄罗斯幅员辽阔,气候复杂多样,基本属于北半球温带和亚寒带的大陆性气候。俄罗斯大体上可以分为寒带、亚寒带、温带和亚热带四个气候带。叶尼塞河以西属温和的大陆性气候;西伯利亚属强烈的大陆性气候,夏季短暂、温暖,冬季漫长、寒冷,日温差较大;西北部地区因受大西洋暖流影响,属海洋性气候,夏季温和,冬季不冷,湿润多雨;远东太平洋沿岸地区属季风气候。

俄罗斯的气候,全国各地差异很大。当北方太梅尔地区已是冰天雪地的冬天了,而南方黑海边的疗养地索契仍然天气温暖,绿草如茵。全国平均气温:1月份为 –50 ~ 1 ℃,7月份为 1~25 ℃。俄罗斯的欧洲部分是平原地带,属温和的大陆性气候,夏季平均气温为 17 ℃,夏天不热,无须电扇和空调;冬季积雪30多厘米厚,平均气温为 –9 ℃,但并不感到冷不可耐。冬季,西伯利亚有些地方比北极还冷,被称为地球"寒极"之一的维尔霍扬斯克和奥伊米亚康附近地区,最低温度达 –68 ℃,1月平均气温为 –58 ℃,7月的平均气温在 1 ~ 5 ℃。全国90%以上地区冬季平均气温在 0 ℃以下,75% 的地区夏季平均气温在 0 ℃以上,由西南向东北逐渐下降。

在俄罗斯,绝大部分地区冬季漫长、严寒,夏季较短、温暖,春秋两季短暂。俄罗斯人一般把一年只分为两个季节:4月至10月为温暖季节,11月至翌年3月为寒冷季节。冬季几乎全境都降雪,积雪期和积雪的厚度随纬度不同而变化,西伯利亚草原北部全年有 260 多天积雪,从这里往南、往西南,积雪期逐渐缩短,在南部不能形成稳定的积雪。

降水量由西往东和东南递减，西北部地区因受大西洋暖流的影响，属海洋性气候，湿润多雨，年降水量 600~700 毫米；中亚为 100～200 毫米；高加索山区多达 4 000 毫米。

首都莫斯科 1 月平均气温为 –10.2 ℃，7 月为 18.1 ℃；圣彼得堡 1 月的平均气温为 –8 ℃。

（二）地理位置与自然条件

俄罗斯联邦横跨欧、亚两大洲。

边境线长度为 6.0932 万公里，海岸线为 3.8807 万公里（约 2/3），陆地是 2.2125 万公里（其中河流和湖泊占 7616 公里）。北部和东部为海岸线，西部和南部大都是陆地边界线。

俄罗斯西北部与挪威和芬兰接壤，西部与波兰、爱沙尼亚、拉脱维亚、立陶宛及白俄罗斯毗邻，东南与中国、蒙古和朝鲜接壤，西南连乌克兰，南部是格鲁吉亚、阿塞拜疆和哈萨克斯坦。海岸线漫长，与之相连的有北冰洋（含巴伦支海、白海、喀拉海、拉普捷夫海、东西伯利亚海、楚科奇海）、太平洋（含白令海、鄂霍次克海、日本海）和大西洋（含波罗的海、黑海、亚速海及里海），另外南部还濒临里海湖。

俄罗斯平原地带约占领土总面积的 70%，西西伯利亚平原是世界上最大的低地平原之一，它占据了西伯利亚的大部分，面积约 260 万平方公里；东欧平原，也称俄罗斯平原，属世界上较大的平原，俄罗斯的欧洲部分就坐落于此。

乌拉尔山脉位于东欧平原和西西伯利亚平原之间，由北向南绵延 2000 多公里，这里是欧亚两大洲的自然分界线。

高加索山脉位于黑海、亚速海和里海之间，面积 440 平方公里。山脉最高点是厄尔布鲁士，海拔高度为 5642 米。高加索山脉绵延六国，它们是俄罗斯、阿塞拜疆、亚美尼亚、格鲁吉亚、土耳其和伊朗。

阿尔泰山脉位于亚洲，延伸在俄罗斯、蒙古和中国领土上，全长约 2 000 公里。最高点是别卢哈山（海拔 4506 米）。

西比诺山脉位于俄罗斯欧洲部分的科拉半岛上，山高 1 190 米。这里生长着山地冻土带植物，这里还蕴藏着稀有矿——磷灰石。

俄罗斯是一个多河的国家，河流长度超过 10 公里的就约有 12 万条，总长度超过 230 万公里。流淌在俄罗斯欧洲部分的伏尔加河是欧洲最大的河流，全长 3 530 公里，流入里海。它的主要支流有卡马河、奥卡河。伏尔加河沿岸有很多大的城市，包括：特维尔、雅罗斯拉夫尔、下诺夫哥罗德、喀山、辛比尔斯克、萨马拉、萨拉托夫、伏尔加格勒和阿斯特拉罕。伏尔加河在口头文学中被称为"母亲河"。

顿河位于俄罗斯欧洲部分，全长 1870 公里，流入亚速海。位于顿河河畔的城市是：罗斯托夫、亚速等。

涅瓦河位于俄罗斯的圣·彼得堡州，全长 77 公里，流入波罗的海。圣·彼得堡就坐落在这条河的三角洲上。

俄罗斯的亚洲部分河流众多，最大的河流有：勒拿河、叶尼塞河、鄂毕河、阿穆尔河。

叶尼塞河位于西伯利亚。在俄罗斯这是一条水容量最大的河流，全长 3487 公里，流入北冰洋的喀拉海。最大的支流是安卡拉河。坐落在叶尼塞河畔的城市有米努辛斯克、克拉斯诺亚尔斯克、叶尼塞斯克、伊加尔卡、杜金卡。

勒拿河位于东西伯利亚，全长 4 400 公里，是俄罗斯最长的河流，注入北冰洋的拉普捷夫海，流经的城市有：基连斯克、雅库茨克和布隆等。

鄂毕河是西西伯利亚的一条大河，全长 3 650 米，主要的支流有瓦修干河、尤干河和额尔齐斯河，河流注入喀拉海，河畔主要城市有巴尔瑙尔、新西伯利亚、下瓦尔托夫斯克等。

阿穆尔河位于东亚远东地区，流经俄罗斯境内，是俄罗斯和中国之间的界河。从石勒喀河和额尔古纳河汇合处到所注入的阿穆尔河湾，河流全长 2 824 公里。阿穆尔河的名字源自于通古斯满语"阿马尔""达穆尔"的共同之意——"大河"。阿穆尔河在中国被称为"黑河"，后来叫"黑龙江"。蒙古人称其为"哈拉穆连"，即"黑色宽阔的河流"。在俄罗斯联邦约有 200 万个淡水湖和咸水湖。最大的湖泊有：里海、贝加尔湖、拉多加湖、奥涅加湖和泰梅尔湖。

贝加尔湖位于俄罗斯西伯利亚的东南部，是世界上著名的高山湖（海拔 456 米），世界上最深的湖（1 620 米），世界上最著名的淡水湖（占世界淡水储量的五分之一），也是世界上历史最悠久的湖泊（可追溯到 2 500—3 1000 万年以前）。湖南北长 6 000 多公里，东西最宽处 25 ~ 80 公里，总面积达 3.15 万平方公里。贝加尔湖蓄水量很高，注入它的河流有 336 条，而自它流出的却只有安卡拉河一条。湖中有奥利霍等大小岛屿 27 个。湖水清澈透明，碧绿纯净。天气晴朗时，阳光可射入湖水几十米深。

堪察加半岛位于俄罗斯亚洲部分的东北边，方圆 1 200 公里。西部濒临鄂霍次克海，东部是太平洋和白令海。堪察加半岛上有火山、温泉和间歇喷泉。彼得罗巴甫洛夫斯克·堪察加是半岛最大的港口。克柳切夫火山位于半岛东部，是一座活火山，它的最高点在叶夫拉亚（海拔 4 750 米）。近 270 年来这座威猛的火山就喷发过 50 多次。

萨哈林岛位于亚洲的东岸，濒临鄂霍次克海和日本海。面积 7.64 万平方公里，全长 988 公里。主要港口有霍尔姆斯克、科尔萨科夫、亚力山大·萨哈林。

俄罗斯联邦的大部分地区位于温带，北冰洋的各岛屿和最北部的大陆平原属北极和亚北极地带，而高加索黑海沿岸的小部分地区属亚热带。几乎大都属于大陆性气候。

俄罗斯联邦拥有极为丰富的原料及燃料能源和各种各样的自然矿藏。在俄罗斯境内蕴藏着储量丰富的石油、天然气、煤、铁、磷灰石、镍、锡、石棉、石墨、云母以及其他一些矿产，俄罗斯还拥有丰富的有色金属和稀有金属矿藏。

俄罗斯的森林资源丰富，它 40% 以上的土地被森林所覆盖。茂密、广袤的森林主要遍布在西伯利亚、远东和欧洲北部。在这些地方针叶林占多数：有落叶松、松树、云杉、雪松、冷杉。

橡树是俄罗斯的主要树种，其种类有 20 多个，它叶阔，树干粗壮，果实累累，常用于造船业和制作家具等。橡树常出现在民间口头文学中，也常被俄罗斯的作家、作曲家和画家所描述。

白桦也是一种阔叶树，大都生长在温带和寒带。其品种有 50 多个。白桦是俄罗斯的象征。人们经常在民间口头文学、文学创作、绘画和音乐作品中描绘它，歌颂它。

枞树是四季常青的针叶树，主要生长在俄罗斯的欧亚温带地区。装饰一新的枞树对俄罗斯人来说是圣诞节和新年的象征。

动物世界。熊。俄罗斯有三种熊：白熊、棕熊和白腹熊。熊是俄罗斯民间传说、童话故事和油画中的重要角色之一。鹿在俄罗斯有 6 个种类，它是狩猎的对象，也是俄罗斯北方人民使用的交通工具。养鹿业在俄罗斯相当发达。貂是俄罗斯的主要毛皮动物，它生长在从乌拉尔到太平洋的针叶林中，除了猎捕外，也在养兽场繁育。貂皮是价值很高的皮货。

二、俄罗斯的民族性格

全俄民族性格——就是全体俄国人，也即是俄罗斯公民的共同的心理特征，或者范围更大些，即几代人的命运及和俄国相关联的所有人，从性格上他们具有了俄罗斯心理特征。民族性格一般而言不是血缘概念，而是精神概念。如果谈论多个民族的共同性格特征时，这样理解会更合理些。全俄民族性格这个概念，恰恰被要求来反映居住在俄国的多民族的性格共同特征。稳定的思维和感受方式一起构成了某种东西，我们将之称为性格或一个群体的稳定的心理特征。当然，这里讲的首先是全俄民族性格。

显而易见，性格属性可反映在感受方式层面：性格不同的人不仅思维方式不同，而且也以不同的方式来感受周围世界。他们看同样一个现象的角度却不相同，会染上各自特有的情感色彩。感受水平的独特形成了思维特点的独特性——对具有特殊功能的思维方式而言。这种恰恰是与稳定的感受方式之间的联系，成为民族心理稳定性的因素之一，这种联系可以在相当长的时期内保持自己的特点，哪怕社会政治、经济和其他条件会存在着显著的区别。民族心理对感受水平的依靠保证了其与生存基本条件之间的联系，其中包括和自然—气候条件之间的关系。不难理解，相较于社会秩序条件而言，后者变化得非常缓慢。就局部而言，人类生存的自然要素具有相对的不变性，这对性格特征的稳定性产生了实质性影响。

　　为一个群体所固有并有别于其他群体的独特生活理念，对于了解某一种民族性格具有特殊意义。理念意味着对某些倾向、价值观的选择。它要求确定什么是规范的，什么是对规范的偏离。在很多方面，理念决定着对自己和他人行为的评价。从确立为规范的立场，任何事务或行为都可以置于某一价值标准上，被断定为肯定的或否定的。与价值标准相联系，理念也会推出一系列行为范式。对于一个社会来说，典型的价值对于理解该社会具有重大意义。价值理念之所以显要，甚至不在于这些理念是否为该社会群体的成员所躬身而为。可以这样解释，在任何情况下正是这些价值观念决定着该社会的成员对生命、行为和事件，以及对自己和他人的独特态度。

　　民族心理和感受方式在本质上不是别的，即是某一长期存在的群体生命的深层不变量，在 T.库恩、M.福柯、K.荣格的著名论述之后，"范式""认知""原型"已成了学术界常用的概念。所有这些概念，以这样或那样的方式表达的都是这里所谈的不变量，也即是作为某一群体心理和感受的长效稳定结构。遗憾的是，在俄罗斯的社会人文学中，从查明不变量入手研究社会现象，这种方法目前还没有得到普遍推广。用来研究俄罗斯历史和文化，尝试着去弄清楚其稳定结构，这类尝试也很少见。相反，在这一领域占主导地位的是，倾向于根据表面而非深层结构去评判俄罗斯性格。这种所谓的"历史主义方法"为很多作者所信奉，导致根本不可能去探讨任何的长效结构。按照这种方法的立场，在社会发展中一切都是暂时的、变化着的，取决于快速发展的政治和经济秩序。这种方法只能属于方法上的单面性，它首先以祖国的社会感知与世界人文思想的决裂为条件。绝非偶然，在另一些情况下，当要弄明白俄罗斯民族性格的稳定特征时，结论往往会过于简单和率真。

　　实际上，譬如对文献证明材料、文学作品、政论等保持一种盲目和过度的信赖，以此为基础，能否形成一个相符的俄罗斯形象？一般而言，文化作品是否就是现实或典型的民族心理观念的直接反映，这些观念在该社会中是否占据主导地位？"在文献中常见的，在生活中也会经常遇到"这一逻辑是否正确？为了回答这些问题，我们只需要举一个例子。在中世纪的文献和手稿中，记载的主要是战争冲突、纠纷和内讧。如果没有类似的事情发生，就会被认为没有什么可写。冰岛人的史诗中，在这种情况下通常会写，"一切很平和"，且没有任何注解。在俄罗斯的编年史中，编年史家会写上年份，旁边留出空白，或者记上"平安无事"，就算完事了。可以理解为，如果完全相信时代文本，并且只信文本，那么历史将会充斥着战争和内讧——至于在流血战争之中的间歇人们在干什么，就只能去猜测了。但也不排除，恰恰是后者对人们及其生活和思维方式的介绍更相符合。

类似于刚才所举的例子的情形并非例外：在文本和文件中，更常见到的是直接记录那些根本不是最重要的东西，无法用来正确理解该社会群体生活和思维特性。在信息流通过程中，占重要位置的是那些吸引人、有点儿特别并会引起轰动的内容。这一规律在现代大众传媒那儿可谓一目了然。显然，人们通常喜欢广泛而详细地公开谈论和描写能引起关注的东西，而绝不涉及最重要和最本质的部分。如果确实如此，那么革命前著名的哲学家和作家 B.B.罗扎诺夫一般的格言评论就不能算作夸张了：

存在由言论、喧闹和事件构成的历史……

也有保持沉默的历史——

即人们闭口不言的内容。

这一种历史却是最重要的，

而那一种则无足轻重。

当然，要揭示那些"人们闭口不言的内容"，只能借助于讲述、见证和记录下来的材料。因此，包括文化作品在内的文献，就成了揭示我们所说的思维和感受的稳定方式中最重要的材料。但是，对这些文献不能采取盲目信赖的态度。相反，需要有针对性地努力去重构，以这些文献为基础探讨思维和感受的未知结构，也就是说，去探讨我们所理解的全俄民族性格。这种重构应该考虑到最复杂多样的因素，那些能够影响我们把握文献内容的因素——文件或者文化作品。依据它们，我们应该揭示那些思维结构：该类结构是典型的，但并不是就文件作者和掌握话语权者而言，而是对该社会群体的所有人而言。

需要考虑到掌握公共话语权的，照理来说一般是少数人——记者、作家、政治家、社会活动家、思想家、神职人员等——同时剩下的人们通常属于"沉默的多数"。但是，由于民族性格——这恰恰是既对于少数人，也对于多数人来说是典型的东西，所以在这方面，不管哪一方都不拥有特权。将研究少数人作品而获得的成果推及所有人，即传播对于全体社会代表而言属于不变量的东西，这样做有多少合理成分是一个关键问题。公开发言的少数人所画出的一幅画，反映的是很小一部分人的特有观念，也反映出创作者的个人秉性。因此，必须给自己做一个明确的总结，在民族性格研究者面对一个最为复杂的任务时，要会打破独特的"对主要的东西保持集体缄默"。所以分析作品，本身就是研究民族性格的开端和最重要的要素——研究者应该考察的不只是一个，而是多个社会生活领域。一般而言，需要找的不变量可以在任何地方发现，也可在最为不同的文明表现中被发现，因为就其本质而言，这些不变量维系着该文明的内部统一，所以它们或明或暗地存在于最不同的表现之中。文明中性格的不变量尤其明显地表现在其所固有的形象或范式之中。正是在发掘和描述该类形象和范式（在开始时，这些术语可视作是同义词）的过程中，而不是对个体性格和人类无限的心理世界的多样性进行理论研究，这样一来，研究一种文明的性格才是可行的。

形象（或范式）可以超常稳定和长期地存在。尽管人们的实际行为常常会偏离形象所体现的标准，实际表现中会出现多种变化，但不会停止从形象的立场来评价。正是因此，隶属于文明的文化会公开地谴责那些与其深层价值理念相违背的生活现象。因而，在形象之中确认的不单是标准，还具有独特的价值尺度，可根据该尺度对人们的行为和生活现象做出评判。

形象所表现的是世界观的稳定结构，而不是其意识形态内容。因此，它们可以决定个体结构（即个体性格）的同一性，决定不同政治倾向的深层价值取向，这些政治倾向的代表可来自不同的政治阵营。内部冲突（譬如，1917—1922 年俄罗斯的内战）不正是因此而采取了极为惨烈的形式吗？其中发生碰撞的是结构上同一，而世界观取向相悖的双方。

在一种文明的文化中，以这样或那样的方式记录下来的系列形象，可以包括生产活动、经济行为、国家政权、土地和农业，包括人的生活、生与死、男女关系，乃至宇宙以及人在其中的位置等。形象不管是否被感知，不管能否对人们的行为产生影响或人们的行为与之相悖，都能反映出相应文明的"永恒特征"及其文化基因代码。永恒特征显然不是死寂僵化之物，而是将时间变化、历史变化和稍纵即逝现象排除在外所得到的东西。

文明最重要的资源是人民，而人民最重要的品质是其生命力。生命力建立在对统一的历史命运和共同未来的理解之上，是一种随着文明的历史发展而成熟和增长的力量。

这种力量充分体现在民族性格之中，体现为稳定的心理特征，并可以详尽地描绘自然条件、经济、政治、人口、技术及文明的其他特征。但是这样做会无法掌握一项重要内容，即被称之为"文明之魂"的东西。正是因为这个，在后面的论述中，我们将关注全俄民族性格的特点，这在最大程度上恰恰体现着俄罗斯文明的精神。

第三节　俄罗斯的社会状况与风俗民情

所谓"一方水土养一方人"，自然环境的迥异自然会造就千差万别的民族性格，从而形成不同的经济、社会情况以及各有特点的民俗风情。也正是由于以上方面的差异，俄罗斯文明与文化中所体现的精神与思想才具有其独具特色的光彩，并在世界文明的历史长河中熠熠生辉。因此，一个国家的社会和风俗民情是其文学与艺术的现实基础，也促成了其发展中的特殊性。

一、俄罗斯的社会状况

（一）卫生保健

俄罗斯所推行的卫生保健改革旨在提高医疗救护的质量和效率，它既要以适应地方条件的国际经验为基础，也要把国民的社会医疗保障问题放在首位。俄罗斯改革的关键方向是对最基层的医疗救护体制进行改组并优先发展，这也是正在进行卫生保健改革的大多数国家正在做的。研究表明，社会上人们健康的基本损失正是与门诊医疗救护的组织和质量有关，首先与一般开业医生（家庭医生）的最初医护工作有关。

卫生保健管理结构的改革正在积极地进行，它的内容之一是划分中央和联邦各主体之间的权限，即现在进行医疗保健改革的大多数国家所推行的部门分权；另外，像大多数工业发达国家那样，对医疗救护各种基本类型的财政预算要保持不动，同时，医疗保险在卫生保健中已成为其摆脱经济危机的必要工具。因此，发展了强制性保险制度，建立起公共服务机制，同时也开始办理自愿的医疗保险项目及扩大缴费医疗服务市场。

对居民的医疗救护要注意探索最好的方法以及服务形式，使在不稳定的社会与经济条件下，不仅能保持其医疗救护服务的规模，而且能依靠吸引地方资源和尚未开发的潜力提高自己的质量。尤其是利用城市（市政）医疗保健体系中的现有的补充资源和潜力，这种措施将会促进地方医疗救护质量和管理的进一步完善。

医院床位基金开始极为明显地缩减，与此同时，医院外救护站的更换规模明显扩大。各种不同所有制形式的机关，包括国有的、市政的和个体的，它们之间的功能竞争环境正在建立。

为发挥法律调节功能，卫生保健立法基础、医疗保险法及一系列其他法律条文相继出台。当今，在改革和国民经济稳定的条件下，为了满足居民在可行的医疗和药品方面的需求，俄罗斯卫生保健体系正在不断适应联邦、地区和地方各级组织所发生的组织结构变化和财政经济变化。

据研究人员的意见，医疗服务市场的形成过程，可以分为三个阶段：（1）贯彻新的财政机制；（2）发展改革；（3）放弃改革。这几个阶段之间确切的时间界限很难界定，从一个阶段到另一个阶段的过渡只是所采取措施而引出的规律性的结果而已。

（二）教育

俄罗斯联邦宪法规定，人人有受教育的权利。在国家和市政教育机构及企业里，保障人人可以享受免费的学龄前教育、基础教育和中等职业教育。基础普及教育为义务教育。

在俄罗斯联邦，实行普通教育和职业教育大纲。普通教育大纲包括学龄前教育、初等普通教育、基础普通教育和中等（完全的）普通教育。职业教育大纲包括初级职业教育、中等职业教育、高等职业教育、大学后职业教育。接受教育的方式为面授、半面授（夜校）、函授。此外，还有家庭教育形式、自修及校外考生制度。

俄罗斯教育机构的主要类型有：

学前教育（6～7岁）：托儿所、幼儿园。

初等教育（6~10岁，1～4年级）：普通学校、私立学校、贵族学校、寄宿学校。

普通基础教育（5～9年级）：普通学校、职业技术学校、贵族学校、技校、寄宿学校。

中等普通（完全的）教育（10~11年级）：普通学校、私立学校、贵族学校（1.有两门古代语言；2.有拉丁语；3.有两门外语）、专科学校、寄宿学校。

初级职业教育：职业学校、技术学校、培训班（点，中心）。

中等职业教育（9年级以后）：中等专科学校、中等技术学校。

高等学校和大学后职业教育：学院、科学院、综合大学。

（三）自由化改革

从1992年初起，俄罗斯国内全面展开的激进的自由化改革完全呈现出另一种社会倾向。

从社会学观点分析，自由化改革的正面效益可分为两点：即市场上商品充足和经济上军事负担锐减。但是，市场上的商品充足却是以降低居民实际收入的一半、降低人均对基本商品及服务的需求为代价，这是一方面；另一方面，它是以依赖占贸易商品资源一半以上的进口产品而达到的。正因为如此，当时日常生活用品和服务项目的国有生产处于非常艰难的危机之中。

为了摆脱过重的军需开支，俄罗斯采取了欠妥的做法。1992年一次性地、崩溃性地缩减国家对军备技术的购置，使军备生产从享有特权的地位走进社会贫困圈内，使国家最宝贵的科技干部潜力和科学潜力蒙受了最为沉重的打击。

与近4000万俄罗斯居民的生活和活动息息相关的农业经济也遭到了难以挽救的损失。农业产品减少了38%，耕地面积减少了1.5%，牛羊牲畜栏头数减少了40%，其中牛栏头数减少了24%。

社会环境陷入了贫困的境地。虽然国家对社会文化需要的开支在总的社会投资金额中的比重未变，但是总投资比过去减少了两倍多，也就是说，国家对社会文化的开支在绝对数上减少了两倍，甚至更多。不过，居民的需求，如医疗服务没有减少，相反，由于生活、社会经济条件的艰苦，还有所增加。同样，对教育科学和文化方面的开支也没有减少。

某种"文化倒退"现象在俄罗斯发生了。剧院和博物馆数量虽有所增加，但是光顾的人却减少了一半。图书和小册子的发行量几乎减少了二分之一，报纸减少了五分之四，杂志减少到原来的15%，这影响到了很多：人们在残酷的危机条件下转向对生存状况的关注，由于缺乏国家支持，文化趋向商业化；在社会意识中，精神文化这一财富受到了冲击。

1. 社会支付款和补助金

在俄罗斯，依靠财政预算调拨的社会支付款、优惠款、补助金和国家拨给单位和企业的补贴款项共计150多种，涵盖了国内居民200多个不同的居民层（老战士、儿童、残疾人、在学青年等）。有权获得社会保证金、补助金和支付款的居民比重约占68%，这对一个国家来说，负担已相当重了，更何况它的经济活动人口数仅为7 280万人。

在俄罗斯，社会支付款和补助金体系的主要缺点是，没有考虑家庭的收入，缺乏针对性。只有唯一的一种社会优惠项目——住房优惠补助金是通过需求审查而提供的。因此，在分配社会补助金、优惠款和住房补助金方面并没有给最贫困层带来实惠。

据世界劳动组织专家评估，在俄罗斯联邦拨款的社会总款项中只有19%用于收入低于贫困线的家庭。

2. 社会分化现象

在俄罗斯，收入差别急剧增长。危机前，10%的殷实家庭平均收入与10%的最贫困家庭的平均收入相差4倍，而在1997年这一差别增长到13倍。10%的上层家庭收入额占国民收入的30%多，而10%的低收入家庭的收入只占国民收入的2.4%，据官方资料记载，1997年在贫困线以下的人数为3 100万，即占人口的21%。

专家们对部门间的工资差别进行了精确的研究。在出口部门（石油、天然气、有色金属）、电力部门，特别是银行财政系统内，工资高于平均水平1~2倍或更多，在汽车制造业、农业、卫生保健、教育、文化和科学领域工资比前者低很多。

地区收入水平差距也很大。在原料和开采地区，甚至那些与外国开展强化贸易的边境地区，其平均人口收入高于莫斯科（2倍）和圣·彼得堡（20%）的俄罗斯人平均水平。同时，在中部地区、中部黑土地带区和北高加索地区居民的收入大大低于中等水平，而在许多州和共和国的居民接近最低生活线。因此贫困和缺乏保障笼罩着各个部门和地区。这一切证明，社会分裂已相当严重。一部分人依靠单位微薄的工资维持生计，而另一部分人却生活阔绰，拥有豪华高级轿车、豪宅等。

随着生活水平的急剧下降，1992年起出现人口状况的恶化，即死亡率上升、出生率下降和人均寿命下降。居民人口的自然增长反成了自然减少。

根据国家社会健康指数分析（包括生活水平、收入差别、社会文化需求满意程度、犯罪状况、生育动态、死亡动态、居民增长动态和寿命等），俄罗斯的危机值已然达到或超越。

3. 失业现象

俄罗斯在两次缩减社会生产的冲击下，从表面看，失业范围不是很大，失业人数达600万人（约占经济活跃人口的8%）。但是，隐性和潜在的失业人数却很大，如长期休假，工作量不饱满等，所以失业的潜在总数达到15%，数量并不小。

失业涉及有劳动能力居民中最积极的、有文化的一部分居民，而且他们具有相当丰富的工作经验，许多受过高等教育的工作人员由于得不到重用而不得不离开自己的工作岗位，他们中间很少有人成功地找到新的、与他们的教育程度和专业技能等值的工作。工人素质的总体水平有下降的趋势。从就业水平和就业动态看，那些历史上以加工工业发展为方向的地区（国产汽车制造业、轻工业、首先是军工企业）是最易受伤害的地段。

因此，在苏联解体后的最初几年俄罗斯在社会经济形势变化方面与世界发展的现代化潮流比较，处于明显的不适应的地位，甚至苏联时期的社会生活中曾经间或地存在的"小康国家"的一些现象也不复存在了。这些都加重了国内的经济困难，摆脱危机的出路更为艰难。

根据《俄罗斯联邦居民就业法》的第3条："具有劳动能力的、没有工作和收入、以寻求合适工作为目的、在就业机构登记寻找工作并为此准备就业的公民，被认为是失业者。"失业公民登记准则由俄罗斯联邦政府授权的联邦行政机关确定。在现代俄罗斯，对就业居民的核算有两种方法：一是根据俄罗斯卫生部的材料，二是以在就业部门陈述的失业人员为基础。由于大多数居民缺乏以失业身份到就业机构登记的动力，因此汇总数据不准确。这些汇总的数据在统计年鉴参考中予以公布。

二、俄罗斯风俗民情

（一）居住

木屋是俄罗斯人传统的民居，在大城市中已经不多见，在俄罗斯中小城市比较多见，绝大部分保留在乡村。典型的俄式小木屋，屋顶大多是两面斜坡。起居室、厨房和放杂物的房间连在一起。有门廊，一般为一层，屋顶设有阁楼作为贮藏室。每间房的面积不大，地板也是木结构。正屋的墙角是专门放圣像的地方。乡村的民居还保留着传统的烤炉，不仅可做饭，冬季还可取暖，不少居民将床铺放在烤炉旁，有的人家干脆睡在壁炉之上。壁炉还提供洗浴的功能，洗澡前，将炉火熄灭，保留灰烬的余热，趁热钻进炉膛，就像今天的蒸汽浴。洗浴完毕，按照俄罗斯风俗，特别是年轻人直接赤身跑向大自然，在冰天雪地中用雪块擦皮肤，用白桦树皮抽打全身，进行全身性锻炼。地板下面的结构称为"底层"，用来饲养家禽家畜。在南方，养家禽、家畜要另盖棚舍。

随着社会的发展，现在城市高楼大厦式的现代化住宅较多，20世纪60到70年代以建筑中等高度的住宅为多。80年代以来，俄罗斯的住宅建设速度加快了，现代化的、设备完善的新住宅拔地而起，住宅越来越高级化。城市绝大多数家庭居住宽敞，设备齐全。住房的优势是厨房面积较大，一间厨房能放灶具、吊柜、碗柜、冰箱、一张餐桌，甚至还能放一个电视。家家户户24小时都有热水供应，一年中热水供应只中断一次，约两个星期。一般家庭是木质地板铺地，墙上贴有墙纸。首都莫斯科的新建住宅，既要求设计得与所在地区的建筑风格相协调，又要求在造型和装潢上各有特色。农村住宅主要是砖瓦结构和木质结构。所谓木屋也不是绝对的木房，不少地方的人们用铁皮和油毡做屋顶。城市人际关系的活跃，使木屋的传统结构有所改变，增加了专门的厅作为日常的活动场所。卧室分为成人间与儿童间，还增加了走廊、过道，扩大了贮藏室。门廊增加了不少雕花装饰。专门的圣像角被取消了，但并不排除在其他角落放置圣像。城市里的木屋依然保留着传统的俄式烤炉，不过不再用于取暖，而用于烹饪传统菜肴，做俄式包子、果酱等。

人们在居住了十几年或几十年的高楼大厦之后，现在改变了观念，怀念起独户独居的小木屋来。重归自然的风尚影响着俄罗斯人对居住目标的追求，小木屋自然也就成为人们首选的理想住房。于是，有经济能力的人在市郊旷野中大兴土木，建造木屋。因为全部用木材建造，造价较为昂贵，有的人就选用普通的砖房。一套普通的双层小楼木屋价格在5万美元左右，能承受得起这种价格的是演员、运动员等少数人。

有些人从城里迁居到农村，或退休后搬到农村，考虑到住房的寿命，采用砖房。一层作为全家的起居室、厨房，二层是卧室、卫生间。内部装修舒适、方便、耐用。门前屋后种些蔬菜、水果，这样全年的副食品可自给自足。上年纪的老人清晨便开始劳动，锻炼了身体，生活也悠闲自在。每到周末，儿女们带着孩子看望父母，全家人共享天伦之乐。再有一类人，是俄罗斯近年富裕起来的，在乡村盖的是真正意义上的乡村别墅，不仅地点选在风景较美的地方，而且住房建得豪华别致，房内装修高档，周围辟有大面积的花园、草坪和车库。

（二）服饰

1. 女式服装

（1）长衬衫

女性服装以长衬衫为主。长衬衫在俄罗斯中部、北部和南部区域有很大的区别，但是，它们有着共同的规律：人们可以用现代的亚麻、丝绸和棉布做各种各样的长衬衫，有平时穿的，也有节日盛装。

北方的长衬衫的特点是色彩柔和，选择较细的钩花和镂空面料，或是布满植物图案的丝绸。

（2）萨拉凡和帕尼奥瓦套装

俄罗斯女性还有两种主要服装：萨拉凡（北方人的）和方格或条纹毛料裙子（南方人的）套装。

当提及俄罗斯女式衣服，一般都把它与萨拉凡联系在一起（一种无袖连衣裙）。17—18世纪之交，带有萨拉凡的套装在俄罗斯广泛流行。套装包括衬衣、萨拉凡、围裙。这是在北部和中部省份最具特色的服装。随着时间的推移，它渐渐地流传到其他省份，取代了当地传统服装。萨拉凡不仅是农民的服装，也是市民、商贩及其他群体的服装。

帕尼奥瓦是农民穿的一种毛料方格（条纹）女裙。这是用三块或更多的毛料缝制在一起的齐腰裙，而毛料是在专用织布机上织成的。这是一种古式女装，一般是与双角帽和胸巾、披肩一起穿戴。这种服装多数是已婚妇女穿，而姑娘们到了青春期才穿，有时也在婚礼仪式上穿戴。

（3）背心

女式夏装的一种。设计特点是袖子和后片是用一块布裁剪而成，翻领。节日服装用金线装饰，有时绣花或用彩球和流苏装饰。

（4）女式短上衣

古代农村妇女夏天穿的短上衣。式样设计与女士背心相似，用粗麻布和呢子缝制。

（5）坎肩

背心的一种，或者是短上衣。最古老的式样是无袖，正身短小，带有细细的背带，搭在前胸和后背上，前面用钩子勾起来，后衣片有褶，用锦缎和丝绸缝制，带有里衬。虽然这是姑娘们夏天的着装，但是里面还是絮了棉花。常用金线装饰，镶有流苏。

（6）腰带

俄罗斯服饰中腰带总是起着特殊的作用。小姑娘第一次坐在织布机前学习织布就是从织腰带开始。带有颜色各异的花纹布腰带通常系在男人的腰前或侧腰上。每个未婚妻都要织一条这样的腰带送给未婚夫。腰带成为夫妻之间解不开的纽带和美满生活的象征。人们认为，未婚妻织的腰带缠绕在未婚夫的腰间，给他保暖，保佑他不受坏人的侵犯。除此之外，未婚妻还将自己编织的腰带送给未来丈夫家所有的亲人，因为她出嫁到了新的家庭，就要与新家庭成员建立牢固友好的关系。她织的腰带装饰着新亲人的衣着，护佑他们平安。

（7）装饰物

服装式样没变。有钱人的服装具有良好的面料、刺绣和装饰的特点。服装的边缘和下摆缝有刺绣的彩色面料做的宽花边。

作为装饰品的有：纽扣、镶条、可拆换的项链式衣领、绣花套袖、各种金制或银制扣襻。扣襻有扣环、扣钩的亮片、嵌有宝石的小牌、镶在翻边袖口的手链等。

所有这些称为盛装。没有装饰物的称为净装。

除了上面所说的，还有其他装饰物：项圈、女士戴的方头巾，及根据布匹的宽度裁剪下来的方巾、袖头（带皮毛的）等。

2. 男士服装

男装主要是衬衫或汗衫。最初的俄罗斯男士衬衫（16—17 世纪）的腋下镶有正方形的装饰条，两侧到腰际有三角形楔子。衬衫是由亚麻和棉布缝制的，也包括丝绸。袖子在腕口处狭窄，袖子很长，这可能要取决于穿衬衫的场合。要么是无领（圆领），要么是立着的圆领，或者是方领。有的是对开襟领，有的左侧开襟领，带有纽扣或带子。

在民族服装中衬衫是外衣，而贵族们穿在里面，属于内衣。男士服装丰富多彩，带有刺绣、金银边饰。

18 世纪前，在俄罗斯各阶层仍然穿着俄罗斯传统服装，而所有外国的、"德国"时尚都遭到拒绝。直到 18 世纪初在彼得一世发布命令后，全欧洲时尚服装才代替了俄罗斯服装。

男士服装包括带褶花边的衬衫、背心和外套。外套的腰部通常用布缝成收腰，下摆宽大。到膝盖的窄裤、丝袜和带扣的矮腰皮鞋补充了服装的不足。头发梳理成平分头，一直垂到耳际。赶时髦的人戴有假发。帽子最常见的式样是三角形。

（1）奥帕申服

这是一种带宽长袖子的长衫（用呢子、毛料等制作），密密的扣子一直到底，还有带扣的毛皮领子。

（2）长袍

长袍一般是外衣的名称，它或是对襟无扣，或是不开胸的。这种外衣的面料或是呢子的，或是密实的染色亚麻。敞胸长袍是呢子的，带衬里的。长袍的袖子边缘、下摆、领口都镶有彩色的包边。不开胸的长袍在胳膊肘和肩膀之间有时会安上一道彩带。边缘整体上和衬衣（内衣）相似。敞胸长袍在两侧缝了 8~12 个扣子或带子。

（3）捷尔利克

这是 17 世纪末的俄罗斯服装，主要在庭院里、大使接见时和正式外出时穿着。

这种服装一般用带金线的面料制作，像敞胸长衣，只是瘦窄、卡腰或束胸。捷尔利科短短的套环代替了长长的襟儿，从领子一直到前下摆，沿着下摆和袖子镶上银纱或金纱、珍珠和宝石。这种衣服的袖子很短，没有打褶的边。有时也用皮毛做捷尔利克。

（4）单排扣无领男衣

这是宽大下摆无领长袖男衣，有长长的袖子、镶条带、扣子和系带。通常用呢子或其他毛料制作。

（5）配饰

贵族的男士服装配有连指手套。手套有丰富的刺绣。分指手套出现于16世纪的罗斯。腰部缝有口袋。在盛大的节日要手持拐杖，衣服上扎着宽腰带。在17世纪开始经常戴上遮住后脑勺的高领子——高立领。用吊带挂着小吊桶，在吊桶里放着手表。吊带则是用缎带穿的金环。

（三）家庭习俗

俄罗斯人在现实生活中，倾向于传统家庭关系的人数还不少，他们认为在一个家庭中应该以男人为主，尤其是有老人的大家庭。在三代同堂的家庭里，尊重年迈的长者，晚辈习惯称之为家长，敬重他们，听取他们的意见，但决定权仍归自己。

随着妇女地位的提高，妇女在家庭中的地位逐渐发生变化，妻子与丈夫在家庭中是平等的成员，决定重要事务时，夫妻共同商量。家庭调查结果表明，以大男子主义为特征的"依赖型家庭"的比例下降，而"独立自由，互不干涉"夫妻平等类型的家庭比例上升。但在多数家庭内，妻子仍然承担家务劳动，不管是女工人，还是女教授、女演员、女科学家，回家都得洗衣做饭，照顾孩子，女主内的传统观念和习惯仍然影响很深。

受现代意识的影响，近几年来，俄罗斯人的家庭日益趋向松散化。夫妻之间合得来则过、合不来则散的现象越来越多。年轻人的家庭观念比较淡漠，婚前同居的现象较为多见。受西欧国家的影响，人们对待两性关系比较自由、随便。

俄罗斯家庭的离婚率也不断上升，从1950年的3%，上升到1990年的54%。俄罗斯的改革，不仅触动了国家政治和经济领域，同时也冲击着人们的私生活，俄罗斯也成为世界上离婚率较高的国家之一。其中，年轻夫妇的离婚率偏高，结婚不到四年而离婚的为离婚总数的42%。

酗酒是导致离婚率高的一个原因，俄罗斯的男人几乎都有豪饮的习惯，而不少妇女也有喝酒的嗜好。在许多家庭中，丈夫由于酗酒殴打妻子和儿女，造成家庭悲剧，最终夫妻离异，这种情况约占离婚总人数的一半。近年来青年结婚年龄提前，草率结婚又导致了离婚率的升高。婚姻协议也悄悄走进俄罗斯人的生活。1997年3月，俄罗斯联邦家庭法典生效，这一法典中详细写明了婚姻协议的作用。结婚登记是不可缺少的程序，但并不是非履行不可。如今，婚姻协议仿佛成了一种时髦，并逐渐被人们所重视。

在俄罗斯，还存在为数不少的单身妇女家庭。在莫斯科和圣彼得堡，单身家庭高达20%。

俄罗斯妇女普遍不愿多生育，其原因有经济因素，也有社会、心理因素。由于生活水平下降，社会福利缺乏保障，并且随着家庭观念的淡漠，年轻人对多生子女不感兴趣。全国还有900万已达婚龄的青年不结婚。到1991年首次出现了战后人口负增长的现象，人口的老龄化十分严重。

在俄罗斯，家庭的结构变得简单，一般现代家庭只有3～4人，大多数青年结婚后都愿意和父母分开居住。年轻的家庭，包括农村的年轻家庭，很多都慢慢地由传统的家庭向现代的家庭生活模式转变，即父母各在一处工作，儿女各在一处学习，各人有各人的生活圈子，而在这种转变过程中，过去那种传统的家庭模式已被打破。然而，家庭仍在俄罗斯人的观念中占重要地位。

（四）节日

1. 元旦

俄罗斯辞旧迎新的节日，也是十月革命后最受重视的节日之一，时间在每年的1月1日。过节的习俗，或多或少继承了圣诞节的习俗。白胡子、红鼻子、穿大皮袄的冬老人代表旧岁，体态轻盈、美貌异常的雪姑娘代表新年，他们俩是新年晚会的贵客，并负责分发礼物。当电视广播里传出克里姆林宫钟声响了12下后，男女老少互祝新年快乐。

17世纪以前，俄罗斯是以旧历9月1日（公历9月14日）为新年开始。1699年，彼得大帝颁布命令，改新年为旧历1月1日（公历1月14日）。十月革命后，苏联采用了国际通用历法，新年定为公历1月1日，既和旧历新年相近，又恰逢民间传统节日圣诞节（东正教的圣诞节在公历1月7日，欢庆三天；天主教的圣诞节在12月25日）。新年元旦、旧历新年、圣诞节的活动交织在一起，更显得喜庆热闹。新年到来前，人们就开始忙碌，家家户户采购精美食品。主要街道上处处摆着五光十色的圣诞树，树上挂着各种饰物，有彩带、彩灯、小礼物等。元旦期间举办"城市之夜"活动已成为许多城市的传统，在城市中心广场安放大型新年枞树，并组织群众性庆祝活动。除夕夜，许多地方还燃放烟花或燃起篝火。当电视台、电台播放的克里姆林宫的自鸣钟响过12点时，所有的人都停止一切活动，高呼"乌拉"，相互祝贺，开怀畅饮。按习俗，庆祝新年应该先喝香槟酒，然后才可以喝其他酒和享用新年晚餐。饭后，举行跳舞、唱歌等各种娱乐活动，年轻人甚至上街娱乐，直至次日黎明。孩子们除夕还可以得到一份礼物。亲朋好友往往相互拜访，互赠礼品。

俄罗斯地域辽阔，时区众多，全国各地总共要迎接11次新年。许多地方的人们按照传统两度迎接新年的到来，一次是按照当地时间迎新年，另一次是按照莫斯科时间迎新年。

2. 建军节

2 月 22 日是建军节，为公休日。1918 年 2 月 18 日，德国军队对苏联发起全面进攻。苏联政府于 2 月 22 日发表了《告人民书》，号召人民起来保卫祖国，抗击德国侵略者。广大人民群众自愿组成一支支红军队伍，开赴前线保卫祖国。为了纪念这个有意义的日子，政府决定把这一天定为建军节。现在，政府不再举行大规模的庆祝活动，但国家和政府主要领导人在节日时要到红场向无名烈士墓敬献花圈，并举行仪式，晚上燃放烟花。一些政党、社会团体仍自发地举行各种形式的庆祝活动。

3. 胜利节

胜利节定在 5 月 9 日，这是苏联战胜德国法西斯的纪念节日。俄罗斯独立后保留了这个节日，并改称为"胜利节"。第二次世界大战期间，苏联牺牲了 2000 万人，每家每户都饱尝了战争的苦难，最终赢得了胜利，迫使法西斯德国于 1945 年 5 月 8 日宣布无条件投降。5 月 9 日，当时的苏联领导人发表告人民书，宣布战胜德国法西斯，全国隆重举行庆祝大会，这一天也就成为苏联卫国战争的胜利纪念日。每年这一天，在莫斯科都要举行隆重的集会和阅兵式庆祝胜利，其他各地也有各种庆祝活动。人们到烈士陵园扫墓，缅怀、追悼先烈，革命公墓、无名烈士纪念墓前摆满祭奠为国捐躯将士的鲜花。

4. 十月革命节

11 月 7 日是十月革命节。这一天是苏联的国庆节，现在作为传统节日依然保留了下来。过去，这一节日是要隆重庆祝的大节日，甚至平民百姓也在家中大办节日盛宴。现在，政府有组织的庆典和各种娱乐活动已经取消，但许多政治组织、群众团体依然自发地组织起来，举行各种庆祝活动。

5. 宪法节

12 月 12 日是宪法节。苏联解体后，俄罗斯于 1993 年提出了新宪法草案，并向全国公布，12 月 12 日的全民公决通过了新宪法，这是俄罗斯独立后的第一部宪法。1994 年 9 月，俄罗斯总统叶利钦颁布命令，将该日定为宪法日，每年的 12 月 12 日放假一天。

6. 谢肉节

谢肉节是多神教的传统节日，欧洲民间的一个重要节期，也称"狂欢乐""嘉年华会"。在封斋节之前举行，因封斋期间教会禁止食肉，故人们在此之前举行各种宴饮、跳舞、庆祝等活动，称"谢肉节"。

谢肉节是俄罗斯人冬季最欢快、最热闹的节日之一，时间在复活节前第八周，节期为七天。从洗礼节后即 1 月 20 日开始，每天都有不同的名称：第一天为迎节日，第二天为始欢日，第三天为大宴狂欢日，第四天为拳赛日，第五天为岳母晚会日，第六天为小姑子聚会日，第七天为送别日。

俄罗斯人在谢肉节期间，举行各种欢宴娱乐活动。谢肉节期间，人们吃象征太阳的春饼，除狂欢宴饮外，还举行各种娱乐活动，如滑雪、乘雪橇、戴假面具跳舞、烧草人、攻雪城、赛马、拳击等。人们举着象征谢肉节的稻草人在全村游行。最后的一天是送别日，人们用小雪橇把稻草人运往村外烧掉，送别的人们向稻草人鞠躬、假哭、唱送冬迎春的歌曲。节日里人们聚集在赛马场，观看骑马比赛。城里还举办群众性的游艺会和节日集市。莫斯科河的冰上"蘑菇集市"曾驰名全俄，集市上专售干蘑、咸蘑和各种蔬菜。

节期的最后一天，俄罗斯人有彼此请求原谅过错和扫墓的习俗。这一天，人们在亲友面前请求宽恕自己的一切过错。农妇带着祭品去为亲人扫墓，请求死者原谅她们以往的过失。

7. 送冬节

送冬节在2月底或3月初举行，节日象征着告别冬天和期待春天的降临。各地送冬节都有自己的地方特色。庆祝活动预先通知居民。在节日这一天，男女老幼都涌上街头，人们用奇怪古老的服饰打扮起来，以结伴绕城游行开始，然后在主要广场举行大型游艺表演，表演中穿插一些讽刺小品、流行歌曲。节日活动的内容生动活泼，每年都不尽相同。活动以点燃篝火结束，还把生活中各种反面人物的面具，如懒汉、酒鬼等扔进篝火，青年人把早就收集到的各种不要的破烂纷纷扔进火中，火焰熊熊，聚集在篝火周围的年轻人尽情说笑、娱乐。

节日里，有的把桌子搬到街上，摆上点心和茶水，款待所有的人。妇女们为展示自己的编织手艺，往往在节日里举办"时装表演"。业余音乐家和舞蹈家，以欢快的歌舞与人们同乐。最有趣的是，有的地方家家户户都将住宅装饰起来，争相竞美。

第二章　俄罗斯文学的历史发展

　　俄罗斯文学的发展大致经历了以下几个时期：基辅罗斯时期、莫斯科公国时期、沙俄帝国时期、苏联时期以及苏联解体后的当代俄罗斯时期的文学。在每个时期俄罗斯文学都会呈现出不同的色彩，在人类文明的历史长河中也展现出耀眼的魅力，足以让每一位文学爱好者流连忘返。

第一节　基辅罗斯时期的俄罗斯文学

古代俄罗斯文学是在多种因素推动和影响下产生的：首先，早期封建国家的建立和于公元 863 年正式产生的古俄罗斯文字为文学的出现和发展创造了必备条件；其次，俄罗斯口头民间创作在古代文学的发展中发挥了重要作用，后来很多的文学作品正是在记录口头传唱故事的基础上形成的；再者，它直接受益于邻国保加利亚文化的影响，一开始俄罗斯的文化人就有意识地译介了多种基本为宗教内容的保加利亚文本；最后，因为俄罗斯接受基督教是以拜占庭为中介的，故此在正统文化奠基之初俄罗斯也从拜占庭译介了众多的宗教文献。古代俄罗斯人主要接受的是《圣经·新约》中的《福音书》和《使徒福音》以及《圣经·旧约》中的《赞美诗》，这一切都为日后俄罗斯文学的独立发展奠定了坚实的基础，并决定了未来俄罗斯文化的特色和发展走向。

俄罗斯最早的原创性文学作品产生于 11 世纪中期的基辅罗斯，其中被称之为"训诲"体裁和"使徒行传"体裁的是在俄罗斯接受基督教的影响之下产生的，因其中的几部杰作对后世产生了深远影响而在俄罗斯文学史中占据着不容忽视的地位。

基辅都主教伊拉里昂的《法与恩惠说》是一篇具有演说性质的布道训诲，分三个部分展开，第一段文字就开门见山地阐明了其具体三个方面的内容："论通过摩西赋予的法，论通过耶稣基督赋予的恩惠和真理……赞美使我们受洗的我们的弗拉基米尔大公……以及我们整个国家向上帝祈祷。"作个人生活的经历和实例而具有自传性质，在这个意义上可以说，它比俄罗斯古代文学中第一部真正意义上的自传体作品《大司祭阿瓦库姆行传》更早。在整部作品中作者都在阐述大公的职责和义务，他认为：大公的首要责任是维护国家秩序，关心国家利益和祖国统一，严格遵守誓言和约定；其次，大公的重要责任是保护和关心教会利益，呼吁人们遵守宗教礼仪，认为人凭借三种功德可以摆脱敌人、战胜敌人，那就是忏悔、仁慈和眼泪；此外，大公应当成为崇高道德的典范，应当慷慨待人，关心穷人，事必躬亲，避免懒惰、撒谎、酗酒、狡诈等恶习，在家庭中丈夫应当尊重妻子，等等。尤其值得关注的是作者对人的个体价值的深刻认识："人究竟是什么？……上帝用尘土创造了人，人的面孔形态各异，对此奇迹我们深感惊叹；若把所有人聚集到一起，其面容皆非一样，每个人都因上帝的智慧而各有各的面容……"虽然从字面上看，这段文字描述的是人的外表，但从根本上说，它直指人的精神层面，这种认识直接秉承了对俄罗斯文化具有深远影响的拜占庭东方教父基督学的人本主义原则。从表现形式上看，《家训》同样具有当时文学作品共同具有的、用当代文学理论术语来表述即所谓"互文性"特点，其中包含了大量作者日记、通信、和约文本等，语言风格上既有书面性质，又有鲜明生动的口语特点。

描述历史大事件的历史故事是基辅罗斯时期主要的文学体裁，故事的第一主人公都是睿智的大公、英勇善战的英雄、虔诚的信徒等，而其对立面往往是挑起争端、制造内讧、争权夺利的各公国首领和军事统帅。这些故事基本上都沿袭了口头民间文学的形式，由事件的目击者或参加者以第三人称的形式进行叙述，它们常常被纳入编年史中，遵照严格的时间顺序展开叙述，而且这些编年史中往往融会了宗教传说、使徒行传的元素以及公文文本。基辅罗斯时期流传下来的最杰出的编年故事是《往年故事》。

《往年故事》（约1113年）是由基辅洞窟修道院神甫涅斯托尔编撰而成的，从其完整的标题中我们不难看出其中的主要内容："这是逝去年代的故事，讲述的是俄罗斯大地从何而来，谁最先在基辅实施统治以及俄罗斯国是如何产生的。"从该书的诸多小标题中也可了解到其具体内容：使徒安德烈造访俄罗斯大地的传说、基辅创立的传说、奥列格远征王城、奥列格死于自己的坐骑、伊戈尔远征希腊、伊戈尔之死、奥尔加为伊戈尔复仇、斯维亚托斯拉夫大公、弗拉基米尔的宴会、鞣皮匠的传说等等。从表现形式上看，这些小故事与民间传说和民间英雄叙事诗有着直接的关系，在思想内容方面，渴望俄罗斯大地强盛与统一、追求政治和宗教独立构成了该书的主旋律，其中处处洋溢着浓厚的爱国激情。它不仅具有重要的历史意义，而且具有较高的文学价值。

第二节　莫斯科公国时期的俄罗斯文学

从1237年蒙古人入侵到1480年彻底赶走入侵者并逐渐形成统一的中央集权国家，俄罗斯忍受了近两个半世纪的奴役。俄罗斯沉寂了一个多世纪，俄罗斯文学也沉寂了同样的时间，这种状况一直持续到1380年。从蒙古金帐汗那里获得"弗拉基米尔大公"封号、因横征暴敛贪得无厌而被取外号"钱袋"的亚历山大之孙——莫斯科公国首领伊万攫取了最高统治权，由于莫斯科所处的优越的地理位置和自然条件，这种优势地位得以一直保留下来，借助金帐汗的支持，莫斯科公国不断巩固、发展、壮大，莫斯科大公德米特里于 1380 年几乎把整个俄罗斯东北部的力量聚集起来，在库里科沃战役中给予蒙古人致命的打击，这场胜利不仅使莫斯科公国的权威地位得到进一步稳定，也翻开了俄罗斯历史新的一页。

　　库里科沃战役在文学创作中也得到了反映，其中文学成就最高的是《顿河彼岸之战》（14 世纪末至 15 世纪初），作者是梁赞人索佛尼。该作品在主题思想和表现形式上与《伊戈尔远征记》有直接的继承关系，后者的主旨在于号召俄罗斯各公国首领团结起来，一致对外，前者的目的是讴歌同仇敌忾的北方各公国战胜蒙古人的胜利，与此相关，《顿河彼岸之战》所塑造的不是单枪匹马的个人英雄，而是一组英雄群像。在塑造这些人物形象的时候，作者柔情满怀地呼唤歌声优美的鸟儿与他一起歌唱："啊，夏鸟云雀，你这美好时光的慰藉，飞上蔚蓝的天空吧，看看强大的莫斯科城，讴歌德米特里大公和他的兄弟弗拉基米尔的荣耀……"；"啊，夏鸟夜莺，你怎么能不歌唱立陶宛大地上的奥里盖尔多维奇两兄弟……"与《伊戈尔远征记》中表现的一样，大自然始终参与着勇士们的活动：在血战之前，"狂风从海上腾起，把大片乌云吹送到俄罗斯大地；狂风中漏出血红的霞光，蓝色的闪电在霞光中游弋……"；当俄罗斯军队在第一场战役中失败时，"乌鸦和布谷鸟对着人的尸体鸣叫……树木忧伤地垂向地面……鸟儿都唱起了哀怨的歌……"；大自然也预示着敌人的失败："轻盈的鸟儿飞到云朵下面，乌鸦不停地呱呱狂叫，寒鸦说着自己的言语，雄鹰厉声长鸣，狼群发出恐怖的吼声，狐狸对着尸骨吠叫。"此外，痛失亲人的母亲和妻子们像雅罗斯拉夫娜向风、向第涅伯河、向太阳哭诉一样，也在城头上向风、向顿河、向莫斯科河哀诉心里的悲伤。

　　《顿河彼岸之战》与民间歌谣的关系是显而易见的，除了其中随处可见的民间文学所固有的雄鹰、狼、矛隼、鹅、天鹅等具有象征意义的形象之外，作者还使用了大量常常在民间歌谣中出现的否定比喻："雄鹰从北方各地飞到一起来。飞到一起来的不是雄鹰，是所有的俄罗斯公国首领集合到德米特里大公和他兄弟身边来了"；"鹅群在河上叫个不停，天鹅扑动着翅膀。这不是鹅群在叫，不是天鹅在扑动翅膀，是异教徒马麦带着他的勇士们来到了俄罗斯大地"；"松鹊礼拜日大清早在城头唱起了哀伤的歌……这不是松雀大清早唱起了哀伤的歌，痛哭流涕的是所有的妻子……"

　　从上面的分析可以看出，《伊戈尔远征记》与《顿河彼岸之战》之间的关系极其密切，但区别也是存在的，如果说前者因表现惨烈的战斗场面、因俄罗斯大地分崩离析而充满浓郁的悲剧色彩的话，后者则因为战争的胜利及预见到俄罗新将走向辉煌而洋溢着欢乐的气氛。此外，前者中明显的多神教色彩在后一部作品中已经完全消失，其中数次出现的"为了神圣的教会，为了正教的信仰"表明，教会的作用越来越大，当然，这与"钱袋"伊万把俄罗斯教会最高首领都主教邀请到自己领地来的做法有着直接的关系。

在俄罗斯，教会作用和地位的提高在很大程度上促进了使徒行传体裁的发展，与时代要求相符合，随着民族自觉意识的不断高涨、中央集权国家意识形态的逐渐形成、大公国权利的逐步稳固，统一与繁荣俄罗斯国家的思想成为这些使徒行传的核心主题。在具体表现上，传统的使徒行传中必备的对主人公生平事件的描述大大减少，取而代之的是对主人公情感的描写以及对其行为内在心理动机的表现，即使有生平叙述，它们也基本上被看成是主人公内在素质的发展过程，作品的主要目的在于宣扬勇于为民族和国家利益牺牲自我的崇高美德，这种选择重要生平片段塑造主人公形象的特点与《鲍利斯和格列勃的传说》的影响是分不开的。在结构上，这一时期使徒行传的核心集中在哭悼往日圣徒和赞美圣徒的仁慈上，应当说，这与莫诺马赫在《家训》中倡导的人生最重要的"三种功德"——"忏悔、眼泪、仁慈"——密切相关。

《彼尔姆的斯捷凡行传》（约1396年）是该时期杰出的使徒行传，作者是叶皮凡尼主教。作品正文由四部分组成：生平和三段哀哭。生平部分的内容集中表现的是斯捷凡的好学精神：他从小就学习认字，不到一年就全都学会了；少年时他从不与其他孩子玩耍而荒废时光，而是一心扑在学习上，用了很少时间就学会了很多知识；为了更好地学习，他成为一座藏书最多的修道院的修士，在修道院里他如饥似渴地读书，并掌握了多种外语，还发明了彼尔姆语文字，这为他后来深入位于西伯利亚的、居民尚信仰多神教的彼尔姆传教打下了基础。为渲染斯捷凡的过人才智，作者把他与希腊人进行了比较："希腊一些哲学家用了很多年才编制出希腊文字……而彼尔姆文字是一个修士、一个牧师、一个隐修士、一个灵修士、一个人、就一个人——斯捷凡——一下子编写出来的……"这里反复出现的"一个"和一系列同义词表现了主人公的非凡智慧。作者通过三段哀哭表达出彼尔姆的百姓、彼尔姆的教会和作者本人的悲伤。第一段和第三段哭诉中的一连串惊叹号、问号和密集排列的六声"呜呼！"把悲伤的情绪推向了极致，在赞美斯捷凡的伟大时作者一口气使用了二十多个近义修饰语，以此表达对主人公的敬佩之情，同时也呼应了前面数度提出的"我应该怎样称呼你？"这个问题："我要这样称呼你：迷途者的引路人，牺牲者的救星，昏聩者的指导者，污秽者的洁净人，勇士们的保护人，忧伤者的安慰人，饥饿者的哺育人，乞求者的施舍人，受辱者的捍卫人，异教徒的拯救者，魔鬼的诅咒者，偶像的摧毁者，上帝的效力者，智慧的保护者，哲学的喜好者，贞洁和真理的泉源，书籍的阐释者，彼尔姆文字的创造者……"以此使作品在结构上保持严整和紧凑。第二段哭诉回顾了斯捷凡在传教过程中凭借超凡的智慧和体力战胜萨满法师的业绩：在与萨满法师帕姆争夺信徒时，他提议对方与他一起经受滚烫篝火和冰冻河水的考验，帕姆的拒绝使他失去了在民众中的威信并最终被当地人从彼尔姆驱逐出去。在塑造反面人物帕姆时，作者没有简单地对其表示痛恨，而是把他塑造为一个个性出众、影响力巨大的人，并通过他自己的言语解释了其坚决抵制基督教的合理动机："莫斯科给了我们什么好处？苛捐杂税和奴役……不都是来自那里？"但斯捷凡的坚强意志、忍耐力、信念和无私最终赢得了彼尔姆人的心。

俄罗斯的逐渐壮大和对外开放使人们有机会通过各种译介书籍了解到外面的世界和那里人们的生活，也使一些信徒和商人有机会通过朝拜圣地和对外商业活动目睹异国风情，就文学创作来说，游记体裁随之得以发展起来。最早拜访东方文明古国印度的俄罗斯特维尔城商人阿法纳西·尼基京创作的《三海旅行记》是该体裁作品的杰出代表。与12—13世纪以朝拜宗教圣地、进行宗教说教为主题的游记不同，该书是一部世俗文学作品。虽然作者通过诸多言行表明自己是一个坚定不移的正教信徒，任何威胁都无法使他改信其他宗教，"一千名美女"的诱惑同样不能使他信仰伊斯兰教，因身处异域无法按照严格礼仪做礼拜也在他心中引起了无限痛苦，使他"为基督教信仰流了很多眼泪"，而且作品的开头和结尾也与典型的宗教题材作品没有区别，开头是："主耶稣基督，神的儿子啊，为我们圣洁教父的祈祷怜悯我吧，你有罪的奴仆，儿子阿法纳西·尼基京。"结尾是："赞美上帝啊！主啊，我的神，我为你歌唱，主啊，我的神，拯救我吧！……"但从作者行文中我们可以感受到，作为一个处处体现出热烈爱国情怀的俄罗斯人，正教信仰对他来说是祖国的象征，背叛信仰就是背叛祖国。

作者用通俗朴实的语言详细描述了印度的风土人情，日常生活，气候，物产，人们的穿着、饮食习惯、待客的规矩，商品丰富的市场，护卫森严的华丽皇宫，传说故事，赋税制度，贫富不均现象，信仰的宗教，殡葬礼仪，等等。总之，《三海旅行记》虽然篇幅不长，但因其包罗万象而成为当时俄罗斯人了解印度的小型百科全书，为俄罗斯人打开了一扇观看外部精彩世界的窗口。而通过对自己生活中种种生活细节和内心感受的细致描写，作者使读者得以认识了俄罗斯文学中第一个形象生动、感情丰富、宽以待人、好奇心强烈、不屈不挠的俄罗斯普通百姓。

第三节　沙俄帝国时期的俄罗斯文学

俄罗斯帝国也称为沙皇俄国，别称第三罗马，是俄罗斯历史上最后一个君主制国家，是当时世界上人口第三多的国家，也是欧洲传统的五大强国和当时世界列强之一，直到十九世纪中叶在克里米亚战争中失败，才显示出俄罗斯农牧制度的弊端，导致了俄罗斯各方面相对于其他欧洲国家的落后。俄罗斯帝国终结与尼古拉二世签署的退位声明。尽管俄罗斯帝国存在的将近二百年的历史从辉煌走向了败落，但是俄罗斯帝国留下的丰富多彩的文学作品却影响了一代又一代的后来人。

一、沙俄帝国时期的诗歌

（一）诗歌发展

18世纪是俄罗斯诗歌发展的一个极其重要的阶段，在这一时期，俄罗斯诗歌开始确立自己的民族诗歌艺术形式，逐步摆脱对古代文学以及其他民族文学的单纯依赖和简单模仿，走上自己的发展道路。

18世纪初的30年，俄罗斯诗歌没有什么突出成就。俄罗斯诗歌从内容到形式都与17世纪没有多少差别。从30年代开始，俄罗斯诗歌出现了新气象。俄罗斯诗人A.康杰米尔在这个时期的诗歌虽然延续了旧的音节诗形式，但是已经开始带有明显的古典主义特征。在他之后，B.特列季亚科夫斯基、M.罗蒙诺索夫、A.苏马罗科夫等人从理论到实践全面引进了古典主义的文学传统。

古典主义思潮起源于法国，后来传到欧洲许多国家。古典主义在思想上推崇理性，相信人的永恒本性不受时代、历史、民族的限制，主张克制个人性欲，个人利益服从国家、民族利益。在政治上尊崇王权，主张开明君主制。在艺术上推崇古希腊、罗马的文学理想和艺术典范，要求体裁完美，界限分明，各个体裁应该有自己相适应的语言和文学手段，同时推崇史诗、悲剧、颂诗等高级体，轻视散文、喜剧等低级体以及民间创作。

俄罗斯古典主义基本上承继了上述这些原则和主张。1747年，苏马罗科夫依据法国古典主义理论家布瓦洛的《诗艺》，写下两篇诗体论文《论俄语》和《论诗歌》，他在其中提出："你要知道诗歌的体裁并不尽然，一开始写，就要寻找合适的语言……"

1758 年，罗蒙诺索夫在《论俄文宗教书籍的裨益·序言》中，对高、中、低文体以及对应使用的语言做了明确划分，排除了陈旧的古斯拉夫语词，但同时日常口语仍没有受到足够重视。

俄罗斯古典主义诗歌最主要的创作体裁是颂诗和悲剧，其次是高级体的英雄叙事诗、中级体的田园诗和低级体的寓言和讽刺诗，另外对《圣经·诗篇》的翻译和改写也占有特殊位置。

在引进古典主义文学传统的同时，俄罗斯诗歌民族化进程迈出了重要一步，即由特列季亚科夫斯基和罗蒙诺索夫倡导和完成的诗体改革。1735 年，特列季亚科夫斯基发表了《俄语诗简明新作法》，他以学者的严谨态度，考察和总结了俄罗斯诗歌的创作情况，提出用"重音诗"替代音节诗。俄罗斯的音节诗主要盛行于 17 世纪，它是借鉴了波兰诗歌的艺术经验，每行音节数相同，重音不限，但是倒数第二个音节必有重音，这符合波兰语重音位置固定的特点，而重音位置同样固定的还有法国诗歌，只是其重音位置在最后一个音节。特列季亚科夫斯基一方面确定了诗歌格律方面的术语概念和基本使用范例，另一方面则试图调和音节诗和重音诗的不同原则，因此他更多是改良者，而非革命者。罗蒙诺索夫在留学德国时，在研究特列季亚科夫斯基著作的基础上，结合德国诗歌的创作经验，写下《论俄文诗律书》，并随信附上自己按新方法创作的长诗《攻占霍丁颂》（1739）。他在信中进一步提出俄罗斯诗歌正确的发展道路应该符合俄语的特点，即由固定数目和位置的重读音节和非重读音节组成音步，如由两个音节构成抑扬格和扬抑格，由三个音节构成扬抑抑格、抑抑扬格、抑扬抑格（其中扬为重读音节，抑为非重读音节），每行音步数目固定，轻重音节形成规律排列。诗歌的行末应当押韵，可以押阴韵（如波兰），也可以押阳韵（如法国）。相比之下，罗蒙诺索夫的改革更为彻底，他把许多可以变成必须，后来俄罗斯诗歌在不同发展阶段有所变化，但是基本延续了这条道路，一直发展到 20 世纪，才由于纯重音诗（每行音节数和位置不限，重音数目相同）和自由诗（不押韵的非格律诗）的出现，多少有所改变，但整体风貌依旧。

俄罗斯古典主义确立时，并没有立即找到自己创作的天地，而是与国外和古代文学翻译、移植、改写有着密切关联，但同时这些翻译和改写又不仅仅是简单复制原作，而是具有时代和个性特征。特列季亚科夫斯基的创作很具有代表性。他曾经留学法国，1730 年回到俄罗斯，同年他出版了自己用诗体翻译的 17 世纪法国作家保罗·塔尔曼的长篇小说《爱岛旅行》，一举成名。作品虽然最终以赞颂功名高于爱情而结束，但是其中爱情这一世俗题材的引进，对当时文化生活是一个重要促进。他 1733 年进入科学院，并且在 1745 年成为俄罗斯的第一位教授（相当于院士），他在语言修辞方面做了大量工作。1766 年他用诗体翻译了法国启蒙主义先驱者之一，作家弗朗索瓦·费讷隆的小说《忒勒玛科斯》。在这部作品中，他创造性地试图用俄语的扬抑格和扬抑抑格相混合方式，来复原荷马史诗形式，以此来承载先进的启蒙主义思想。这部作品由于风格古拙、用词拗口、词序凌乱、没有韵脚而受到当时人们的不解和嘲笑，直到后来，普希金才对之给予了公正评价，认为他比罗蒙诺索夫和苏马罗科夫更为理解什么是古希腊的六音步。此外，他还翻译过罗马史、布瓦洛的《诗艺》等作品，写过一些颂诗、戏剧作品以及许多关于诗歌艺术的文章和著作。

俄罗斯诗歌格律创建初期，在特列季亚科夫斯基、罗蒙诺索夫以及苏马罗科夫之间曾经发生过若干次关于诗歌艺术的论战。最初的论战是在前者和后两人之间展开的，特列季亚科夫斯基根据古希腊罗马诗歌传统和波兰诗歌影响，以及多少考虑到民间文学传统，认为扬抑格最好。而罗蒙诺索夫则出于古典主义的审美原则，认为抑扬格和抑抑扬格更好，因为它们是"上升"的格律。苏马罗科夫则位居其中，主要偏向后者。斗争的结果双方都有所妥协，诗歌的格律开始中性化，与内容和体裁有关但是并不绝对，各种形式高下难分。后来在罗蒙诺索夫和苏马罗科夫之间又发生了争论。苏马罗科夫及其弟子更偏向于中级体创作，并且在诗歌创作方面进行了大量的尝试。他的立场与以前有所不同，开始在人格和艺术风格方面反对罗蒙诺索夫，称其为"金丝笼子里的小鸟"，并写诗嘲笑其颂诗大而不当、华而不实。

（二）19 世纪俄罗斯诗歌发展

进入 19 世纪，俄罗斯文学在继承 18 世纪传统的同时，也在竭力探索新路。Г. 杰尔查文与 M. 赫拉斯科夫等 18 世纪俄罗斯文学的主将仍在从事创作，但已明显成为明日黄花。文学中新生力量、新锐潮流出现了。在当时，文坛就俄罗斯文学语言的发展道路问题展开了热烈的争论。以 А. 希什科夫为首的古文派与以 Н. 卡拉姆辛为首的俄语改革派之间交锋激烈。古文派指责卡拉姆辛改革派热衷于充满"法国歪风"的"世俗文字"，坚持认为，俄语必须同教会斯拉夫语保持一致。这两派之争在以 В. 茹科夫斯基领导的文学团体"阿尔扎玛斯社"出现后更为激烈。这个组织向古文派及其堡垒"俄罗斯语文爱好者座谈会"发起了猛攻，卡拉姆辛与他的追随者们在这场论争中优势渐强。

19 世纪初，感伤主义仍是文坛上一个具有影响力的流派。早在 18 世纪末，卡拉姆辛就在创作中注重对人的个性的开掘，在其之后的诗人、剧作家和小说作家继续推进着这一追求。这个时候，一些模仿卡拉姆辛风格的感伤主义小说致力于描写日常生活中的平凡小人，关注他们的内心感受——这些都对文学的发展起着积极的作用。拉吉舍夫的传统在文学中并未完全消失。流放归来的拉吉舍夫，他的诗作得以在进步人士中流传。诗人重视民间创作，拉吉舍夫本人连同他抒情诗中的主人公都关心着祖国、人民的命运——这些都在19世纪诗人那里得到了继承和发扬。在一定程度上，19世纪头25年内存在的文学、科学与艺术爱好者自由协会的会员们是拉吉舍夫传统的继承者。该协会是联结拉吉舍夫与十二月党人的一个独特的桥梁。

20世纪30至40年代，小说取代了诗歌，占据了文坛的主导地位。尽管如此，但诗歌并不萧条。普希金、莱蒙托夫与十二月党诗人仍然保有革命浪漫主义的传统，继续讴歌自由。民间诗人A．柯尔卓夫在30至40年代俄罗斯文学中占有独特的一席。他的诗歌既酷似民歌，又新颖别致。其诗歌语言朴实、简练，对韵律的运用比较自由，故其诗便于吟诵，有许多已成为可唱的歌曲。善于真实地描写大自然是他诗歌的一个特点，但他对俄罗斯诗歌的贡献更在于，将劳动农民的形象带到诗歌之中，表现出农民对土地、对庄稼的深厚感情。

19世纪下半期，新的资本主义形态给人民生活带来了种种变化，与此同时民间文学也随之大为改观。一些民间文学的体裁是作为古老时代的品种保留了下来，另一些作品则经改头换面，以反映新生活的诸种现象和情绪的姿态纷纷亮相。民谣曾风靡一时，在青年人中最为流行，在19世纪下半期的民间文学中占有醒目的位置。流行民谣的主题涉及两大方面，即反映形形色色的日常生活现象，特别是家庭关系和爱情；直接或间接地反映人民大众的共同处境。民谣发展到20世纪初，公开而广泛的社会政治主题成为新的特色。民歌中的送葬歌、送兵歌、婚礼歌以独特的形式将社会题材与个人题材交织在一起。著名人民哀歌女诗人M．费多索娃的创作代表了19世纪下半期哭诉哀歌题材的最高成就。她既直接描写农民的凄惨生活，又抗议统治者的暴行。伴随着资本主义在俄国的不断发展，作为无产阶级文学的组成部分的工人阶级的口头文学也给诗坛带来阵阵新风——工人小唱、流行曲调、民间故事等形式陆续出现，工人口头文学还同农民口头文学传统嫁接起来，相辅相成地走向新世纪。

二、沙俄帝国时期的小说

（一）18世纪俄罗斯小说发展

18世纪俄罗斯小说的发展和演进是18世纪俄罗斯文学总体发展的重要组成部分。而18世纪俄罗斯文学的发展则又是在政治、经济、军事和文化急剧变革的背景上完成的。

特别是文化领域中的变革——当代文化的"世俗化"倾向和"西欧化"潮流，西欧的价值观和文学观念以及基于文学传统的新的文学创作实践——对包括小说在内的俄罗斯文学的发展态势和实质产生了深刻的影响。

18世纪俄罗斯文学在俄罗斯古代文学走向近代文学发展过程中起着承上启下的作用。这一时期，在启蒙主义文学的总体背景上，先后产生出古典主义、感伤主义和现实主义等文学思潮。其中，感伤主义和现实主义思潮与新型小说体裁的确立以及小说作品的创作具有直接的联系。

感伤主义又称"主情主义"。作为文学思潮，它源自于工业革命之后的英国，因英国作家劳伦斯·斯特恩的小说《感伤的旅行》而得名。感伤主义是启蒙主义"理性"理念遭到重创和资本主义社会矛盾日益加剧这一历史现实的产物。一方面，对"理性"力量的怀疑和失望，致使人们将目光转移到人类生活的情感层面；另一方面，社会贫富差别的加剧、生活的动荡不安又促使文学内部感伤情绪的滋长。这都为感伤主义思潮的萌生提供了意识形态和社会心理的基础。感伤主义文学观的基本特征是：深切同情底层民众的疾苦，张扬人类的情感作用；将向善之心确定为人的天性和本质；艺术的功能首先是培养人的感情。感伤主义主要描写人物的不幸遭遇和悲惨命运，以期在读者身上唤起同情和共鸣。生与死、黑夜与孤独等主题以及低沉、阴暗和郁闷的基调都凸现出感伤主义文学的审美取向。感伤主义文学的主要体裁有：哀歌、日记、旅行记、书信体小说等。

俄罗斯的感伤主义文学思潮形成于18世纪60年代，较之于西欧感伤主义文学，它具有自身的特征。而这一切又是与俄罗斯社会政治状况和文化发展水平所引发的社会心理密切相关：一是普加乔夫领导的农民起义所引发的社会危机以及对专制政体的质疑态度；二是对农奴制度势微的忧虑和对民族解放运动的恐惧情绪。

作为欧洲文学史上基本的创作方法和文学思潮，现实主义的勃兴与文艺复兴运动联系在一起。现实主义的主旨即是反映社会现实、揭露社会矛盾。在西欧，批判现实主义传统的形成与资产阶级力量的最终确立和资本主义社会矛盾的激化密切相关。批判现实主义的主要特征为：客观真实性和社会批判性。18世纪后期俄罗斯文学创作在一定程度上体现出这类特征，小说创作中反抗专制农奴制的民主理念和同情下层农民的人道主义情感，标志着现实主义文学在俄罗斯文学中的萌生。

在18世纪俄罗斯，与文学整体转型相应，小说创作也呈现出其过渡性特征，例如中篇小说体裁多出自对外国小说的模仿或改编。18世纪俄罗斯小说在继承和发扬俄罗斯古代小说优秀传统基础上，借鉴了西欧小说体裁的诸多成分，特别是18世纪后期的小说创作所表现出来的爱国主义和启蒙主义思想，为19世纪俄罗斯文学的主流体裁——艺术小说——提供了艺术上的，特别是思想上的资源。

在彼得一世时期，最具代表性的文学实绩和文学现象则是中篇小说。须指出，这一时期中篇小说的生成与发展同对西欧同类体裁作品的翻译和改作联系在一起。这些小说作品在情节构成方面运用了传统惊险小说的情节要素。然而从本质上说，其主题和内容却反映出彼得一世时期接受西方教育的"改革一代"所具有的平权理想和独立人格，他们为追求个性自由、功名成就和自主爱情所做出的努力，他们与传统文化观念决裂的勇气以及借此所获得的文化视野的开放性。

在彼得一世时期，具有广泛影响的小说作品有以下三部：它们分别是《俄罗斯水手瓦西里·科里奥茨基小史》《俄罗斯贵族亚历山大的故事》和《俄罗斯商人约安和美少女叶列奥诺拉的故事》。

（二）19世纪俄罗斯小说发展概述

历经18世纪对西欧文学全方位的接受和整合以及对古代文学和民间文学传统有效的继承，19世纪俄罗斯文学进入了崭新的发展轨道，呈现出全新的发展态势。经过短短一百年发展，俄罗斯文学最终以其具有原创性的、杰出的艺术成就屹立于世界文学之林，同时为世界文坛提供了一大批具有世界意义的作家。须指出，这些文学实绩的获得是与民族化的小说体裁的确立、发展和完善密切相关的。也就是说，正是艺术小说体裁的完备建构为19世纪俄罗斯作家文学创作的异军突起、走向世界提供了文学体制的巨大空间。

19世纪俄罗斯小说的发展和繁荣是在俄罗斯文化和文学的"民族意识"自觉的背景上完成的。人道主义和民主主义价值理念则是它的最重要的思想资源。作为19世纪俄罗斯文学主导性体裁，艺术小说在其主题思想、人物塑造、艺术手法和语言文体等方面较之本土文学传统发生了质的飞跃，同时俄罗斯小说以其独具的品格——对社会理想的孜孜以求、对民众命运的深切关怀和对人的终极价值的执着探索——与同一时期的西欧小说创作区别开来，从而屹立于世界文学之林。须指出，19世纪俄罗斯小说作家对专制农奴制、资本主义制度所秉持的社会批判精神，对社会底层生存境遇所坚守的人道主义立场以及对文学创作方法、艺术手法的创新及其文学实绩都为世界文学留下丰厚的精神遗产，对19世纪甚至20世纪的世界文学产生了深远的影响。

三、沙俄帝国时期的戏剧

（一）18 世纪俄罗斯戏剧发展

1749 年，彼得堡陆军学校业余剧院由军校学员演出了苏马罗科夫的戏剧《霍列夫》，这是 18 世纪俄罗斯戏剧史上一个重要事件，它标志着俄罗斯戏剧走上了新的发展阶段。在此之前，俄罗斯的戏剧活动还属于业余性质，如神学校的宗教剧，某些城市世俗剧院根据外国骑士小说翻译改编的爱情剧，以及民间节庆期间的民间草台戏。

真正对俄罗斯戏剧文学产生决定性影响的，是 18 世纪 30—40 年代来俄罗斯进行巡回演出的外国剧团（主要是法国剧团），他们演出的拉辛、伏尔泰等人的悲剧，给俄罗斯观众展开了另一个世界。正是在此基础上，苏马罗科夫开始了自己的悲剧创作，并且把法国古典主义悲剧原则带入俄罗斯。他不仅用自己的诗体论文对古典主义悲剧艺术作了理论阐述，而且以自己的创作奠定了俄罗斯古典主义悲剧美学的基础，那就是取材于历史，特别是俄罗斯自己的历史；戏剧的基本冲突是个人情感和对国家、对君主的责任。一些古典主义悲剧的基本戏剧手段也得到确立，如五幕结构、英雄性格、人物语言亢奋、情感表达"真实"；相当于法国"亚历山大诗行"的六音步抑扬格；三一律；等等。但是俄罗斯悲剧又有自己的特点，它不像西欧悲剧那样注重个性悲剧，而更多地围绕君主政治展开。

1750 年，罗蒙诺索夫为宫廷剧院创作了悲剧《塔米拉和谢里姆》，他把杜撰的巴格达王子谢里姆的爱情故事放置在真实的库里科沃战役——这一俄罗斯摆脱鞑靼人统治决定性战役——的背景下展开。苏马罗科夫的弟子们也在悲剧创作方面有所建树。A. 勒热夫斯基在 60 年代创作了取材于古波斯历史的悲剧《伪斯麦迪斯》，其内容与主题和苏马罗科夫的《伪皇德米特里》有所相像，但是多少影射了叶卡捷琳娜二世以不正当手段获得王位的现实事件。Я. 克尼亚日宁是 18 世纪后半期一位突出的戏剧家，1772 年他因挪用公款险些被判死刑，之后以很大热情投身戏剧创作。他的《弗拉基米尔和雅洛波尔克》（1772）仿照拉辛的悲剧《安德洛玛克》，表现了个人情感与国家责任之间的悲剧冲突。他最著名的悲剧《诺夫哥罗德的瓦吉姆》（1789）取材于编年史中关于古代自由城市诺夫哥罗德的记载，剧中的主人公瓦吉姆誓死捍卫自由传统，反对留里克的专权，在一定程度上反映了作者的共和思想。而赫拉斯科夫的悲剧《解放了的莫斯科》（1798）表现了 17 世纪初抗击波兰侵略者的历史事件，在结构上对三一律有所突破。

18 世纪俄罗斯喜剧也有了长足进步。出身宫廷仆人的 B. 鲁金是一位自学成才的戏剧家和翻译家。他对俄罗斯喜剧的突出贡献是他最早将喜剧与讽刺倾向、平民化风格相结合，面向俄罗斯的现实生活，面向普通民众。他剧中的人物姓名具有直接寓意，表明其本性和作者的态度。他的《杂货店主》（1765）通过主人公的眼睛和尖刻言辞，嘲讽了那些形形色色"上层人士"的丑恶嘴脸，《挥霍无度的人被爱情所改变》（1765）描写了一个轻浮的浪荡青年在爱情面前幡然悔悟，他和爱人在善良的仆人们的帮助下战胜阴谋，终成眷属。出生于乌克兰的诗人和戏剧家 B. 卡普尼斯特具有很强的民主意识，他曾经写下《奴役颂》（1783）反对叶卡捷琳娜二世把农奴制推向自由的乌克兰。他的讽刺喜剧《诉讼》揭露了乡村一群高唱"有什么拿什么、不拿要手干什么"这种贿赂歌的法官、检察官等官吏，徇私舞弊、收取贿赂、听信谗言、诬陷好人的恶劣行径。

（二）19 世纪俄罗斯戏剧发展

19 世纪俄罗斯戏剧经历了从古典主义、感伤主义、浪漫主义向现实主义的过渡。在现实主义逐步确立的过程中，俄罗斯戏剧创作在充分借鉴西欧戏剧成就的基础上，渐渐形成了属于自己的民族特征，人民性不断加强，戏剧的民主化进程逐渐深入。

在 19 世纪初期，莎士比亚、席勒、莫里哀、狄德罗、博马舍、莱辛等西欧戏剧家的戏剧仍然是俄罗斯剧院的常见剧目，古典主义悲剧的创作原则的影响依然存在，俄罗斯剧作家的创作还明显带有模仿西方戏剧的痕迹。悲剧和喜剧是这一时期主要的戏剧体裁，但已经开始出现一些新的趋向，如感伤主义悲剧、新古典主义悲剧等。

从总体上看，19 世纪前 25 年，俄罗斯戏剧舞台上上演的基本上还是一些翻译的剧作和俄罗斯剧作家模仿西欧戏剧、追求舞台场面所造成的强烈印象的一些不成熟的作品，虽然这些作品为日后的戏剧发展做了很多方面的准备，但真正具有民族特色的戏剧创作则刚刚起步。

普希金在戏剧方面的尝试对 19 世纪俄罗斯民族戏剧的发展做出了自己独特的贡献。早在皇村中学读书时，他就对戏剧发生了兴趣。南俄流放期间，受十二月党人思想的影响，他开始写悲剧《瓦季姆》，但没有写完。1824 年，卡拉姆辛的历史巨著《俄罗斯国家历史》关于"混乱时代"的部分（第十、十一卷）出版，引起了全社会的兴趣，为戏剧创作提供了广泛的素材。1824—1825 年，普希金以这段历史为背景，创作出了历史悲剧《鲍里斯·戈都诺夫》。悲剧展现的是 16—17 世纪之交留里克王朝末代皇帝死后，鲍里斯·戈都诺夫登上王位及后来伪德米特里借波兰人之助推翻了戈都诺夫王朝的那段历史。普希金借剧情和剧中人物之口，表达了自己的历史观，即民众是历史的主人。在《鲍里斯·戈都诺夫》中，普希金反映了人民的命运。不过，人民在剧中是没有鲜明个性的群体形象，他们既是盲从的、无序的，也是有力的、智慧的。在悲剧的结尾，民众用沉默表达了自己对新王的失望。《鲍里斯·戈都诺夫》打破了古典主义戏剧规则的束缚，创造了新型的、体现具体的历史的时代精神的戏剧，与格里鲍耶陀夫的《智慧的痛苦》一道确立了现实主义创作方法的一些基本原则，对俄罗斯戏剧艺术乃至俄罗斯文学产生了很大影响。但由于"历史的过去成为认识当代生活、政权状况及其与人民关系……的手段"，所以这部悲剧直到 1830 年底才首次得以发表。

19 世纪 30—40 年代，莱蒙托夫的《假面舞会》（1835），果戈理的喜剧《钦差大臣》《婚事》《赌徒》等一批具有俄罗斯民族特色、贴近现实生活的剧作问世。尤其是果戈理的《钦差大臣》，1836 年在莫斯科和彼得堡两地上演，引起极大的轰动，因此别林斯基充满信心地说："我们将有自己的民族戏剧，这种戏剧不再饷我们以洋气十足的勉强扮鬼脸、借来的机智、丑恶的改作，而将是我们社会生活的艺术表现……。"可以说，"俄罗斯戏剧从果戈理起，它已经有了现实的基础，已经走上了正路"。这条路从格里鲍耶陀夫、普希金开始，在果戈理的笔下坚实起来，以后逐渐扩展成一条宽广的现实主义大道。

继果戈理之后，19 世纪 50—60 年代，最有影响的大剧作家是 A. 奥斯特洛夫斯基，他使俄罗斯戏剧转向普通人的内心情感世界，转向日常生活。他成为公认的戏剧创作的核心人物，他的创作标志着俄罗斯戏剧进入了一个新的发展阶段。这个阶段的突出特点是戏剧的人民性和民主化，对社会政治问题和历史的关注，对现实的讽刺、批判力度的加强。一批杰出的作家、剧作家也创作了很多题材、体裁各不相同的剧作，使俄罗斯戏剧进入了一个相对繁荣的发展时期。

屠格涅夫继承了果戈理的写实传统，在戏剧中发展了"自然派"主题，创作了十余个剧本：《疏忽》（1843）、《落魄》（1845）、《物从细处断》（1847）、《食客》（1848）、《单身汉》（1849）、《贵族长的早餐》（1849）、《村居一月》（1850）、《外省女人》（1850）、《大路上的谈话》（1851）、《索伦托的黄昏》（1852）等等。他的剧作虽然在题材和风格上各不相同. 但基本上都没有紧张的剧情和离奇的事件，而是在平平淡淡的日常生活的基础上反映出人物性格和人物心理的时代的特征，从而达到典型性的高度。屠格涅夫的戏剧创作一反 19 世纪初的那种注重舞台体现、追求舞台效果的创作倾向，把重心完全放到内容上，用他自己的话说："什么也不要，只要生活。"基本不去考虑戏剧形式上的一些问题。因此，有人说，他的剧作缺乏舞台性，不适合在舞台上演出。然而，正是这种创新后来被契诃夫继承了过去，并且发扬光大，取得了很大的成功。因此，屠格涅夫的戏剧创作是一种有益的尝试。

皮谢姆斯基的戏剧主要反映的是农村生活、农民的世界。他先后写了 15 个剧本，开始是写喜剧，后来转向悲剧。写于 1859 年的正剧《痛苦的命运》是皮谢姆斯基的代表作，其中描写了普通农民在环境的压迫下失去理智，犯下暴行的故事，在当时很有影响。60 年代，皮谢姆斯基认定"悲剧性是俄罗斯生活固有的自然现象"，所以他的戏剧在 60 年代后期展现的是一些为恶者、生性残暴的人，讲述的是一些残酷的情节，因此具有揭露的作用。

苏霍沃－科贝林则坚持了果戈理讽刺喜剧的方向。他的戏剧三部曲《昔日的景象》包括喜剧《克列钦斯基的婚事》（1854）、正剧《案件》（1861）、喜剧《塔列尔金之死》（1868）三部，展现了贵族道德基础的丧失以及司法体系的腐败．尖锐而突出地描绘了官僚世界的黑暗。丰富的想象力和对戏剧艺术的了解和热爱决定了他要用戏剧这种艺术形式表达他对社会现象的思索；而身为贵族，他的讽刺和揭露激情与亲身经历的不公正（1850 年曾被诬告谋害一个他爱的女人而入狱）有着直接的关系。这三部剧作在风格特点上并不一致，如，第二部以引人入胜的故事情节和精彩的人物对话取胜，第三部则以怪诞夸张见长，但是它们在表达作者思想及情感方面是一致的。剧作充满了主观的、抒情的因素，语言极富个性。

A．托尔斯泰以创作历史剧见长，他的戏剧三部曲《伊凡雷帝之死》（1866）、《沙皇费多尔·伊凡诺维奇》（1868）、《沙皇鲍里斯》（1870）以每一个中心人物——沙皇——的名字为题，描绘了 16—17 世纪之交俄国历史上伊凡雷帝、费多尔·伊凡诺维奇、鲍里斯·戈都诺夫统治时期的一个又一个的重大政治事件。在 A．托尔斯泰历史剧的所有人物当中，具有天然的道德感的费多尔·伊凡诺维奇塑造得最为鲜明和丰满，但与历史事实有较大的出入。A．托尔斯泰并不追求史料的真实性，他强调的是"人的真实"，"在重大的历史事件过程中所表现出来的和发展着的有趣的性格"。

19 世纪 70 年代的俄罗斯戏剧更加关注当时社会生活中的一些重大问题，力求及时反映社会上的新现象，努力满足日益增长的观众的要求。因此，这一时期的剧目相当繁杂，体裁多样，诸如童话剧、抒情喜剧、社会讽刺剧、悲剧等等，不一而足。

19 世纪 80—90 年代，由于社会历史形势的变化，整个社会充满了沉闷的气氛和分化的感觉，戏剧作为反映生活的一种艺术形式必然带有时代的烙印。19 世纪 50—70 年代现实主义一统天下的局面发生了变化，和其他艺术门类一样，戏剧中也出现了新的表现手法，浪漫主义重新抬头，象征主义等现代派的艺术手法也开始出现。最具代表性的是契诃夫的戏剧创作。"契诃夫是擅长于采用多种多样的、往往能在不知不觉中起影响作用的手法的。在有些地方他是印象主义者，在另外一些地方他是象征主义者，需要的时候，他又是现实主义者，有时甚至差不多成为自然主义者。"

第四节　苏联时期的文学

苏联的全称是苏维埃社会主义共和国联盟，于 1922 年 12 月 30 日成立。由以俄罗斯为首的 15 个国家组成，到 1991 年 12 月 26 日解体。虽然这一时期并不长，但却是一段非常特别的历史时期，而这个联盟体的建立不仅形成了经济的共同体，更多地还是意识形态的共同体。因此，这一时期的大多文学作品突出体现了意识形态问题。

一、苏联时期诗歌的发展

19 世纪末 20 世纪初，俄罗斯文学迎来了其历史发展的又一次繁荣，诗歌则是其中一片最为耀眼的天地。与普希金、莱蒙托夫等人在 19 世纪初叶造就的"黄金时代"相对应，文学界形象地称这个时期为"白银时代"。这种繁荣景象的形成一来是顺应了文学发展起落交替的自然轨迹，二来是借助于世纪转换时代的复杂文化氛围。当时在思想界、文化艺术界普遍地弥漫着一种强烈的"世纪末"情绪，一些重大历史事件的相继爆发又增加了人们的震惊和迷茫，从哲学到文学，从宗教到艺术，都不由自主地为寻求命运的出路而努力。这种繁荣景象的表现首先是流派争鸣及其发展更迭。诸多流派之间不仅相互对立和排斥，而且相互继承和渗透，它们用各具特色的声部组成了整个时代汹涌的大合唱，也使 20 世纪俄罗斯文学第一次以多元化的风貌展现出来。

这一时期诗歌发展的最主要特征是现代主义各流派的先后涌现，其中规模较大的有象征派、阿克梅派和未来派等。

十月革命以及后来苏维埃政权的建立，使俄罗斯诗歌同其他艺术种类一样，发生了巨大转变。在相当长时期内，前一阶段所积累的大量艺术经验被当作腐朽意识形态的残余受到排斥，对于诗歌主题和形式的热烈探索很快消退，受主导意识形态影响，为明确的内容寻找清晰的表现形式，"为大多数人理解和接受"成为艺术的主要信条和评价标准。但这并不等于说诗歌艺术发展就此停滞不前，而是在不同时期有着不同的发展。总的说来，这种发展很不均衡，也不平稳。

在革命后的初期，诗歌活动空前繁荣，这一方面是由于诗歌可以最敏锐和及时地反映时事变化，另一方面国内战争的困难环境（如缺乏纸张和出版困难），也促成了诗歌——这个较少使用甚至不用纸张就可以与广大群众见面的艺术种类的发展。同时我们也应该看到，在这个大转变时期，人们的情绪十分亢奋，众多文化速成班培养出来的大批文学青年，其中有的直接成为庞大创作队伍中的一员，绝大多数的则成为广大的文化消费者。这一时期的创作虽然活跃，但是却参差不齐，良莠杂陈。

20 世纪 20 年代中期，苏联长诗创作取得很大成就，特别是以历史人物和真实事件为基础的作品，如马雅可夫斯基的《列宁》《好！》，叶赛宁的《安娜·斯涅金娜》《伟大进军之歌》，帕斯捷尔纳克的《1905 年》《施密特中尉》等，这些作品在叙事同时突出了抒情因素，个人与群众、个人与历史常常成为诗人思考和表现的核心主题。

20 世纪 30 年代诗歌的一种特殊体裁——歌词创作成绩斐然。虽然伊萨科夫斯基的许多作品被谱写成歌曲，但是他的绝大多数作品并不是专门为歌曲创作的。而另外一些诗人则主要被看作是歌词作者而闻名。

20 世纪俄罗斯诗歌的最后一次高潮出现在 50 年代中期至 60 年代初期，即所谓"解冻"时期。一批以往受到政治运动冲击的老诗人重返诗坛，焕发活力。一些由于各种原因被打入"另册"的诗人恢复了名誉，其作品开禁，与读者见面。在一批中年诗人继续发挥艺术潜力的同时，一批新人为诗歌注入新鲜血液。虽然从大环境讲，行政命令依然从根本上影响着文坛的走向，但是多少在主题和形式上放宽了某些限制。"诗歌节"（1956 年起）的频繁举办也扩大了诗歌的影响范围。

从 20 世纪 70 年代开始，俄罗斯诗歌逐渐走了下坡路，缺少有影响力的诗人和作品。然而，某些受到压制和迫害的诗人的"自创歌曲"却在民间广为流传，具有很大的影响，尽管当时的"自创歌曲"处于边缘状态和"地下"状态，也得不到官方的承认。

与 20 世纪 30 年代的大众歌曲不同，"自创歌曲"往往由诗人自己创作并且演唱，伴奏乐器往往只是一把吉他，因而这些诗人有时也被称作"弹唱诗人"。其中比较著名的有 В. 奥库贾瓦、В. 维索茨基、Г. 加里奇等。他们的创作比较接近于普通人的日常心态，与社会主流意识形态保持距离，多少受到左琴科传统的影响，把文学传统与城市口头文学结合起来。相比之下，奥库贾瓦更倾向于幻想和哲理，风格轻快，维索茨基则倾向于戏剧性，而加里奇多少具有一些喜剧性，温情和讽刺并存。

加里奇在 20 世纪 60 年代之前主要是以剧作家而闻名，曾经创作过一些戏剧作品和电影剧本。他在自己的剧作《出征进行曲》（又称《黎明前一小时》，1957）中创作的歌曲《共青团员之歌》曾经风行一时。但是从 50 年代末开始，加里奇开始写出一些与以往作品浪漫情调有很大差别的"自创歌曲"，这些歌曲有的带有现代童话色彩，如《列诺契卡》（1959）；有的把通常比较忌讳的集中营题材引入歌词，如《云》（1962）；有的描写对普通人的关爱和怜惜，如《大人圆舞曲》（1967）；有的则是对不良社会习气的讽刺和揭露。1968年他因写作反对苏联武装入侵捷克的歌曲《彼得堡浪漫曲》（1968）而受到来自官方的压力，特别是由于他与萨哈罗夫等"持不同政见者"的密切往来，而在70年代初被苏联当局驱逐出境。他先后在挪威、德国等地讲学、创作、举办个人演唱会，1977年在巴黎住所由于操作电器失误而意外身亡。加里奇的作品通常是先写出短诗，然后配上简单的曲调登台演出，他不像奥库贾瓦、维索茨基那样具有音乐天才，因而他主要长于语言创作，特别继承了左琴科的幽默和讽刺以及歪用合乎角色身份词语的手法。加里奇的创作直到80年代后期才在国内受到广泛承认和肯定。

在"弹唱诗人"中，最有成就的当属 B. 维索茨基。他的诗歌将古典诗歌传统与现代诗歌发展结合起来，是20世纪后期最具有世界影响力的俄罗斯诗人之一。

20世纪80年代苏联社会的动荡对诗歌创作没有起到多少积极推动作用。诗歌出版主要为"回归文学""白银时代文学"所占据。苏联解体后的社会变革带来负面效应，在"强国梦"破灭后的社会情绪低落和大众消费文化的冲击下，诗歌更处于边缘化，到目前仍无明显的复兴迹象。

二、苏联时期小说的发展

19世纪末20世纪初，俄罗斯小说创作也像俄罗斯诗歌创作一样，走向多元化发展时期。有老牌现实主义作家，有现实主义小说创作传统的作家，有把现实主义与浪漫主义结合起来的小说家，有现实主义作家等等。总之，19、20世纪之交的小说创作流派和风格各异，题材和形式多样，构成了世纪之交俄罗斯小说创作的一派新貌。

20世纪20年代是俄罗斯文学发展史上的一个富有成效的创作时期。一大批优秀小说家的流亡对俄罗斯的小说创作有一定影响，但是俄罗斯的小说创作并没有停止。随着苏维埃官方加强对意识形态的控制，文学家们的活动变得愈加激烈。小说、诗歌、戏剧等文学体裁得到了迅速的发展。20世纪，世界文学出版社出版了大量的文学作品。像"文学家之家"、彼得堡的"艺术之家"这些文学社团依然存在。高尔基利用"知识"出版社吸引和团结了许多作家。此外，他还主办《编年史》杂志，积极扶植年轻的作家。在20年代活跃的大型文学杂志有：《红色处女地》《新世界》《星》《十月》《青年近卫军》《红色全景》《西伯利亚的火光》和《出版与革命》，等等。

20 世纪 30 年代，苏维埃政权官方大力干预作假的文学创作活动，加强了对文学艺术领域的"有害意识形态"的打击力度，文学变成官方意识形态的宣传工具，变成改变人的意识、生活方式和行为举止的一种手段。但是，小说创作在这个时期依然得到了发展。

　　20 世纪下半叶，苏联社会生活是多事之秋。斯大林去世（1953）、苏联作家第二次代表大会（1954）、苏共第二十次代表大会（1956）、苏共第二十二次代表大会（1961）、苏美的军备竞赛和冷战（60—70 年代）、戈尔巴乔夫的改革（1985）、苏联解体（1991）等。这一系列社会政治事件对 20 世纪下半叶俄罗斯文学发展产生了这样或那样的影响。

　　20 世纪后半叶俄罗斯小说题材多种多样：战争题材、历史题材、集中营题材、道德题材、城市题材、知识分子题材、劳动题材、农村题材、人与自然的关系题材等等。但小说主要在战争题材、集中营题材、城市题材、农村题材等几种题材得到了可喜的发展。

　　从 1985 年开始，在戈尔巴乔夫的"改革与新思维"的社会总体氛围下，苏联的整个文化空间开始重新排列组合，发生了意识形态的、道德的、审美的模式的变更。在苏联，文学发展也随之产生着巨大变化，国内的"地下文学"开始走向地上，"异样文学"获得合法的地位，俄罗斯侨民文学大量回归，等等。这一切打破了苏维埃文学一统天下的发展格局。

三、苏联时期戏剧的发展

　　20 世纪的俄罗斯经历了两次世界大战、三次革命、国内战争等一系列历史风雨的洗礼，时代的风云变幻与生活的不断变迁都深刻地影响着这个民族躯体的每一根神经。承传于 19 世纪深厚的戏剧传统，20 世纪的俄罗斯戏剧随时代的改观而呈现出更加丰富的面貌。近百年后的今天，它仍持续保持着戏剧大国的地位，不仅在戏剧文学上，也在导演、表演以及舞台美术方面自成一统，撑起世界剧坛一片独特的天空。

　　与 20 世纪俄罗斯的小说和诗歌发展的大潮相伴随，俄罗斯戏剧发展也基本可划分为世纪初年至 20 年代末、30 至 50 年代末、60 年代至 90 年代初几个时期。

　　20 世纪初至 20 年代末是 20 世纪俄罗斯戏剧的发端。在世纪之交的 20 年时间里，俄罗斯戏剧由 19 世纪以批判现实主义为主导的时期进入了无产阶级戏剧，亦即社会主义现实主义戏剧的前期。此时的俄罗斯正处于急剧的政治变革与社会动荡之中。在两个内涵截然不同的历史阶段的转变中，托尔斯泰、契诃夫与高尔基等作家的戏剧创作起到了巨大的作用。

　　19 世纪末至 20 世纪最初十年，俄罗斯文坛上呈现出了复杂而多元的格局，其中以自然主义和象征主义为代表的现代主义文学潮流风行一时。在现代主义文学领域中最有成就的小说家和诗人吉皮乌斯、勃洛克、阿赫玛托娃和马雅可夫斯基等，都曾涉猎戏剧创作。但是，真正把俄罗斯戏剧乃至世界戏剧引入现代戏剧之路的人是契诃夫。他在这一时期创作的《海鸥》《万尼亚舅舅》《三姐妹》和《樱桃园》不仅"预示了头脑清醒的年轻人如何逃脱鄙俗的现实而走向新生活"，而且，其满含象征意义的戏剧作品，也将俄罗斯现实主义戏剧艺术推向了顶峰，达到了"无人可及"（高尔基语）的高度。作为首先登上无产阶级文坛的作家，高尔基除了写下《母亲》《海燕之歌》《伊则吉尔老婆子》等优秀的小说散文外，还创作出了《小市民》《底层》《避暑客》和《仇敌》等剧作，成为世纪初俄罗斯剧坛上的旗帜性作品。

20 世纪的最初 20 年，俄罗斯戏剧在导演和表演艺术上进入了一个全面探索与革新的繁荣时期，对世界戏剧所产生的影响是巨大而深远的。19 世纪末，俄罗斯戏剧还是一个"由演员主宰的时代"，而进入 20 世纪后，戏剧的文学性和导演的作用被提升到了重要的位置。这种变化，与易卜生、霍夫曼作品的被引进，尤其是与契诃夫的出现有着紧密的关系。这些被当时评论界称为"新戏剧"的作品，要求人们用一种"复调"的方式来表现生活，发掘出生活中潜在的戏剧冲突，并且让观众感受到与现实紧密相关的舞台时间。由此，现代戏剧和"导演剧院"产生。1898 年，斯坦尼斯拉夫斯基和聂米洛维奇－丹钦科组建了莫斯科艺术剧院，这是 20 世纪俄罗斯戏剧史上的重大事件，可以说，真正现代意义上的俄罗斯导演史是从此才开始的。斯坦尼斯拉夫斯基还对自己的戏剧实践和戏剧教育经验进行总结，在"体验法"的基础上创立了著名的"斯坦尼斯拉夫斯基体系"。在这一阶段，梅耶荷德、瓦赫坦戈夫和泰伊洛夫的艺术活动也十分活跃，他们各具魅力的导演艺术及其所建立的各有特色的剧院，为苏联早期的戏剧舞台带来了丰富的色彩，而他们也以自己杰出的艺术活动被列入世界著名舞台艺术家的行列。

20 世纪 30 至 50 年代，新生的苏维埃政权经历了国内社会主义建设和抵御外来入侵者的双重考验。进入 30 年代，随着社会主义建设的展开，工业化、当代年轻人的成长、家庭伦理观的变化等主题，都成了戏剧作品反映的主要对象。以生产建设为题材、反映青年成长主题的剧作有包戈廷的《斧头之歌》（1930）、《我的朋友》（1932）和阿尔布卓夫的《遥远的路》（1935）、《塔尼娅》（1938），阿菲诺干诺夫的《玛申卡》（1940）和特列尼约夫的《安娜·卢奇尼娜》（1941）等；在这些作品中，政治倾向、心理描写和性格刻画逐渐结合在一起，戏剧冲突也由阶级斗争转移到了社会日常生活。20 世纪 30 年代，革命题材的戏剧作品也有了新的发展，出现了维什涅夫斯基的《乐观的悲剧》（1933）

和一系列列宁题材的优秀作品，其中包戈廷的《带枪的人》（1937）与随后创作的《克里姆林宫的钟声》（1940）和《悲壮的颂歌》（1958），共同组成了戏剧史经典的"列宁三部曲"。除此，英雄主题的经典之作还有萨伦斯基的《女鼓手》（1958）和沙特罗夫的《以革命的名义》（1958）。

苏共二十大以后，社会变得更加开放，一批弘扬人道主义思想的戏剧作品应运而生。普通人的日常生活及其命运和遭遇，成了戏剧作品的主要描写对象。这类题材的代表作品有阿尔布卓夫的《漂泊岁月》（1954）和《伊尔库茨克的故事》（1959）、罗佐夫的《祝你成功》（1955）和《永生的人们》（1956）、瓦洛金的《工厂姑娘》（1956）等。这些作品克服了过去人物描写中的公式化、概念化以及解决冲突简单化的弊病，更加真实和深刻地揭示了人们，尤其是平常人的心理和精神面貌，反映了他们的不同追求以及生活遭遇，塑造出了一群有血有肉、具体生动的人物形象。

值得一提的是，莫斯科讽刺艺术剧院于50年代中期上演了《澡堂》和《臭虫》，使梅耶荷德和马雅可夫斯基的政治戏剧传统得到了重现和复兴。同一时期，列宁格勒的托甫斯托诺戈夫的导演艺术成就值得关注。1955年，他所导演的维什涅夫斯基的《乐观的悲剧》的上演成了苏联戏剧生活中的一件大事。

20世纪60至90年代这一时期的俄罗斯戏剧，涵盖了被多数戏剧史家所认同的"当代戏剧"概念下的戏剧创作。在近50年的历程中，俄罗斯戏剧的主要任务就是克服多年来在社会主义现实主义艺术方法模式下所形成的公式化和概念化现象。在这个复杂的阶段，艺术上新旧传统的碰撞与此消彼长、艺术观念对意识形态的偏离与妥协、时代变迁对作家命运的翻云覆雨，使俄罗斯戏剧在丰富与统一相结合的前提下，呈现出阶段的独特性和整体的多样性。1964年，塔甘卡剧院成立，这是俄罗斯戏剧进入20世纪60年代以来的一个重大事件。它有机综合了梅耶荷德、瓦赫坦戈夫和斯坦尼斯拉夫斯基的美学原则，将深刻的政论性、尖锐的讽刺性、鲜明的舞台性和崇高的美学性结合在一起，对这一时期的戏剧繁荣起到了推波助澜的作用。

从20世纪60年代开始，社会伦理道德问题和家庭生活题材重新受到人们的密切关注。社会的冷漠、官僚体制的腐败、拜物主义的盛行、市侩的庸俗心理和信仰的缺失等社会问题，成了作家们注意的焦点。他们继承并发展了俄罗斯戏剧史上以契诃夫为代表的心理现实主义戏剧传统，在对现实的批判中表达了对美好生活的期待。

道德题材剧在战后之所以得到迅速发展，剧作家罗佐夫的创作起了巨大的作用。对道德问题的关注在罗佐夫的作品中得到着力表现，"拜金主义"、虚假的知识分子小市民情趣和内心空虚等主题，贯穿着罗佐夫的所有作品；阿尔布卓夫是当代苏联剧坛上创作生命超过半个世纪的剧作家。他一生共写有三十多个剧本，也是苏联戏剧史上最有舞台生命力的剧作家之一；在万比洛夫的作品中，我们看到了作者对处在五六十年代转折时期的同时代人命运的关注和认识。其戏剧作品最突出的特点是他强调了道德的最高准则，在日常生活中，这些准则在作者笔下的主人公身上得到了充分的检验。他们都希望改变世界，但由于他们自身的懦弱和社会的纷纭复杂，他们难于驾驭自己的行为，更难于按照他们的预想去改变社会。于是，他们感到了一种前所未有的空虚和失重。可以说，他们现实生活的主旋律就是个人幻想的彻底崩溃以及由此而产生的灾难。象征、内心独白、停顿、潜流等艺术手法在万比洛夫的作品中得到了独到的运用，这使他的戏剧艺术不仅在精神追求，也在艺术品格上与契诃夫有着许多相通之处。因此，万比洛夫又被称为 20 世纪契诃夫传统的继承者。

第五节　当代俄罗斯文学

苏联解体以后的俄罗斯，思想开始自由发展，世界各地的新的文学理论和文学思潮不断涌入俄罗斯，俄罗斯一些优秀的文学创作者和文学理论的总结者在一时间蜂拥而起，在这些思想的指导下，在思想自由的环境中，俄罗斯文学呈现了现代化的发展趋势，城市化描写集中出现在俄罗斯文学中。

一、当代俄罗斯小说的发展

从题材上看，苏联解体后俄罗斯小说创作基本上继承了 20 世纪下半叶俄罗斯小说创作的传统题材，即战争题材、集中营题材、城市题材、农村题材等。

战争题材。Г.弗拉基莫夫（1931 年生）的长篇小说《将军和他的部队》、阿斯塔菲耶夫的长篇小说《该诅咒的和该杀的》就是两部引起读者和评论界注意的作品。弗拉基莫夫的《将军和他的部队》这部小说把对战争的描述转到对人类生存的共同规律性问题上来，因为人性以及人类生存的规律性等问题在战争中最能够暴露无遗。在小说主人公科勃利索夫将军身上所体现出来的人的伦理道德具有重要的价值。阿斯塔菲耶夫的《该诅咒的和该杀的》是 20 世纪最后 10 年俄罗斯文学的一部巨著。小说的名字来自旧礼仪派的颂歌："所有在尘世上播下骚乱、战争和兄弟残杀的人，该受到上帝的诅咒和该杀。"

是谁播下骚乱，是谁该诅咒和该杀？这是作家在小说中回答的问题。作家认为任何战争都是可恶的，因为战争导致人的道德的贫瘠化。文学评论家 B. 叶萨乌洛夫说："阿斯塔菲耶夫的小说——也许是第一部从东正教立场出发写出的关于这场战争的小说，并且他完全意识到战争的悲剧冲突。"

集中营题材。苏联解体后，文学界也像其他领域一样，开始对苏维埃政权进行全面的清算，苏联时期的集中营成为小说家清算的一个对象。

Л. 科斯塔马罗夫的《大地与天空》就是其中的一部。小说里，"天空"是希望、理解、自由和真正生活的象征。小说情节发生的时间和地点："1982 年。苏维埃社会主义共和国，某城的集中营区。"集中营的每一个囚犯差不多每隔 5 分钟都要抬头仰望天空，都要与天空进行自己的独白。因此，小说是来自大地的众多囚犯与天空的一种多声部的对话。"天空"对囚犯来说是天国、天堂。他们在尘世生活中受到的种种折磨和非人的待遇，都将在对天空的仰望和希冀中化为乌有。作家在这部小说中描述出集中营生活的残酷，但是在这种生活的背景上展示出人的善良和人性之美。

城市题材。20 世纪 90 年代，俄罗斯城市同农村一样经历着社会转型的阵痛，城市各阶层的人们同样在痛苦中挣扎。因此，俄罗斯城市的人生百态成为作家的聚焦点之一。在描写城市生活里各种丑恶现象泛起、人们的生活贫困的小说中，应当首推拉斯普京的《下葬》和叶基莫夫的《棚顶的小猫》。作家拉斯普京的短篇小说《下葬》选择一位女儿给母亲办理丧事来表现当今俄罗斯城市平民生活的现状。叶基莫夫的《棚顶的小猫》描写 20 世纪 90 年代一个小镇上工人们的生活遭遇，为了生存，他们中间有的人不得不去车臣当炮灰。

农村题材。苏联解体后，农村发生了较大的变化，农民是首先的受害者。农村的集体农庄机制被破坏或解体了，农村几乎陷入一种无政府状态。大批的壮劳力涌入城市，成为城市的打工族；有的虽然留在农村，但也另谋生路；剩下的老弱病残无力耕作，使大批土地荒芜，农村呈现出一派衰败的景象。拉斯普京对 90 年代初俄罗斯农村状况曾经做过这样一段概括："如今到了这样一个毫无希望的年代，过去赖以生存的东西都不见了……什么都没有了。""昔日的大自然、土地、城市、村落虽然存在，但已经是另一番景象……"

二、当代俄罗斯戏剧的发展

改革以及苏联解体以后，俄罗斯剧坛上出现了艺术形式上带有实验色彩的"新戏剧"，代表作家有 H.科里雅达、M.阿尔巴达娃、E.格列明娜、M.乌加洛夫、H.萨杜尔、叶尔廖夫、A.希边科和 A.斯拉波夫斯基等。他们的剧作涉猎了社会生活的诸多方面，以传统的契诃夫式的手法，从日常生活的事件中"析出"了不同层次的潜台词，加深了戏剧表现的深度，充实了作品内涵的哲理层次。可以说，他们的创作在新的时代背景下体现出了俄罗斯现实主义戏剧传统的力量。在世纪末相对沉寂的俄罗斯舞台上，除了以上刚刚涉入剧坛的年轻作家外，年龄稍长的作家也仍坚守在剧坛上，如罗佐夫、Л.佐林、瓦洛金、盖利曼、拉德仁斯基和 И.德鲁策等。他们虽不如过去那么活跃，但却与年轻作家一起，正在共同支撑着俄罗斯的戏剧天空，为它在新世纪的崛起积蓄着能量。

俄罗斯戏剧具有丰富的历史和坚实的传统，这些传统来自于冯维辛、普希金、果戈理、屠格涅夫、格里鲍耶陀夫、奥斯特洛夫斯基、托尔斯泰和契诃夫。这种传统强调了从展现"生活真实"到再现"人的精神生活"的美学追求。随着时代的发展，这些传统将以旺盛的生命力，以不同的面貌在不同时代作家的创作中得到不断的丰富与发展。

第三章　圣愚现象视角下的俄罗斯文学研究

　　疯癫是人类文化史上的共同现象，它的形成涉及人类心理及社会关系等纷纭复杂的因素。在欧洲，圣愚文化的形成则经历了疯癫从一般生理现象到社会现象、基督教化、书面文化过滤、哲学阐释等一系列过程，而在这个过程中，基督教的隐修思想及其制度对其产生过重要的催化作用。但由于西欧现代化进程的到来，这种文化未能发酵成熟，却在游离了欧洲主体文化变迁的俄罗斯历史上得以养育成一种文化形态，并对其整个文化结构，尤其是文学，产生了不容忽视的影响。虽然经历了苏联时期的无神论意识形态洗涤，圣愚现象几近销声匿迹，但它作为一种文化精神却深深地刻入了俄罗斯文化的结构之中，并制约着其民族性及各种文化表征的存在方式。本章分别从俄罗斯文学的精神、形式和生命品格三个方面对圣愚现象进行具体的分析和探讨。

第一节　圣愚与俄罗斯文学的精神品格

一、超越世俗伦理

圣愚乃是处于氏族之外的人，是一种仅具有氏族外表特征的特殊类型。也就是说，从这个词的原初含义上也可以看出，圣愚是这样的一类人：他们没有亲情，不懂得接受亲情；他们没有家庭，也不能够进入家庭生活，一生漂泊；他们不仅是世俗伦常中的被放逐者，而且是精神上的自愿放逐者。因为，只有切断了世俗之根，才是救赎的终极途径。

圣愚文化的这种无根性，成为俄罗斯文学塑造人物的一种基本模式。它在不同类型的人物形象身上则分别体现为不同的表现形态，如多余性、破坏性、漂泊性等等，这些形态虽然表现不同，但总体价值是如一的，即对精神自由的追求。

（一）多余性

圣愚失去家庭，漂泊流浪，大多也并不归属于某个宗教场所，或者仅仅是名义上属于某个修道院，而实际上那只不过是个临时住所而已，他不参加"集体活动"，没有"组织观念"；更明显的是，他们多是无所事事的"下贱人"，圣徒传上记载的那些每日敬业苦修的圣愚只是少数。但这种现象却并不为民众所鄙视，在他们看来，这正是一种特殊的信仰方式，甚至是接近神灵的根本途径。因此，无根性成为俄罗斯民族性格的一种特征，逃出家庭，超越世俗伦理，成为俄罗斯性格的一种内在动因。但到了19世纪，当第一次卫国战争胜利之后，俄罗斯民族突然爆发了强烈的社会责任意识，在这种背景下，那种仍然延续着圣愚生活态度的人，便成为一种"陌生化"的现象，它被归罪于社会责任感的丧失、意志薄弱，从而成为一类"多余的人"。

也就是说，从我们的角度看，俄罗斯文学史上著名的"多余人"现象，这种过去无法在民族文化框架内诠释的现象，在某种意义上也是圣愚理念的一种变体。

（二）破坏性

如果说奥涅金是通过自我放逐的方式来寻求生存的意义，那么另一个在世俗眼光里也属于"多余人"的毕巧林则是通过对现存秩序的破坏来达到这一目的的。

圣愚的一项重要功能是对基督教意义建构的补充——对世俗秩序的破坏。疯癫本身即是无视现实规则的，而历史上的圣愚往往都是现实秩序的有意和无意的破坏者。如科瓦列夫斯基所说的，圣愚的一种表现就是漠视世俗礼节，以放荡的一面示人，进而以激烈的言辞或异乎寻常的举动，"严厉地揭露并如闪电般震慑"那些强权人物。费多托夫也认为，圣愚是以基督教的内在真理来对抗和嘲讽世俗的正常思维和道德准则。或者说，圣愚行为的一个现世功能就是要对现有的世俗结构加以颠覆。我们说，多余人的基本表现就是对世俗伦常的逃离，而到了毕巧林这里，已经不只是逃离，而是开始去追逐和破坏。也可以这样理解，莱蒙托夫是把圣愚的破坏性力量嫁接到了带有现实痕迹的"当代英雄"毕巧林身上了，只不过这个形象只完成了破坏的功能，而圣愚作为一种文化精神的建设性却没有体现出来，而这，大概只能说莱蒙托夫本人的宗教感悟力还没有成熟而已。

"当代英雄"占据俄罗斯社会舞台的时代已是"后奥涅金"时代。在奥涅金时代，我们可以看到，尽管奥涅金们无法寻找到生活的真正意义，但他们仍然不断寻求，不断在逃离中探索，普希金的这部诗体长篇小说的结局也足以证明，奥涅金的失望正说明着他对意义的追求。因此，我们说，这仍是诗的时代，是意义建构的时代。但普希金的死亡同时也标志着奥涅金时代的结束，"多余人"也随之进化到一个新的阶段，一个对完整性放弃的时代，一个消解的时代，破坏的时代。这正是《当代英雄》的社会意义所在。

（三）流浪性

从圣愚费奥菲尔的遭遇中我们可以看到，圣愚的基本存在状态就是漂泊。像费奥菲尔还是因为特殊原因而被迫离家，其实还有为数很多的圣愚是放弃优厚的家庭条件而自愿离家，甚至这类情况还不像中国有些佛教僧人是因为现实受挫而遁入空门，他们更多地是基于民族天性对物质的轻视、对个人罪孽的反省，或受到某些神启，从而将生命定位于献身上帝的宏大目标。比如基辅洞窟修道院的隐士伊萨基，被称为"俄罗斯第一个圣愚"，便是出身富商，但却将自己的财产全部分给了乞丐，为的只是完成自己少年时成为修士的愿望，但在一场重病之后，成为圣愚。曾经指斥过伊万雷帝的圣愚阿尔谢尼更是成婚有了自己的家庭，但仅五个月后便离家出走，自愿成为圣愚，他身戴镣铐，穿着破旧衣服，四处流浪，常常引来孩子们的取笑。18世纪的女圣愚科塞尼娅同样是把财产分送他人，过起四处游荡、居无定所的生活，晚上便在田野里跪拜祈祷，直到70岁之后去世。那么流浪的文化意义在哪里呢？

西方的托钵僧圣方济各同样生于富豪之家，幼时过着贵族们通行的物质享受生活，放荡无度，在得过一场重病之后，开始心灵的觉醒，执意离家出走，一心希望他继承家业的父亲屡劝无效，最后取消了他的继承权，方济各就连身上的衣服也脱给父亲，孑然一身，离开家庭，过起四处流浪、传播福音的生活。

其实，这个故事所表明的，就是圣方济各所理解的流浪的意义。它也在基督教文化，包括圣愚文化的框架内得到承认。即，流浪是人的存在的精神状态表征，流浪类同于隐修之处，即是它同样是对现世秩序的逃离与超越，流浪者不属于任何一个画地为牢的行政区域，不服从于任何一种政权的管辖，不遵从任何世俗的律法规条，这就等同于生活在另一个生命空间；但流浪又有不同于隐修之处，即，流浪同时也是对世俗生活的一种介入、改造和否定，正如圣愚的当众表演含有对世俗罪孽加以嘲讽的意思，流浪的行为则是向世人展示其特殊的苦修过程，试图达到感化世人的目的，但其实更重要的只是"展示"，也就是将流浪作为一种标志性生活姿态，其功能类似于耶稣走上十字架，它所起到的是替世人受难，以及标示出人生存的一种精神境界的作用。俄罗斯文学正是以这样的方式来完成着对"流浪"模式的建构。

（四）无根性

前面已谈到，圣愚生而无根，死而无归。这种特性已结晶为俄罗斯文学的一种对生命意义的揭示。

前面我们谈到科列索夫对"圣愚"一词的词源学考察，юрод 的本义便是"氏族之外的人"，即，圣愚是一个"у"（在外）或"Ю"（反）"род"（氏族）的类型，"他们不仅自愿拒绝尘世生活的舒适与幸福，拒绝社会生活中的各种利益，拒绝最亲近的血缘族亲，而且把自己装扮成疯癫的样子，不知礼仪，不知羞耻，有时放任自己接受诱惑。"所谓放任自己接受诱惑，看上去是与基督教正统传统相悖的一种文化表现，它其实是圣愚无根性的一种表现，也是圣愚在时间观念上的此在性的一种反映。它当然不是指圣愚对世俗利益的热衷与追逐，而是对此在的顺应，其价值意味有两个方面，一是自我否弃性演示，即自我卑污化；二是对个人内在力量稳定性的显示，即诱惑无须拒绝。但圣愚的这种苦修式表现的前提，就是摆脱血缘之根，摆脱这个最紧密的世俗之根，从而成为纯粹精神的存在。

二、超越"知识"

在欧洲文化史上，理性的"知识"与上帝的信仰"启示"形成了永恒的对立，而疯癫作为对理性的否弃，具有重要意义。在俄罗斯的宗教文化框架中，理性主义被命名为"人神化"，而俄罗斯文学的一个基本命题是对"人神化"的否定。我们知道，基督作为"神—人"是拯救世界的希望。基督的肉身化，也即"虚己"，是向世人展现获救的途径——自我贬抑，自我惩戒，自我牺牲，走向复活。但现实的世界之所以长期处于末世景象，正是因为人子的虚己并未引起世人的仿效，结果恰恰相反，世人反而反其道而行之，由肉身的人而自我成神，抛开上帝，以自我意志为中心，滥用上帝赋予人的"智慧"之识和接续性创造自由，致使恶欲横流。这种现象，陀思妥耶夫斯基称之为"人神"。

而俄罗斯文学正是基于这一现实景象，将圣愚文化中对自我神圣化的否弃的内涵，通过艺术载体继承下来，从而展示了一条新的救赎之路。

（一）作为一种罪孽的"知识"

陀思妥耶夫斯基自己曾说过，他所处的是"无神论与怀疑论"盛行的时代，神人的理想在现实之恶面前显得十分缥缈。人对本质追问的放弃，对个体自由意志的推崇，导致"神—人"隐喻关系的破裂，于是人只在自身寻求确证，人变为形式上的自我主宰。这在陀思妥耶夫斯基的宗教思想框架中即是人对上帝的僭越，人抛弃上帝而自我成神，即"神人"的消隐，"人神"代之而立。而发生这种现象的一个契机，便是人的理性膨胀，或者也可以说，罪在"知识"。

早在《罪与罚》中，陀思妥耶夫斯基就已集中思考人的"人神"化倾向。陀思妥耶夫斯基用了"人神"这一概念来说明这一现象是十分有力的。在他的观念中，"知识"是与神启相对立的，人对知识的过分追求则构成"人神"倾向。比如拉斯柯尔尼科夫，作家将其写成法律专业大学生是深有意味的。世俗的法律，其实就是人的一种知识，一种将所有人的行为纳入一种限定性秩序中的努力，它与上帝的律法是相违背的，后者是要给人以自由，以激励其向善的动因。但在法的框架中，人却失去了一切，不仅是生活的一般性物质条件，更重要的是精神的力量。所以拉斯柯尔尼科夫决定用自己的力量去解决整个社会的问题，但结果却是既损害了他人，也损害了自己。

如果说这些形象还不能让读者清晰地了解作家本人的思想的话，那么他晚年创作的一个短篇小说《一个荒唐人的梦》则明确无误地展现了人这一堕落过程。小说首先向我们描绘的就是一个堕落者，一个基里洛夫式的试图以自杀来完成人神之路的地狱相的人。然而一个小姑娘的出现阻止了他自杀的计划，这个小姑娘显然也是陀思妥耶夫斯基赋予其以天堂引导者意味的形象。于是这个"荒唐人"进入了梦境：这是一个拥有"原始的直接明确性"的世界，人们有如"太阳的孩子"，快乐，友爱，与物质世界融为一体。然而作为罪孽象征的主人公进入了这个世界，就"像传遍很多国家的鼠疫菌，玷污了这块在我到来之前没有任何罪恶的整个乐土"，于是乐土变为地狱，淫欲、谎言、暴力、司法机构，所有我们在现世所习见的东西，都相继出现，"知识"成为这个世界的主导观念，如他们自己所说的："我们有了学问，学问可以使我们重新找到真理，我们会自觉地接受真理，知识高于感情，对生活的认识高于生活。学问赋予我们智慧，智慧能发现规律，对幸福规律的了解——高于幸福。"

正如荷兰思想家伊拉斯谟所说的，"智慧是一种像麻风病一样极易传染的东西，我们要时时提防"。智性控制了这个世界，人们相信只有通过学问和智慧才能组成一个理性社会，于是为了加速事业的发展，"智者"便发动战争以消灭妨碍理想实现的"愚者"，鲜血染红了神殿的门口。面对如此景象，荒唐人从梦中惊醒。——这个所谓梦境，不过是荒唐人精神历程的一个环节而已，因为他自身的堕落就是由"钻研学问"、过于看重自身的智性所致，这种结果发生在他的自身便是自我毁灭，而发生在整个人类则是梦中世界所展示的情景。在整个俄罗斯文学中，知识始终是一个被质疑的对象，我们在其中看到的那些掌握了知识、在精神上却陷于荒芜境地的人物形象，似乎都在向我们讲述着理性的悲剧结局。

（二）疯癫是对理性的制衡

俄罗斯经典文学在否定知识的同时，也一直在通过一种文化形式来制约和抗衡知识对人类历史造成的恶果。这种文化形式便是"为了基督的疯癫"，即基于信仰的否弃理性。

福柯在他的《古典时代疯狂史》中曾说过："疯狂成为一种和理性相关的形式，或者毋宁说疯狂和理性之间的关系，永远具有逆转的可能。于是，任何一种疯狂，都有可以判断和宰制它的理性，相对地，任何一种理性，也都有它的疯狂，作为它可笑的真相。两者间的每一项，都是另一项的衡量标准。在这种相互指涉的运动里，两者相克相生。"从福柯的角度看来，所谓理性，其实在上帝眼中就是疯狂，正如犹太谚语所说的，"人类一思考，上帝就发笑"；反过来说，所谓的疯狂，其实也就是理性的一种表现形式。我们说，福柯是在法国文化的基础上来理解这个问题的，没有证据显示他对圣愚文化有过研究，因此，福柯只能理解到问题的一个方面，但却不能理解在基督教文化框架中存在的"为了基督的疯狂"。

在圣愚的文化理念中，疯癫是最高理性的显现。托尔斯泰认为，人在尘世面临着各种诱惑，摆脱了肉体欲望，又会跌入对世俗名望的追逐，所以，人应当学会自觉抵御这些诱惑，其最基本的方法是："如同吃饭时不去饱餐那些美味食品，而满足于粗茶淡饭，这也一样，不去利用那些获得美誉的机会，而满足于为善的过程。圣愚行为正是如此。圣愚有意假装成放荡不羁的样子，尽管可能对自身有好处，但我认为这就像吃腐烂的东西一样有害；当然，不去改变人们的非议恶评，并且为此而欣喜，将其视为摆脱巨大诱惑、按上帝意志过真正生活的一种行为，则是自然而必要的。"托尔斯泰是在 1893 年的日记中谈到这个问题的，他并不认同圣愚的伪装行为，但又说要保持民众对圣愚自身的否定性评价，这里存在着一个矛盾。

实际上，清醒的圣愚如果试图"不去改变人们的非议恶评"，则只能以非理性的方式，即"有意假装成放荡不羁的样子"来掩盖自己的信仰真蕴，并以此拒斥世俗的诱惑；而这正是托尔斯泰所极力推崇的。在他看来，从日常角度看上去过着理性生活的人，恰恰是非理性的，而真正的生活意义，则是从这种"非理性"的生活走向"最高的理性"——上帝；其途径便是圣愚，以疯癫的形式否弃现实理性，摆脱诱惑，从而获得生命的真知。如有俄国学者所说的："或许圣愚的最后一项功绩不仅是揭露陷于罪孽的沙皇与俗众，而是（通过对疯癫的有意选择）来揭露科学作为一种对真理的控制体系的真相。"在俄罗斯的文化中，圣愚正是以这样的功能在拒斥着西欧理性主义的侵蚀，而文学经典在这一过程中起着极为重要，甚至是最主要的中介作用。

（三）"白痴"：作为理想人格

《白痴》中的梅什金是陀思妥耶夫斯基着力塑造的具有正面意义的人物形象，因此，在以往评论中大多将其解释为耶稣原型的体现。其实，陀思妥耶夫斯基已经告诉我们，基督不可能在其他人身上完整呈现，因此，要写一个基督式的人物是不可能的。而他又要通过一个类似"绝对美好的人物"来表达自己对理想人格的思考，于是就要选择另外一种人格的结构类型来实践自己的理念。

痴愚与神圣的混合性首先体现为忍耐、谦恭及自我贬抑。自我舍弃是陀思妥耶夫斯基自创作之初便建立的人物塑造的基本命题，谦逊是拯救的第一步，也是最重要的一步。前面曾谈到，陀思妥耶夫斯基在为创作《白痴》所准备的材料中写道："谦逊——是世上可能有的最可怕的力量！"因为谦逊指向正教人类学的终极道德规范——爱，而通过爱人类将得到救赎。科捷尔尼科夫在谈到这一问题时说："陀思妥耶夫斯基知道，在顺从的意志中，在对所有'我'的奢求的弃绝中，在深深的自谦中，隐藏着影响个性及其环境的巨大的改造力量。在写作《白痴》时他精确地概括道：'公爵—基督'轻易地享有了这种力量；他在虚己之路上比别人走得更远——他走得如此之远，以至 P. 瓜尔迪尼甚至把梅什金的存在视为'上帝可见的存在'；他认为，梅什金的形象'与其说是与上帝对立，不如说他产生于上帝，与其说他在谈论上帝，不如说他在研究上帝'。"也就是说，梅什金形象的正面性首先就是由谦逊的力量所造成的。

而圣愚自身所具有的漂泊特征，其实是谦逊的最高形式，因为它意味着对自身全部世俗性的否定。梅什金以其独特的病态形象超越肉体地生活着，在他的身上无所谓善，也无所谓恶，无所谓生，也无所谓死。他以一种"白痴"的姿态迎接着来自整个社会的挑战。他首次出现在叶潘钦将军家所讲述的一系列故事是深有意味的。他一连讲了两个有关死刑和一个关于孩子之爱的故事，这不是作者偶然安排的，这个情节表明，梅什金的出现是超越生死而复归婴儿的。即他是一个进入"绝对美好"境界的人物，这也是陀思妥耶夫斯基的创作初衷。但如他所说："世界上再没有比这件事更难的了。特别是现在。所有的作家，不仅是俄国的甚至是欧洲的作家，如果谁想描绘绝对的美，总是感到无能为力，因为这是一个无比困难的任务。美是理想，而理想，无论是我们还是文明的欧洲，都还未形成。"但我们知道，作家在产生这种愿望的时候是没有现实形象可供表现的，因此他只有在文化的原型之中去寻找。基督是他念念不忘的榜样，但基督以何种形象出现才能被人们现实地接受却是一个问题，于是他发现了圣愚。圣愚作为一种拯救的境界是俄罗斯人所亲身体验着的，因此，梅什金公爵的病态和痴愚在拯救的背景下得到了生动展现。

（四）超越知识，回归启示

圣愚与基督性结合的另一个重要特征是对启示的尊崇和对知识的放弃。在理性主义支配之下，对知识的追求助长了人类远离神圣的意念，在陀思妥耶夫斯基看来，欧洲的许多恶行都是在理性主义的幌子下进行的，人拥有了知识，便放弃了对神与自然的敬畏之心，而盲目地认为凭借着知识便可以为所欲为，从而走上"人神化"道路，导致罪孽丛生。而放弃对知识的追求，在信仰的引导下与众生同获拯救，是圣愚的重要生存原则。不追求知识并不等于没有知识，恰恰相反，对知识的放弃是对真正的智慧，也即上帝谕示的追求，这种追求不是通过理性的逻辑方式，而是借助于接触式的、隐喻的方式进入对上帝的启示性空间，从而成为一种对拯救的选择。

放弃知识、领受启示的最高境界是"做小孩子"，因为孩子的纯朴与上帝所要求于人的本性自然相通，同时与圣愚的超越世俗性思维达于契合。有俄国学者指出："圣愚的行为看上去是那样愚蠢、笨拙、古怪、没规矩、随意、错乱。所以我们可以认为，这就是一个成年的孩子，那种没有长大的成年人，却留住了天真、幼稚，因而无法使自己融入那个热衷于规则的社会。"法国思想家本雅明在谈到陀思妥耶夫斯基的《白痴》时特别强调了儿童形象的特殊含蕴，他说："正如陀思妥耶夫斯基在政治上一再将纯粹民族性的复苏称作最后的希望，在这部作品中，他将儿童视为治疗青年人及其国度的唯一的良方妙药。不必提起陀思妥耶夫斯基在《卡拉马佐夫兄弟》里赋予儿童生命以无限的疗救力量，单从这部小说中，科利亚和梅什金公爵的具有最纯净的孩童气质的形象，就可以看出这一点。……读陀思妥耶夫斯基的作品，总能清楚地看出，只有处于儿童的精神状态，人的生命才能从民族的生命中纯粹而充分地发展起来。"梅什金的天真、质朴、纯洁，使他始终像一个未成熟的孩子，实际上陀思妥耶夫斯基是站在他者的立场上来塑造这一形象的。成年人的躯壳，儿童的心地与品质——在一般人看来，这就是"白痴"。而在陀思妥耶夫斯基的心目中，这正是人类获救的形态。梅什金始终保持着孩子的天性，这意味着他在抽象的意义上展现着人类由上帝所赋予的原初神性。

第二节　圣愚与俄罗斯文学的形式品格

一、圣愚文化结构中的笑

笑，是所有文学的基本诗学特征。因为文学是人学，而笑是专属于人的天性。如柏格森所说："在真正是属于人的范围以外无所谓滑稽。景色可以美丽、幽雅、庄严、平凡或者丑恶，但绝不会笑。我们可能笑一个动物，但那是因为在这个动物身上，我们看到一种人的态度或表情。我们可能笑一顶帽子，但我们所笑的并不是这片毡或者这些草帽辫，而是人们给帽子制成的形式，是人在设计这顶帽子的式样时的古怪念头。……如果其他动物或者无生命的物体引人发笑，那也是因为这个动物或者这个物体有与人相似的地方，带有人印制在它们身上的某些特色，或者人把它们做了特殊的用途。"所以也可以说，笑是人与世界沟通的一种方式，是人通过将世界万物对象化而调适和完善自己的一种方式。

当然，笑有许多种类，俄国戏剧理论家尤列尼奥夫曾做过十分细致的归纳："笑可以是高兴的和忧伤的，和善的和愤怒的，聪明的和愚蠢的，高傲的和亲切的，宽恕的和诣媚的，轻蔑的和惊诧的，侮辱的和赞许的，放肆的和畏怯的，友好的和敌视的，讥讽的和仁厚的，尖刻的和天真的，温柔的和粗鲁的，意味深长的和无缘无故的，洋洋得意的和体谅对方的，厚颜无耻的和羞涩腼腆的。这个清单还可继续开列下去：欢乐的，悲伤的，神经质的，歇斯底里的，挖苦的，生理性的，兽性的。甚至还有苦闷的笑！"然而著名的结构主义先驱普罗普却认为，这个清单仍然不十分完备，他认为："这个命名表单上还缺少一种笑，在我们的论域中，对于理解文学艺术作品而言这是一种十分重要的笑，这就是嘲笑。"文学可以有单独游戏功能的类型，但真正的经典文学，却必然会负载整合人类行为的社会功能。文学中的笑也是如此，各种各样的笑都可以借助文学表现而展示，但真正富有意味的笑却是普罗普所说的"嘲笑"。因为，只有"嘲笑"，才能把人与世界的不完善以最集中鲜明的方式展现出来，从而促使文学与人的"类本质"属性达成契合。所以德国启蒙思想家和文学家莱辛曾说过："每一不合理的行为，每一缺陷与真实的每一对比，都是可笑的。但是笑与嘲笑却是相去甚远的。"而利哈乔夫在《古罗斯的笑》一书导言中所提到的笑正是这样的笑，他说："笑在自身同时包含了破坏与创造的两重基因。笑打破了生活中现存的关系与意义。笑将整个社会现实关系（各种因果关系，对现存现象的理解态度，人类行为及社会生活规约）中的虚无与荒诞揭示出来。笑可以'打闷棍'，'揭盖子'，'扒衣服'，'脱光腚'，它可以将整个世界回复到原始的混沌状态。它否弃社会关系中的不平等，否弃导致这种不平等的社会法规，揭露其非正义性与偶然性。"

他们谈到的主要是笑的否定性一面，实际上，在俄罗斯圣愚文化的框架中，笑的根本功能在于肯定性救赎。这一点我们下面会详细谈。巴赫金对这个问题的理解是有道理的，他说："笑——是改正的手段，可笑的东西——是不应有的东西。真正喜剧性的（笑谑的）东西分析起来所以困难，原因在于否定的因素与肯定的因素在喜剧中不可分地融为一体，它们之间难以划出明显的界线。基本的思想是对的：生命讥笑死亡（没有生命的机械）。但有机的生命物质，在笑中是肯定的因素。"

俄罗斯文学中的笑品质，固然有着本土文化及民间文学的来源，如普罗普曾专门做《民俗仪式中的笑》，通过对俄罗斯民间文学中一个鲜见的故事"不会笑的公主"来分析民俗中笑的发生与禁忌。但俄罗斯文化及文学中的笑还有一个基督教文化的背景，在我们的论述框架中，笑显然不是基督教原初教义中的应有之义。尽管也有人认为在圣经中也蕴含了笑的一些因素，如耶稣曾说"你们哀哭的人有福了，因为你们将要喜笑"，而且早期某些教派甚至创造了笑的神话，如诺斯替教派，但诺斯替主义毕竟为正统教义所排斥。耶稣所说的"喜笑"显然也不是我们所说的带有嘲讽意味的笑，而是指走近上帝的喜悦。因此，在正统的基督教文化框架中是没有笑的地位的。如巴赫金指出："早期基督教就已经谴责了诙谐。德尔图良、基普里安、约翰·兹拉托乌斯特反对古希腊罗马的演出形式，特别反对滑稽模拟剧，反对滑稽模拟剧的诙谐和玩笑。约翰·兹拉托乌斯特直率地提出，玩笑和诙谐不是来自上帝，而是来自魔鬼；基督徒应当始终不渝，一本正经，为自己的罪孽悔过和悲伤。"因此，在我看来，这种笑的最重要的文化源泉便是俄罗斯的圣愚文化。

圣愚以其夸张的生活态度和恣意妄为的行为举止展现了笑的两种倾向，一种是以独特的疯癫者的目光来嘲笑世俗世界，一种是以自身的低贱化、污秽化来通过自我嘲弄的方式达到与上帝的沟通。正如潘钦科所说的："圣愚现象正处于笑与教会文化两个世界的中介位置。可以说，没有小丑艺人和弄臣就不会有圣愚。圣愚现象与笑的世界的联系并不仅限于'悖反'原则（如我们所看到的，圣愚创造了一个'自我翻转的世界'），它还关注于事物的表演性一面。但圣愚现象没有教会是不可想象的：在福音书中它已经得到了精神上的确证，并从教会那里获得了有关自身属性的教义规定。圣愚在笑与严肃两个世界的交界处保持平衡，把自己装扮成笑的世界里的悲剧性角色。圣愚便仿佛是古罗斯文化中的'第三世界'。"圣愚通过将自身滑稽化以进入笑的世界，而通过对世界非正当现实进行表演性嘲讽以进入严肃的世界。

如与伊万雷帝同时代的圣愚阿尔谢尼（诺夫哥罗德人）一方面身戴镣铐，衣衫褴褛，举止寒碜，因而遭到人们的取笑，被认为这是个愚蠢的傻瓜，然而这并不能阻止他忍辱负重，常常眼含忏悔的泪水；而另一方面，他对权贵冷眼相看，拒绝伊万雷帝的礼物，并当着沙皇的面指斥他杀死了诺夫哥罗德人："你喝饱鲜血了吗，嗜血的野兽？"这个"恐怖的"沙皇希望他随军出征，但阿尔谢尼却嘲讽地说："我已准备好跟你上路，明天在普斯科夫我将跟你寸步不离。"沙皇以为他决定跟随他去普斯科夫，非常高兴。然而，却不知这个圣愚是在预言自己的逝世。第二天早上，他领了圣餐后便安详地死去。潘钦科院士认为，如果伊万雷帝没有参透圣愚阿尔谢尼的话，而后者却能看透对方的心灵，则说明，自以为聪明的沙皇并不聪明，他只是个"假冒的智者"，而那个到处游逛的傻瓜才是真正的智者。除了这种当面指斥的方式，圣愚讽世的流行方式是街头"行为艺术"。圣愚最典型的装束便是衣衫褴褛，甚至裸体，身披锁链，或携带某种金属器物以发出各种响声，大多数圣愚居无定所，四处游逛，行为放荡，口无遮拦。但这种形式在教会教义的框架内却是被神圣化的，因此，这种自我否弃的怪诞装束与行为使他们获得了一种特殊的、与这个世界相对立的地位，并以此来对世俗世界的种种真正的恶行加以嘲弄与抨击。

在街头表演的过程中，圣愚以表演或传道的方式将路过的行人引诱到自己的身边，通过异乎寻常的呼喊与富有激情的肢体语言，将围观者的情绪调动起来，形成一个圣愚与平民互动的场景。在这一过程中，清醒的圣愚会有序地发泄自己对世俗世界的不满，以达到他的否定性目的，而真正的疯癫者则会发出含糊不清的字词，配合上激情动作来表达一种非常规的情感，而在观众看来，这些含糊不清的词句恰恰是带有神圣意味的预言，甚至有虔诚者把它们记录下来，请高人对之加以分析，以参透其中的奥妙。因此，从整个圣愚的表演来看，这种现象变成了一种强化秩序下的狂欢行为，它对在专制高压下生活的俄罗斯人来说，成为一种与教堂礼拜的古板形式完全不同、带有某种娱乐性质的精神抚慰。

所以，圣愚这种在世俗眼光中的滑稽和笑的现象，在许多学者看来，是抗衡世俗世界的一种强大力量。

但是，我们从这种文化现象对文学表达方式的影响角度来看，圣愚带给文学表达的笑，更重要的是一种内在的笑，一种指向自身的笑，一种发自灵魂中更新欲望的笑。这也就是圣愚所有笑的真谛——通过笑的方式达到虚己的目的。

二、圣愚苦修与高潮延宕

在俄罗斯文学中，对苦难的描写是其基本表现内容。这种对苦难的描写从一个方面体现出它的人民性所在，即，通过对苦难的展示，在艺术上达到"净化"的功能，给读者带来强大的心理慰藉，从而塑成文学的底层立场；另一方面，它也实际反映了俄罗斯民族的苦难历史与对苦难的特殊理解。如陀思妥耶夫斯基所说的，我们的人民"自古以来就始终受对永恒而无情的痛苦的渴望所感染。苦难之流滚过他们的整个历史，它不仅是源于外部的不幸与贫困，而且是由人民的内心喷薄而出的"，"我们伟大的人民就像野兽一样成长，有史以来的千年期间一直经受着巨大的痛苦，世界上其他任何一个民族都未必能够忍受这些痛苦，甚至会解体，会消亡，但我们的人民在这些痛苦中却只会更加坚强，更加紧密团结。……人民懂得自己的上帝基督，因为他们在许多世纪里经历了许多痛苦，有史以来直到今天，在这种痛苦里他们从自己的圣徒们那里始终能够听到自己的上帝基督"。

这种对待痛苦的态度，使得我们在许多俄罗斯文学经典作品中体会不到西欧作品的那种传奇式生活感受，比如跌宕起伏的人生经历、感天动地的生离死别、叱咤风云的英雄壮举等，我们看到的只有人民面对苦难时的痛苦、隐忍和精神完善。这样的表现心理，在我看来，是与俄罗斯文化中的圣愚传统密切相关的。因为圣愚的基本特征便是其受苦受难的状态，这种状态成为圣愚生活的常态，而生存意义恰恰就在这种苦难中产生。

在艺术表现形式上，对苦难的隐忍使得许多小说文本呈现出"延宕化"和"戏剧化"倾向，即缓慢的情节推进，以延迟高潮的到来，而在高潮突然到来时，达到一种升华的境界。其最典型的文本便是陀思妥耶夫斯基的小说。

三、微观化的宏大叙事

俄罗斯的经典文学是在深厚的宗教文化基础上建构起来的，但与此同时，它也是在激烈的文化转型期成熟起来的。因此，它一方面自 19 世纪起即出现了微观化叙事特征，比如对无根性漂泊者形象、偶合家庭等的描写，对僭越上帝的"人神"类形象的描写，以及如巴赫金提出的"复调"叙事形态等；另一方面，它在整体的文学理念上保持着基于宗教文化的宏大叙事。这使得俄罗斯文学的诗学表现呈现了更为复杂、更为丰富的层次。我将这种叙事形态称为"微观化的宏观叙事"，是以微观叙事的形式，以开放式对话的姿态，蕴含宏大叙事的价值立场。

对于俄罗斯文学的这种叙事模式，站在西方人的角度上是难以体悟的。所以，西方的评论家们竟将陀思妥耶夫斯基视为现代主义文学的鼻祖之一。正如韦勒克所说的："存在主义者只看到陀思妥耶夫斯基身上那个'地下室人'，而忽视了那个有神论者、乐观主义者，那个甚至还盼望着一个黄金时代——人间天堂——到来的乌托邦空想家。"西方人的这种眼光，在我们的论域中，正如世俗之人看待圣愚的现实行为一样，即，他们看到的只是圣愚的亵渎性行为，他的放纵，他的卑污化，他的滑稽与可笑，他对自我的伤害，和对所有崇高性的鄙弃——这些，正是微观叙事的特征。

所谓微观叙事，体现为如下几个特点：

（1）立场私人化：尊重每一个体的立场与观点，从而消解独白式的话语霸权；

（2）历史文本化：否定历史的目的性，将历史发展视为所有偶然性事件的集合；

（3）意义平面化：本质规定性退场，深度削平，生存在此刻。

我们看，这些特征与圣愚的现实行为从表面上达成了结构性对应。即，圣愚的表面性特征便是私人化的，他不隶属于任何机构，我行我素；他的行为具有任意性、偶然性、漂泊性；他是此在化的，率性而为，看上去没有任何目的性。

但是，我们知道，圣愚现象在俄罗斯文化结构中已经被塑造成一种文化模式，或曰精神结构。如果仅仅看到它的现实呈现形态，那只是停留在观赏者的层面上。我们必须明确，圣愚作为一种文化，具有双重性。美国学者汤普逊将其归纳为五组二律背反的概念：

智慧——愚蠢

纯洁——污秽

传统——无根

温顺——强横

崇敬——嘲讽

虽然汤普逊认为这些对立概念的统一是人为的，但这也正说明了从历史现象上升为文化现象的特点，即，任何历史现象都是经过人们的想象或归纳性认识而呈现在历史文本中的。因此，我们不能仅仅看到俄罗斯文学的表现形态以及表现内容上的"愚蠢、污秽、无根、强横和嘲讽"，如果仅仅看到这些，那么就会得出结论：俄罗斯文学是以微观叙事为主导的。而当我们将这个问题置于圣愚"文化"的架构中来观照的时候，我们就会看到俄罗斯文学的"智慧、纯洁、传统、温顺和崇敬"，于是，我们也就会理解俄罗斯文学的宏大叙事形态的本质内涵。

第三节　圣愚与俄罗斯文学的生命品格

杜勃罗留波夫曾说："文学所捍卫的事业在社会上获取的力量越大，通常它所发出的声音就越激烈，越坚定。相反的情形是不会发生的；如果有时我们觉得，好像生活在跟从着文学的论断行进，这只是一种错觉，其原因在于，我们往往是在文学中才第一次发现那些我们无从察觉、但早已在社会中发生的变动。"杜勃罗留波夫这里是在谈，文学是社会变化最敏感的标尺。实际上，这段话里还存在着一个问题，即，既然人们往往是从文学中发现生活中的变化，那么，人在现实中就会按照文学的信念去生活。这也就是马克思主义所主张的精神产品的能动性所在。因此，我们说，文学在认识论层面上，是对现实生活的一种体认方式。而在价值论层面，它通过对现实世界的重建，为我们提供了一个逃脱世俗秩序、寻求精神皈依的镜像，让我们遵循着它的指引，去理解和进入生命的意义空间。

俄罗斯的圣愚文化就是站在这样的价值立场上，为俄罗斯的经典文本提供了建构这一生命镜像的文化资源。在这一特殊的镜像中，我们可以寻找到与现实规则迥异的生存方式与策略，从而为我们的此在空间竖立一种超绝的生命品格。

一、圣愚语境中的"虚无主义"

（一）虚无主义与圣愚文化的对应

陀思妥耶夫斯基曾说："虚无主义之所以在我们这里出现，是因为我们全都是虚无主义者。"所谓虚无主义，即是对存在的否定。世界是存在的，意义建基于存在之上；如果存在被否定，则一切皆无意义。在哲学本体论的层面上来看这个问题，就是这样的。但实际上，在现实生活中，虚无主义的否定往往是针对"现世"存在的，或者说，是针对社会现实的。它往往产生于对现世存在的绝望之上。西罗马帝国后期的苦修主义之产生，在某种意义上说，便是这种虚无主义的表现形式之一。既然现世的享乐并不能产生意义，因此，意义的追寻便只能求诸非现世行为，于是荒漠苦行便成为对意义的一种想象形式。圣愚现象也是如此。如前所述，大多数圣愚，或者说那些著名的圣愚，都是从富有的家境中逃离出来而进行圣愚式苦修的。其原因就在于，物质的现世条件越是容易满足，生存的意义感越难以建立。所以，他们便采取了一种精神放逐的方式，面对熙来攘往的逐利之徒，以决绝的否定姿态，宣告一切皆无意义；而最后的意义追求，便是对自身的否弃。

陀思妥耶夫斯基本来是在这样的含义上来理解虚无主义的，但他却指出，当代的虚无主义却以让人惊诧的形式体现了出来。他指的是"革命"。因为当时的民粹主义者便打着虚无主义的旗号，试图通过极端的方式来解决俄罗斯的社会与民族问题。而这正是陀思妥耶夫斯基一生所担忧的现实。所以，他期望世人能回归到俄罗斯文化框架内的"物质虚无主义"，以最终实现精神之"有"。

别尔嘉耶夫也认为，俄罗斯的虚无主义是在东正教的基础上形成的。他说："俄国的虚无主义者否定上帝、精神、灵魂、规范和最高价值。然而应当把虚无主义看作一种宗教现象。它产生于东正教的精神土壤上，它只能产生于具备了东正教意识形态的精神里。这是东正教禁欲行为、放弃幸福的禁欲行为的外在体现。俄罗斯虚无主义就其纯粹和内在的意义而言，乃是建基于东正教对尘世的否定、对以恶为基石的尘世的体验、对生活中每一种财富与奢华、对艺术以及思想中每一种过剩的创造所带来的罪孽的认识。与东正教的禁欲主义者一样，虚无主义也是个人主义的行为，并且同样也倾向于否定创造的完满性，以及人类个体主义的生活财富。虚无主义认为，不仅艺术、形而上学、精神价值，就连宗教都是罪孽的奢侈。全部的力量都应该献给将尘世中人的解放出来的事业，献给把劳动人民从难以承受的苦难中解放出来的事业，献给对幸福生活条件的创造，献给消除迷信与偏见、消除约定俗成的规范以及奴役人并妨碍人获得幸福的冠冕堂皇的思想。"别尔嘉耶夫作为一个正教神学家，显然是从自己的角度来理解虚无主义的，在我看来，将虚无主义与正教加以同构化是别尔嘉耶夫过于个人化的理解。但他这段话中提到"禁欲主义者"的行为是有道理的。

众所周知，圣愚是一种极端的禁欲主义形式，因为在圣愚的外在表现中，它否定了所有能够被世俗世界所理解的"规范"，包括正教信仰形式本身；而这种禁欲形式与一般的东正教教会框架内的修道方式有着重要的差异。在这个问题上，也许弗兰克的理解更接近于虚无主义与宗教关系的实质。他认为，俄罗斯的虚无主义者实质上陷入了一种矛盾状态，即他们在否定一切宗教的同时，却陷入了一种社会的形而上学之中，而这种形而上学，不过是另一种宗教形式而已。这样的理解与我们对圣愚行为的理解是同构的，即，彻底的否定孕育着另一种绝对的肯定。

所以，问题在于，虚无主义之所以像陀思妥耶夫斯基说的，在当时是以令人惊诧的方式出现，是因为它本身并非如陀氏本人及后来的别尔嘉耶夫所设想的，只是对现世罪恶的否定，而最起码在形式上，虚无主义是连同上帝一起否定的。所以尼采是将虚无主义与"上帝之死"联系起来看的。或者说，俄国的虚无主义并非像那些斯拉夫主义者意向性理解的正教产物，从其伦理结构上来看，俄国的虚无主义却与圣愚文化达成对应。这体现在：

（1）彻底的否定精神：圣愚的疯癫，标志着圣愚与整个世界的隔绝，在疯癫的瞬间，他已进入相对于俗世而言的异类空间；因此，他所发出的所有信息都是与这个此在世界相对立的；而从世俗伦理意义上看，则他既是一种彻底的否定性力量，同时也是一种孤独的生命品格。

（2）内在的自我否定：圣愚的疯癫本身，在世俗意义上看，便是死亡，疯癫意味着疯癫者与其肉体所依赖的世界相诀别。因而，这已不是简单的禁欲主义的问题，而是对自我的彻底否弃。它在东正教的语境中，则往往被诠释为牺牲。

（3）相对于俗世的封闭性生存：圣愚的生存是孤独的，因为他已弃绝了世界，与世人分处于不同的思维空间，彼此交流的可能性已经被隔断；但圣愚的生存同时也是对孤独的超越，因为他进入了上帝的空间，一切需要对话式争辩的现实悖谬在这个空间中已化为乌有，因而他独享着与个人精神混沌相处的永恒之乐。而这，在以往的批评中，则时或被指为与暴力的"妥协"，以及对下层民众逆来顺受的赞美。

（二）虚无主义中的自我否定观

圣愚文化框架中的虚无主义，首要的价值内容便是其全面否定之上的自我否定。自我否定虽然包含在全面否定之中，但它却是在另一种空间中呈现的，正如圣愚的信仰是隐藏在个体的精神结构之中，并极力将其掩饰起来一样。所以，艺术表现中的虚无主义者往往却是真正的牺牲者。最典型的人格，应是屠格涅夫笔下的巴扎洛夫。

关于巴扎洛夫形象的原型有不同说法，许多人认为是杜勃罗留波夫，因为巴扎洛夫的激进思想与这位年轻批评家极为相像。但屠格涅夫研究专家普斯托沃依特却认为，必须考虑到屠格涅夫在写作这部小说期间对一批俄国自然科学家的关注，当时屠格涅夫正住在号称"科学麦加城"的海德堡，俄国曾有一批伟大的科学家，当时就在此求学。屠格涅夫来后也曾请求赫尔岑介绍他认识一些科学家，并由此对科学发生了浓厚的兴趣。因此，他在塑造巴扎洛夫这一形象的时候是利用了这些科学家的生平材料。大家知道，屠格涅夫是主张科学救国的，所以他在小说中借助巴扎洛夫之口说过一句极为尖刻的话："一个好的化学家比二十个诗人还有用。"从这一背景看，屠格涅夫无论采用了什么样的人物作为巴扎洛夫的原型，作家试图通过这个形象表达一种个人立场，这一点是毋庸置疑的。

但是我们应当明确，圣愚不是英雄，或者准确地说，圣愚要避免使自己成为英雄，他是以反英雄的姿态行内在的英雄之举。所以，屠格涅夫在塑造巴扎洛夫这个形象时，刻意暴露出他身上的偏执、软弱、盲目等表现，总之，他身上的虚无性在屠格涅夫笔下几乎变成一种狡辩。如他在与巴威尔的争论中声称，在科学方面，德国人是"我们的老师"，但他又说自己"不承认任何权威"；他刚刚说过"一个好的化学家比二十个诗人还有用"，马上却说"我什么都不相信"。他一面宣称"有意义的事情即使错误，也是好的；就是没有意义的事也可忍受……可是——无聊的闲话，无聊的闲话……这却是受不了的"，一面却说："一般地说，原则是不存在的。"那么，像这样的表述是不是表明作家本人的意图也倾向于巴扎洛夫是个没有定见的人呢？当然不是。我们看，在这个看似前后矛盾的辩词中，其实是有主有次的，前句为主，后句为次；前句是立场表达，后句是"欲盖弥彰"。这正是圣愚行为的修辞方式。前面我们记述过，被称为第一个"古典"圣愚的圣西蒙，每当在与人为善的行为之后，总要做出一些令人生厌的动作，以保持他疯癫的本色。他看到酒缸里进了毒蛇，便将酒缸打碎，结果被主人痛殴，等转天主人发现真相时，西蒙为了掩盖自己的善行，便对女主人做出下流动作，这样前面因善举而造成的好感又被消解掉了，从而保持他圣愚的本色。俄国的第一个圣愚伊萨基也是如此，每当他做了事受到夸赞的时候，便去故意辱骂、惹怒别人，结果遭到殴打。也就是说，圣愚的双重性修辞方式，掩盖掉了它内在的正义性，但这并不意味着这种正义性的消失，相反它却以这样的方式被突显出来。

所以，巴扎洛夫的虚无主义是以"无"的面目来掩盖其"有"的本质。屠格涅夫同时代的批评家皮萨列夫热烈地赞美这一性格的正面意义，他认为，巴扎洛夫周围的一切都是那样浅薄无聊、保守、软弱，而独有他智慧，坚定，充满活力，"他孤独地生活，孤独地死去，并且是孤独而无益地死去，如同一个勇士，他无从回旋，无从呼吸，无从施展他充沛的精力，无从归依他坚强的爱。……谁能在屠格涅夫的小说里读出这种美好的思想，谁就不能不对其表达深挚而热烈的钦佩之情，感谢这位伟大的艺术家和俄国正直的公民"。

其实，重要的不是巴扎洛夫是谁，而是巴扎洛夫的身上到底体现了什么样的生命品格。在这个问题上，斯特拉霍夫的理解十分重要："巴扎洛夫无论在哪种意义上都是被创造的形象，而不仅是一种复制品，他是被预见的，而非仅是被揭示的。"在斯特拉霍夫的理解中，巴扎洛夫无异于一个厕身于公众之中的圣愚式人物："他一直很少关注他人，然而他人却越加关注于他。他无论对谁也不强加于人和咄咄逼人，然而无论他出现在哪里，都会引起强烈的关注，都会成为引发各种情感、思考、爱与憎的核心人物。"或者说，他就是一个圣愚式的"表演者"，他的疯癫式的否定的激情是面对整个世界而发，因此并不集中于某个人物，正如圣愚不是专注于一个人的表演，而是面对一切的独舞。圣愚的外在表现是极度的夸张、放肆、傲慢，而内在表现却极度地收敛、谦卑、低贱；而巴扎洛夫正是如此，他"看上去是一个傲慢的人，极端自恋，并且以此盛气凌人，然而读者却能平静地接受这种傲慢，原因是，巴扎洛夫与此同时却从不自我满足，自我陶醉；傲慢并未带给他任何欣悦"。他的否定是一种爱的表现，他"渴望着对他人的爱。如果说这种渴望却表现为恨的话，那么，这种恨不过是爱的另一面罢了"。

斯特拉霍夫的论述给了我们明确的启示，巴扎洛夫的原型是谁并不重要，重要的是这一形象自身所蕴含的双重性是确切无疑的：普遍否定，这正是他作为"子辈"的基本特征，也是父辈能够理解的特征；而自我否定，这一点却是"父辈"所无以理解的，即父辈虽然在维护为俄罗斯人提供了文化存身之所的价值立场，但他们却不能理解子辈的生命选择——牺牲。因为这种牺牲被他们的故作"疯癫"所遮蔽了，正像巴扎洛夫一生致力于"俄国的完善"，但却像一个圣愚式地说："他将来要住在干净的白色小屋里头，而我的身上要长起牛蒡来。"神圣内核被外在话语所消解，但并不妨碍这个神圣的精神在每个人的心中被确立起来。

（三）非倾向性的艺术创作原则

对一切思想、理论都持怀疑态度的契诃夫，不仅在自己的思想和实践中持批判立场，而且将这一原则渗透到自己的艺术创作中，逐步形成"非倾向性"的艺术创作原则。所谓非倾向性，正如圣愚的对苦修功业的掩饰，他虽然身处于大众之中，却要用一层外衣将自己与俗世相隔绝，使自己在疯癫的外表之下保持一种内在的清醒。这，其实也正是契诃夫的文学策略。拉扎廖夫－格鲁津斯基在回忆契诃夫80年代的创作倾向时称他"反对写作倾向性的忠告始终不变。在那个年代，他是倾向性的可怕的敌人"。作家安德烈·别雷后来也评论道："在19世纪末20世纪初的俄罗斯文坛上，在思潮迭起流派林立的白银时代，契诃夫的艺术姿态可以说是独具一格。他既没有列夫·托尔斯泰那样的对道德说教的迷恋，也没有高尔基那样的对革命风暴的神往，更与象征派那样的洗心革面的哲学纲领相距甚远，而是一位全身心地沉潜于文学园地耕耘的'纯粹的'作家。"契诃夫所处的是一个政治倾向五花八门纷纭杂出的时代，在他看来，这些倾向反而掩盖了俄国的现实以及未来发展的真实途径，因此，他力图用自己的冷静而客观的创作，给世人描绘出俄罗斯的现实本质，继而从中生出改造的可能性来。

契诃夫自己也曾说过："文学家不是做糖果的，不是化妆师，不是专门逗笑的；他是一个负有义务的人，他受自己的责任意识和良心的约束。"人应当有"责任"，这正是契诃夫的倾向。读着契诃夫，我们会发现，在他的笔下，那些本来应当肩负着历史责任的知识分子，却恰恰是丧失了责任意识的人，这，正是契诃夫的锥心之痛。在他看来，这个社会由魔鬼繁殖了一批懦弱的无气节、然而却被称作知识分子的人，这个知识阶层萎靡、颓唐、冷漠无情，却在不停地空谈哲理。正因为如此，契诃夫绝不希望自己也成为那种在其文学作品中大谈哲理的空头理论家。所以他在现实中不惜以自己的一切世俗条件为代价，来践履一个知识分子的承诺。当他意识到自己是一个有影响力的作家之时，他所做出的选择是前往萨哈林岛探访因犯，朋友苏沃林劝阻他，却引起他强烈的不满，他回信说："我们应当像土耳其人到麦加去一样，到萨哈林这样的地方去朝圣。……是我们把成百万的人投到监狱里受磨难……给他们戴上镣铐，在严寒中把他们驱赶到万里之外，让他们染上梅毒，让他们堕落，使犯罪的人越来越多。"除了萨哈林之行，他在瘟疫流行的时候，不顾个人安危，主动奔赴疫区协助控制霍乱；他在法国德雷福斯事件发生的时候，公开支持左拉的正义立场，并不惜与持相反态度的好友苏沃林决裂，从而使他成为象征当代"知识分子"诞生的这一事件的直接参与者；在沙皇当局宣布取消高尔基的科学院名誉院士资格的时候，契诃夫也公开发表声明，辞去他自己的这一称号。

除了以实践的方式来表明自己的知识分子立场之外，为避免成为公开的宣教者，契诃夫采取了圣愚式的自我掩饰方式。就在前面我们提到的契诃夫给普列谢耶夫的那封自称没有任何倾向的信中，他同时还写道："我憎恨虚伪和暴力，不管它们以何种形式出现；……对我来说最为神圣的，乃是人的身体、健康、智慧、天分、灵感、爱情和绝对的自由，摆脱暴力和虚伪（无论此二者以何种方式表现出来）的自由。这就是我所秉持的纲领，当然，如果我是一个大艺术家的话。"显然，契诃夫一方面在表达自己的崇高理想，一方面却又宣称冷静、客观、尊重事实。在我看来，这正是圣愚行为中通过自我掩饰而保持内心神圣的一种文学表现。

二、自我放逐的生存

（一）圣愚的生存是一种放逐性生存

圣愚的生存是一种放逐性生存。语言文化学家科列索夫考证，圣愚便是"精神上的放逐者，自愿的放逐者"。而"изгой"这个词指古代罗斯的赎身奴隶、破产商人、教士家里不识字的儿子、丧失世袭爵位的王公等;引申义指处于某种社会群体而背弃它的人，或被放逐者。不错，圣愚是"放逐者"，但不是简单的"被逐者"，因为他不是因为某种原因而被遗弃、驱逐，他不需要外力的驱赶，他的放逐是一种内在行为。或者应当这样理解：圣愚本来是生活在非世俗的空间之中的存在物，但却不幸生在尘俗世界，因此，他为了确证自己的存在，必须要回归自己的精神空间。这在现实行为上，便是"逃离"，而在精神行为上，却是"回归"。

逃离，是俄罗斯作家的生存常态。在 19 世纪的俄罗斯经典作家中，也许只有契诃夫是按照正常程序走完了自己一生的道路，尽管这段路程只有 44 年之短暂。而最典型的"逃离"生存则当属屠格涅夫。屠格涅夫一生未婚，整个后半生几乎都在异国他乡度过。我们说，"逃离"是从物质空间向精神空间的过渡，因为圣愚虽然不幸生于物质空间，但此处却非其应在之地，因此，从物质空间的逃离便成为俄罗斯作家的普遍倾向。屠格涅夫也是如此。他要逃离的首先是他的农奴主的令人窒息的家庭。我们在论述作家的漂泊性与无根性时谈到，屠格涅夫父母关系的不睦，导致其母性格变态，一方面对自己的儿子动辄鞭打，一方面变本加厉地虐待农奴，甚至将自己的女仆置于死地。最终导致作家在不满 20 岁的时候便离家远赴德国求学，从此开始了他的"逃离"生涯。他自己称这个"逃离"是因为："我所隶属的地主农奴区，简直没有一点使我留恋的地方。相反地，我在自己周围看到的一切，几乎全在我心中引起羞愧和愤怒的感情，最后还引起了憎恶"。但实际上，即使不是屠格涅夫家庭中父母关系恶劣、母亲虐奴事件等形而下原因，一种文化规定性也会导致他实施"逃离"。

如果说"逃离"就是"回归"，那么屠格涅夫在逃离之后变成了一个"西欧主义者"，如何便是回归？要知道，当屠格涅夫身处俄罗斯的时候，他能够感受到的只是一个衰变的物质空间，因此，他必须逃离，而一旦他逃离了那个空间，便取得了一个"疯癫"者的视角，从而可以看到在那个空间之上的成长的精神空间，因此，俄罗斯变成了一个想象的对象，一个替代了精神寄托的对象。也就是说，只有他逃离了俄罗斯，俄罗斯才真正成为他的精神故乡。

在 20 世纪的俄罗斯，一个伟大的事件便是托尔斯泰的离家出走。这是一次伟大的"逃离"，因为在这一事件中，形而上的原因大于形而下的原因。托尔斯泰的逃离"蓄谋已久"，他从年轻时代起便对自己生活在一种奢华的物质环境中深感不安，直到晚年，这种不安变成一种强烈的自责，他甚至觉得生活在雅斯纳雅－波良纳庄园就像"在地狱中受煎熬"。于是，逃离，成为他的唯一出路。2010 年获俄罗斯"巨著奖"的《列夫·托尔斯泰:逃离天堂》一书认为,从托尔斯泰离开的情形看,它更像是"逃离",而不是一种"伟大的出走"。作者巴辛斯基是把"出走"视为有意义的精神事件,而把"逃离"视为一种形而下的事件。然而在我看来,恰恰相反,这一事件虽不是"伟大的出走",却是"伟大的逃离";虽然他逃离的时候看上去是临时起意,仓皇"出逃",但却是数十年处心积虑的结果。托尔斯泰在"逃离"前曾多次表达他的"遗愿":将他的全部著作遗赠给公众。虽然这个遗嘱在当时及托尔斯泰去世后引发了许多争议,但它表明,这位伟大的作家是要像一个圣愚那样,放弃自己的全部财产,走上临近上帝之路。事实上,他逃离之后的目标也是俄国著名的奥普塔修道院,尽管他最后被婉拒。在我看来,托尔斯泰最后的逃离不过是一个实体的符号,而这个"逃离"事件早已发生,当他意识到自己与这个物质空间已经无法相融的时候,他已经行走在逃离的路上。早在1951年,他就在日记中写道:"人生来就是为的独处——不是在实在的空间,而是在精神的空间中独处。——有这样一些情感,它们不应对任何人分享。尽管它们是美好的、高尚的情感,如果将它们与人分享,哪怕只让人有可能猜测到,你便会失去对方的敬重。"我们看,从此时起,托尔斯泰已在暗示自己应当远离世俗人群、去到精神的空间中生活了;而且在这个空间之中,你将享受生命的孤独,只在内心保持自己的神圣,必须将其掩盖在肉体的外表之下,而不能让世人看到它的实质。在这一点上,托尔斯泰已在人格上成为一个近似的圣愚。关于"逃离"的思想自此之后便日益明确,翌年的日记中,托尔斯泰再次写道:"我希望命运把我置于艰难的境遇之中,为了应付这种境遇,需要精神的力量与美德。我喜欢想象自己处于这种境遇时的情形,而内心的情感告诉我,在我的身上完全可以找到这种力量与美德。"类似这样的表述在托尔斯泰的文字中比比皆是,一直到他生命的最后时刻仍然如此。所以,我们说,托尔斯泰的"逃离"并不是从1910年11月10日的那个夜晚开始的,而是从他心中产生逃离这个世俗空间的那一刻开始的,或者说,他的整个后半生都是在"逃离"中度过的,他以自己的生命实践昭示了自我放逐的意义。

(二)俄罗斯文学的精神世界是"放逐"的世界

俄罗斯的作家是在放逐中存在的,俄罗斯文学的精神世界也是一个"放逐"的世界。奥涅金是放逐的,乞乞科夫是放逐的,罗亭是放逐的,巴扎洛夫是放逐的,罗普霍夫是放逐的,拉斯柯尔尼科夫是放逐的,列文和聂赫留朵夫也是放逐的,他们都是从世俗的、物质的空间向彼岸的、精神的空间自我放逐,在这一过程中实现生命的真正价值。

科列索夫说,圣愚不是简单的被放逐者,他是"自愿把自己排除在世俗等级之外,而被放逐者是被人排除的",但它们的共同之处是"对精神限制的反叛"。也就是说,圣愚的逃离都是基于他所原处的世界的衰败，而这种现象正是俄罗斯文学始终要面对的一个现实，所以，经典文本对于逃离者的描写，便为我们理解这个现实并合理生存，提供了多面的镜像。

也许可以做这样的表述：契诃夫的文学世界便是一个逃离者的世界。因为在他的笔下，除了那些患了世纪病的庸人，便是极力要逃这个庸俗化的世界的群体。而这个文学世界的形成，当然也源于作家本人的逃离愿望。托尔斯泰在青年时代便希望命运将他置于艰难的境遇，他一直等待，直到生命的终结才实现这个夙愿。而契诃夫在自己 30 岁的时候开始意识到自己需要一个新的环境来确立自己的世界观的那一刻，便想到了苦役犯的流放地，于是立刻动身，将自己放逐到地狱般的萨哈林岛。

契诃夫在赴萨哈林之前便已写完了小说《文学教师》的第一部分，但第二部分却是到 1894 年才写完。萨哈林之行以前的契诃夫，还多在思考人的庸俗化问题，"逃离"尚未成为重点思考内容。所以在小说的第一部分中，主要描写的是，文学教师尼基丁如何在他本来应当充满创造力的年龄，却在上流社会陷于庸俗生活的包围。在这个庸俗的谢列斯托夫庄园中，他被消磨掉了青春活力，满足于肤浅的娱乐："这个家里没有人唉声叹气，只有那些埃及种的鸽子除外，可是就连那些鸽子唉声叹气也只是因为它们不会用别的方法表白它们的欢乐罢了！"不过，契诃夫在这个人物身上已预留了产生"逃离"欲望的空间。因为尼基丁毕竟还保留着某些青春的幻想，因此他对那个只知道讲些人人皆知的道理的乏味的同事会感到无聊，也会因学校千篇一律的程序而发出"真烦闷，烦闷，烦闷啊！"的感叹；在某种意义上此时的家庭便成为尼基丁逃离学校的庸俗环境的一个想象性空间。在小说的第二部分中，契诃夫已将思考重点转移到对尼基丁精神觉醒与逃离的过程的描写。结了婚的尼基丁获得了大笔的陪嫁，从一个穷教师变成了富人，因此对妻子百般依从，沉浸在家庭的温柔与幸福之中。然而日复一日，在一次打牌输掉了 12 卢布之后，突然意识到：他之所以没有因为输钱而沮丧，"是因为那笔钱是他白白得来的"，"他的全部幸福也完全是白白得来的，他没费什么力气，这幸福实际上对他来说是一种奢侈品，就跟药物对健康的人来说是奢侈品一样。要是他跟绝大多数的人那样老是为一块面包操心，为生存奋斗，要是他工作累得胸口和背脊疼痛，那么晚饭啦、温暖舒适的住所啦，家庭幸福啦，才会成为他生活中的必需品、奖赏，使生活变得美好、丰富多彩"。他明白了，真正的生活并不在这个由他妻子的陪嫁所构成的现实，最重要的是，他意识到了在这种生活之外还存在着另外的生存方式："除了那盏长明灯的柔光所照着的恬静的家庭幸福以外，除了他和那只猫平静、甜蜜地生活在其中的这个小世界以外，还有另一个世界。……他就忽然生出热烈迫切的愿望，一心想到那个世界去，在一个工厂或者什么大作坊里做工，或者去发表演说，去写文章，去出版书籍，去奔走呼号，去劳累，去受苦。……他需要一样东西抓住他的全身心，使得他忘记自己，不关心个人幸福，这种幸福的感觉是那样地单调无味。"然而，他心中的另一个声音也在质疑这种新的念头："你是教师，干的是顶高尚的职业。……你何必还要什么另外的世界？"但我们说，从尼基丁意识到他的所谓幸福只是一种泡影的那一刻起，他已经具有了异度空间的眼光，或者说，这时他已经站在"逃离"的角度来看此在世界了，因此，那个陈旧的维度已经无法将他拉回到原来的位置。所以，那个质疑的声音只是给了他一个重新审视自己职业的起点，当他再一次见到学校的校长及同事的时候，他确切无疑地相信，这已不是他的应许之地了："我的上帝，我是在什么地方啊？我让庸俗团团围住了。乏味而渺小的人、一罐罐的酸奶油、一壶壶的牛奶、蟑螂、蠢女人。……再也没有比庸俗更可怕、更使人感到屈辱、更叫人愁闷的了。我得从这儿逃掉，我今天就得逃，要不然我就要发疯了！"

逃向哪里？契诃夫在他所有的作品中都不曾给出明确答案。实际上，契诃夫已经告诉了读者，真正的逃离并不一定像他自己那样，非得逃离到萨哈林孤岛一样的空间中去，真正的逃离是圣愚一样的逃离，即身在俗世而心在灵魂的精神逃离。看上去已经衰败的世界是可以拯救的，它的拯救就在于人的灵魂觉醒，只要世界上存在着类似尼基丁这样处于逃离状态的人，那么新的生活便一定会到来。正如剧本《万尼亚舅舅》中的索尼雅所说的："我们来日还有很长、很长一串单调的昼夜；我们要耐心地忍受行将到来的种种考验。我们要为别人一直工作到我们的老年，等到我们的岁月一旦终了，我们要毫无怨言地死去，我们要在另一个世界里说，我们受过一辈子的苦，我们流过一辈子的泪，我们一辈子过的都是漫长的辛酸岁月，那么，上帝自然会可怜我们的，到了那个时候，我的舅舅，我的亲爱的舅舅啊，我们就会看见光辉灿烂的、满是愉快和美丽的生活了，我们就会幸福了，我们就会带着一副感动的笑容，来回忆今天的这些不幸了，我们也就会终于尝到休息的滋味了。……我们会听得见天使的声音，会看得见整个洒满了金刚石的天堂，所有人类的恶性心肠和所有我们所遭受的苦痛，都将让位于弥漫着整个世界的一种伟大的慈爱，那么，我们的生活，将会是安宁的、幸福的，像抚爱那么温柔的。我这样相信，我这样相信……"

第四章　存在主义视角下的俄罗斯文学研究

　　存在主义意识融合了哲学和艺术思考的实质，因此，俄罗斯和西欧存在主义文化的历史特点同时受制于双重类型的意识逻辑。20世纪的意识呈现出多层面的特点。存在主义意识在本体论、存在方式及形而上等几个层面研究人的存在。本章就存在主义视角下的俄罗斯文学进行论述。

第一节 19世纪俄罗斯代表作家的存在主义创作

19世纪末，富有哲学思辨精神的俄罗斯文学泰斗陀思妥耶夫斯基和托尔斯泰天才般地预感到了新世纪的意识。陀思妥耶夫斯基在小说中反映出主人公对生活危机的感受及其善于发现存在最终实质的能力。他的创作与20世纪的意识最为接近，并成为俄罗斯乃至西方存在主义文学强大的催生剂。陀思妥耶夫斯基通常是将个性置于极限境遇和危机的中心来进行研究。而此时的托尔斯泰面对人类生存和意识的悲剧，曾一度感到茫然不知所措。存在主义意识最初只是作为托尔斯泰世界观体现的方式之一。只是到了创作的晚期，托尔斯泰以其特有敏锐的目光重新审视了同时代人及其意识世界，对人获得了新的认识，作家的部分小说亦开始从存在主义的角度对即将来临的新世纪重新进行思考、从安德列·博尔孔斯基的英年早逝到伊万·伊里奇之命赴黄泉，托尔斯泰开辟了一条通往存在主义认识论的独特之路。在小说《伊万·伊里奇之死》中，人作为脱离了上帝的存在，面对的是毫无意义的生存和死亡。

托尔斯泰在该小说中所展示的存在主义情境在后来整整一个世纪中无时无刻不在困扰着人类。作家诉诸小说体裁，将人置于死亡这一极端情境之下，附之以细腻的心理描写和犀利的存在主义分析。正如有研究者指出的，"海德格尔在其哲学名著《存在与时间》中所涉及的生死问题的人的存在分析，多半可在半个世纪以前问世的《伊万·伊里奇之死》中找到存在主义文学的线索或例证。事实上，海德格尔在书中附注提到了这篇作品的重要性，可见它对海德格尔的'死亡'讨论极有影响。"托尔斯泰的《伊万·伊里奇之死》与陀思妥耶夫斯基的《地下室手记》（1864年）、《卡拉马佐夫兄弟》（1880年）等名著相互辉映，构成了存在主义文学的先驱之作。无论是陀思妥耶夫斯基还是托尔斯泰，他们的创作经验对于作为具有完整概念和体裁的存在主义文学运动的形成与发展无疑有着重要的意义。

一、陀思妥耶夫斯基

费奥多尔·米哈伊罗维奇·陀思妥耶夫斯基（1821～1881）的创作反映了他对危机四伏的生活的感受。作家以研究人为己任，在陀思妥耶夫斯基的艺术世界中，不仅人与社会、人与人，而且人与自我之间不断发生碰撞。陀思妥耶夫斯基的创作经验与20

世纪的意识最为接近，并成为存在主义文学的典范，对存在主义文学的形成影响巨大。可以说，陀思妥耶夫斯基以对人和世界的思考拉开了20世纪意识的帷幕。

20世纪下半叶，俄罗斯学界开始关注陀思妥耶夫斯基对存在主义贡献的问题。当时正值法国存在主义作家宣称自己的创作在文学中自成一派的时候。

陀思妥耶夫斯基为后人揭示了这样一条规律：人只有在最黑暗中才能洞悉自己存在的基本真理。通往对20世纪存在本质的认识之路乃是一条从世界的狂欢胜利到发现世界之丑陋的道路。陀思妥耶夫斯基的存在主义创作经验主要涵盖两个方面。首先，陀思妥耶夫斯基的小说充满灾难性，小说的情节均是朝着灾难性的悲剧结局发展；其次，他的小说具有强烈的主观渗透性，常常是把另一个自我作为另一个主观来感受。陀思妥耶夫斯基作为一名人类学家的创作经验为20世纪开启了对人的个性的认识。作家在本质上触及并再现了人内心的最深层次，在其艺术世界里，人内心的自然是与逻辑完全相左的。

20世纪的存在主义意识沿着尼采和陀思妥耶夫斯基思想轨迹发展，同时竭力克服传统的认知和经验的路标。两位思想家始终面临非此即彼的抉择：一方面是正面而空虚的现实，另一方面是诱人而又令人惶恐的新生活。毫不奇怪，他们在做出抉择时总是犹豫不决，时而用恐惧的诅咒来唤醒自己的思想，时而又陷入冷漠与迟钝，以使紧绷的心灵得到片刻的放松。同时，他们处在与人的思维完全对立的两极。正如陀思妥耶夫斯基在《地下室手记》中所说的，死亡的来临犹如二二得四一样简单。因此需要做出的选择是：或是推翻二二得四，或是承认对生活的最后审判——死亡。

应该指出，陀思妥耶夫斯基是20世纪新宗教哲学复兴的先驱：陀思妥耶夫斯基否定哲学的出发点是关于存在无意义的思想。他断言存在无意义，其心理学原因一是在于绝望和苦闷，另一个重大根源是因为存在着痛苦。陀思妥耶夫斯基在长篇小说《卡拉马佐夫兄弟》的第二部第五卷"赞成与反对"里表现了这一痛苦主题。书中论及痛苦会不由自主地导致产生关于存在毫无意义的思想。陀思妥耶夫斯基通过承认自己无法解决存在意义问题的伊万·卡拉马佐夫这一形象表明：我们的理性不能把握存在的内涵。与此同时，陀思妥耶夫斯基还指出了这样一个事实：人本身就包含着存在的意义问题，并通过我们的行为力图揭示这一意义。人希望存在充满内容，希望要生活在一个有意义的世界中。在人的生活中，有诸多方面的东西是由这些问题构成并决定的，人为了一切实际的生活行为也必须事先弄清存在是否具有意义。陀思妥耶夫斯基在《卡拉马佐夫兄弟》中提出了这样的问题："我的生活是否具有意义？""难道我被制造出来仅仅是为了得到我的全部制造只是一个欺骗这样的结论吗？"陀思妥耶夫基承认这些问题的重要性，并强调它们对实际生活的意义。但是他相信，无法得到对这些问题的满义的回答，这样的问题是理性所无法解释的。

陀思妥耶夫斯基的作品就其实质而言是悲剧，他力求抓住和反映社会中的矛盾和冲突。对陀思妥耶夫斯基来说，冲突是生命存在的包罗万象的形式。作家不想用文学手段来平息冲突。相反，他正是在矛盾和冲突之上建构起其独特的艺术体系。然而，陀思妥耶夫斯基毕竟没有被人类的堕落所压服。"从陀思妥耶夫斯基的思想中我们发现，正是相信基督身上具有完美的人性，即他是唯一一个'彻底美的人'，才使得这个以表现人类罪恶、堕落、心灵之无底黑洞为中心主题的作家自始至终坚持着美的理想，坚持着人类最终获得救赎的理想。"在揭露"被侮辱与被损害的"社会成因的同时，陀思妥耶夫斯基力图在罪孽深重的人身上找到"善"的闪光。正如索洛维约夫所指出的："俄国作家陀思妥耶夫斯基就是这种在所有人甚至在坏人和罪犯身上寻找神的火花的人。陀思妥耶夫斯基是这样一些因素的最典型的表达者之一，我们深信这些因素应当成为我们民族独特的道德哲学的基础。"这一点构成了陀思妥耶夫斯基同索洛古勃的本质上的区别。前者在抨击恶的同时要找到恶之中掩盖了的善的因素，进而肯定世界；而后者则是在揭露恶的世界的同时指出恶的普遍存在性，甚至充满善的人也在劫难逃，进而否定世界。

在存在主义意识的形成过程中，陀思妥耶夫斯基以对痛苦的爱、自由的悖论、双重的观点、深刻的心理范畴、极限境遇等存在主义经验和完整的艺术内涵进入 20 世纪思维的层面。作家的存在主义经验导致了两种状况。首先，陀思妥耶夫斯基现象成为 19 世纪精神和理性历史的分界线。其次，世界范围内的精神层面趋于相同，即不仅是俄罗斯，西欧的艺术思考同样分为陀思妥耶夫斯基"之前"与"之后"。对俄罗斯和西欧存在主义传统历史来说，陀思妥耶夫斯基的经验具有决定性作用，因为陀思妥耶夫斯基的创作正是俄罗斯关于全人类的创作，而 20 世纪存在主义的文学则是俄罗斯和西欧关于人的思考。同时，根据陀思妥耶夫斯基和托尔斯泰的创作经验可以认为，20 世纪俄国存在主义意识并非尾随而是超前于欧洲存在主义思想。

二、列夫·托尔斯泰

在上一个世纪之交的俄罗斯作家中，为存在主义形成提供了非常重要的思想材料的当属陀思妥耶夫斯基和托尔斯泰。其中，充满内心冲突和矛盾的列夫·托尔斯泰至今仍是一个谜，他的许多传记没有一部是完满的。

对于俄罗斯古典文学传统来说，一个重要的问题是生命的意义、人的社会使命、人的生命与历史进程的关系等，而对于人的存在意义的问题则常常采取否定的解决方式，认为人的意志在世界体系规律和命运意志面前是微不足道的。只是到了 19 世纪末期，随着资本主义在封建俄罗斯的发展，社会矛盾和危机表现出较西方资本主义国家更为激烈和残酷的特点，人的异化现象开始大规模地蚕食社会各个阶层，包括知识阶层——贵族知识分子和平民知识分子。传统的思维方式被打破，孤寂、烦恼、畏惧、绝望、迷惘的悲观情绪随着先是先进的贵族知识分子、后是民粹派的理想的破灭而日趋强烈。只有在这时，个人的"存在"问题才开始作为一个社会问题进入人们的视野中，并在文学作品中得到相应的反映。托尔斯泰的创作经验为俄罗斯文学中解决生存与死亡的问题提供了更新、更有意义的途径。

列夫·尼古拉耶维奇·托尔斯泰（1828—1910）毕生都在进行不倦的人生之路的精神探索。他建立了自己的宗教哲学学说，其中心是对生命意义和死亡本质的追问，对普遍的爱、善和非暴力的"真正宗教"的寻求。托尔斯泰的精神发展过程十分复杂，始终伴随着作者本人的怀疑论，作家的世界观大约形成于 19 世纪的 40—60 年代。当时，他对一些重大的哲学问题，诸如生命的本质和意义，其所承受的自然和社会环境的制约性，个体中的神、人的统一及这种统一得以实现的理想和手段，艺术的本质等产生了浓厚的兴趣，并力求在自己的创作中寻找答案。

他早期的哲学观受卢梭、康德和叔本华等西方哲学的影响，19 世纪 80 年代以后接受了东方哲学，后者对作家哲学观和世界观的转变有很大作用。托尔斯泰曾自称是虚无主义者，直到 50 岁才成为东正教教徒，而老年又被教会革出教门，托尔斯泰信仰上帝，但却用理性的思考追问上帝是否存在。对于他来说，上帝是对生活的爱，是物质和精神的统一，是一切和永恒的完整性。同时，托尔斯泰否定上帝的三位一体性，认为它不符合健全的理性，是基督教中存在的多神教观念的表现。对于托尔斯泰，基督不是永生的神人，而是具有神的属性的凡人的形象，他替人类承担了罪过，是人类的英雄，为人类指出了应走的道路。伟大作家的这些观念均与东正教相悖，他没有诉诸基督教中"救赎"的观念，而主张人类的自救，托尔斯泰的生命观和死亡观均同作家上述的主张密切相关。

在 19 世纪 80 年代，托尔斯泰并非立刻就转入到存在主义思想意识上。在他的作品中，我们依旧能够看到他由来已久的关于战争、和平、生存、死亡、自然等关系人的生存的诸范畴的观点。这里，我们能看到一种作家从本体论出发直观到的人与自然的和谐，个人融入现实与自然中（如在故事《霍尔斯托密尔》中，人和自然完全融合到了一起）。

作家此时仍在不断地提出"上帝与人"的关系问题，力图弄明白二者之间的相关联系。就其实质而言，这里所呈现的仅仅是存在主义极限问题的萌芽。只是到了上帝在尘世间和作家本人的世界观中均受到怀疑的时候，随着上帝从这个世界上的逐渐消失，"萌芽"才转变成为存在主义意义下的界限问题，就托尔斯泰来说，对于这一问题的解决方式，与其说是求助于宗教神学，毋宁说是包含在关于人的界限问题本身的性质之中，体现为在人类之初就规定了人的本质的那些原始伦理规则。托尔斯泰艺术思维的这种根本性的转变在小说《安娜·卡列尼娜》一书中已经显露出来：作家将小说建构在人类存在的最基本的欲念力量和过程之上，驱动情节的是生命本能的需求。这里，生命的基本欲望通过小说的形式被毫无掩饰地展现出来。

第二节　索洛古勃诗学中体现的存在主义主题

如果说在托尔斯泰看来，人的拯救之路只在于对上帝的信仰，在于人的无我、谦逊、真诚和爱，在于灵魂的自我完善，那么索洛古勃则为存在主义作家们从死亡中领会生存，从畏惧中领会自由，摆脱沉沦和被异化的境遇，从而揭示人的真正的存在，以恢复受社会和外部世界制约的人的个性的自由开启了先河。

一、生与死的游戏

费奥多尔·库兹米奇·索洛古勃（1863—1927）的早期创作深受叔本华否定哲学的影响，生命与死亡、死与非死、存在与生存、善与恶等问题成为作家创作的基本主题。索洛古勃在上帝与魔鬼两种因素的相似与对立之上建构起其独特的世界，他把人的存在视为悲剧，在这样的存在中灵魂在善与恶的两极之间分裂。

（一）索洛古勃艺术世界中的死亡

正如伊万诺夫－拉祖姆尼克所指出的，索洛古勃把世界当作"表象"，当作某种"自我"的意识的反映来加以接受。生活对索洛古勃来说，只是存在的幻影："究竟应该怎样看这个世界？我的渺小的'我'、我的个性意识被固定在特定的空间和时间中，被束缚在时空中；我的意识认清了物质隐秘的本质，但是仍然对人们称之为死亡的变化感到恐惧，死亡对我被束缚的意识来说是可怖的终结，正是这样一种对死亡的预感注定了艺术要追求悲剧性。"作家还在早期的诗作中就已经将毫无意义的日常生活同死亡相关联。人在尘世的所有愿望均无法实现，真理和真正的存在无法企及。我们生活在一个客体化的世界中。"客体化就是无个性，就是人被抛向被决定了的世界之中。""不能在客体化的自然界里寻找世界灵魂，以及宇宙的内在生命，因为客体自然界不是真正的世界，而是处在堕落状态的世界，是被奴役的世界，是异化了的和无个性的世界。"我们的生活要服从于某种必然性。生活像是一个封闭的谬误之环，人无法从中摆脱出来。对这种存在只能采取否定与拒绝的态度，真正的生活在尘世的界线之外，生活的本原在于作为某种非存在的死亡中，死亡代表完全的宁静、非存在、忘我，死亡使人得以摆脱荒诞的世界，并开启通往自由之门。

死亡、非死、生活的意义和无意义的基调尤其鲜明地表现在索洛古勃的早期创作中。在这些创作中，有叔本华对空虚的感受和对周围世界的变幻无常的哀叹。叔本华在《悲情人生》中写道："生存就其本质而言是毫无价值的……我们并没有从生存中获得欢悦……无论何时，只要我们专心致志地依赖生存本身时，它的空虚和本质的无价值便会清晰地呈现在我们面前。"索洛古勃同样把世界描述为"精神的空虚和苦闷"：在这个世界上，生活即是幻觉，是梦，是欺骗，是幽灵，是制造荒诞和无意义的尘世生存的影子王国。对索洛古勃来说，世界是支离破碎的。一方面人知道自己生存着，另一方面人的生存最终却又是虚空的幻觉．是客体化的显现，人既无自由，又缺乏意志。作家正是在此基础上思考这生存的价值。

身心日益的衰退，无法逃避的死亡、病痛，这就是索洛古勃对生活的评价。诗人正是从生活的目的开始了对其哲学的反思。诗人在生活中目睹的是恶，是梦，是非存在，世界上的一切都是白驹过隙。外在的喧嚣和显赫、尘世的所有空虚都无法给人的存在以真正的意义。于是世界变得对任何人来说均无关紧要，它呈现为一种毫无意义的生存，一种海德格尔描述的非存在。我们周围的一切不是真正的存在，而只是生活的幻影，存在的幻影。这种幻觉般的生活让人产生苦恼、异化感和绝望。生存像是某个恶魔所导演的游戏。

人生是在痛苦和无聊之间像钟摆一样来回摆动着，生－死、死－生无休无止，既没有开始也没有终结，直到死亡的权力之杖将这没有意义、死气沉沉的机械运动停下来为止。这里我们看到，诗人关于死亡的概念发生了变化，他将沉重的日常生活的操劳、忙碌、无意义等同于死亡。换言之，我们所有的希冀、志向、意图，即叔本华称之为"生活的意志"的一切，最终均不会到达真理和完全的存在。生活本身是否存在？如果答案是肯定的，那么它存在于作为某种结束的死亡中，这种死亡意味着魔鬼的凯歌，表现为毫无意义的戏剧的终结。"假如不问我们是什么力量把我们抛到这个世界上来的，那最好是说我们只能是尽快地死亡。"索洛古勃同样认为，人只能在死亡中得到拯救。诗人发自内心地祝福着："睡吧，疲倦的灵魂。"这里，睡梦对作家来说是摆脱非存在的一种朦胧的神秘的力量，是另一种现实，睡梦不只是另一种存在，而是本身就有着某种志向、运动或意志，睡梦是对新生活的憧憬，它更接近于另一种存在和"无"。沉入作为另一种存在的梦的状态，套用叔本华的术语，即古希腊伦理学的最高境界——"无感"，它表现为对生活的意志的彻底拒绝。

（二）存在的梦幻

在索洛古勃的早期诗歌中，我们可以看到诗人创作思维的基本原则就是存在的梦幻性原则。在倒置的魔镜似的世界里，很难确定何谓善而何谓恶，哪里是真实的存在，哪里是子虚乌有的现实。整个世界就像一架"魔鬼的秋千"。索洛古勃有一首题为《魔鬼的秋千》的诗：诗中秋千体现出人进退两难、摇摆不定、犹豫不决的心理状态。时进时退的秋千成为索洛古勃小说和抒情诗中的一个主要象征。秋千表明现实和意识具有正反两重性，人在秋千上处于被两面夹击的位置：一方面死亡要毁灭他，把他从尘世生活中剪除出去；另一方面生存要帮助他摆脱生命残酷的终局。在索洛古勃的诗中，常常可以看到类似的肯定、否定并存的模式："生活既喜且忧……"，"他让你既欣喜又悲伤……"

索洛古勃对意识两重性的认识和叔本华的观点遥相呼应。索洛古勃的世界同样分裂成存在和虚无、表象和意志两大部分。在叔本华看来，一切对生活的追求都是虚幻的，幸福是不可企及的，人在追求幸福时注定会意识到某种欺骗、梦幻。因此人的一生将是忧郁的，充满愁苦。索洛古勃的观点与叔本华这样一种对生活的看法十分接近。我们在诗人早期的诗作中看到，世界有的只是死亡，整个生活犹如一个慢性的死亡过程，充满了意志的瓦解和精神上的堕落。可以说，索洛古勃笔下的世界就是叔本华的意志与表象的世界的折射。生活为人提供了什么？叔本华对这个问题给予了明确具体的答复：生活给予人的只是不可避免的痛苦、绝望、悲哀、疾病和死亡。叔本华认为："真理是：我们应该成为不幸的，所以我们不幸。人身上最严重的恶来自人本身：人彼此如野兽一样，世界对他来说就是一个地狱，这个地狱比但丁的地狱还要可怕，因为一个人注定要成为另一个人的魔鬼……"同样，索洛古勃把他那个时代感受为"日常生活的堕落"、社会的"病态"。他认为，在这样的时代里日常生活已经变成了噩梦，日常生活本身已经走到其绝对的对立面。对世界悲剧性的感受，使得作家以最尖锐的形式传达出人之间的陌生感，并进而把"恶的生活"体现在一个"高大、臃肿的蛮婆娘"的形象中。

在把现存的世界作为对生活的意志和虚无加以否定的同时，索洛古勃与叔本华均认为摆脱荒诞和无意义生活的出路在于走向超世界、超宇宙和超神圣的"无"。但是，叔本华在谈到陷入"无"时，认为出路在于清静无为、修身养性，在于忘却自我。而靠自杀是不能够摆脱虚无的。自杀"是一种愚蠢的尝试，因为它意味着意识的毁灭"，"自杀并不提供什么解脱"，但索洛古勃则不否定自杀。相反，死亡对他来说是一位来自上天的特殊使者，是向永恒存在的回归。作家认为，"死亡在对所有的生活现象做出总结的同时，泯除了一切矛盾和敌意，解决了一切纷争，免除了一切令人无法忍受的结局，它照亮了生活并使人领悟。众所周知，随同死亡的到来，我们的家园也开始出现一种庄严的、静谧的气氛。梅特林克曾经说过：如果人们能经常想到死亡，那么他们在对待生活、对待人与人相互关系上会更多一份柔情、多一份缜密和沉思。生活中所有伟大的东西都是通过牺牲之门为我们所认识。牺牲、死亡和艺术在改变着世界。死亡和艺术的作用是相同的，因为死亡同艺术一样使生活得到升华、净化。我们渴望得到不可即的东西，而且正因为其不可即才被我们当作是必需的东西。根据明斯基的说法，我渴望的那些激动人心的神圣的东西，从来就未曾有过。既然如此，世界上除了艺术还有什么东西像死亡那样以其静谧的完善来满足我们的渴望呢？"因此可以说，索洛古勃否定生活不仅是出自对意志的反叛，而且也出自其特有的本体论原则和诗学基础。

二、孤独与为自由的徒然抗争

索洛古勃作为一名象征主义作家，其作品触及存在主义和宗教神秘主义的冲突，并深受二者的影响。他的哲理思想与叔本华的悲观主义、索洛维约夫的宗教神秘主义十分接近，作家一方面继承了叔本华关于生活是空虚、关于服从创世主—蛇的邪恶的意志和有生命的存在毫无意义的思想，另一方面索洛维约夫、新柏拉图主义者和诺斯替派关于创造的天体演化论等观点对作家也产生了深刻的影响。同时，他回避了索洛维约夫的万物一统的观点，否认创世主上帝的善，醉心于奥弗特教和诺斯替教关于恶的学说。С.Л.斯洛博德纽克的研究证实了诺斯教体系对索洛古勃的影响。他指出，善与恶、生与死的问题与诺斯替派的异说有着密切的关系。在多种思想的影响下，索洛古勃首先提出的是与善和恶相关的存在主义问题。这里涉及由创世主恶的意志产生的孤独的问题。恶当作被上帝摧毁的原初世界的遗留物……只是为了增加人的选择，因为上帝要人成为自由的，他规定了恶的真实存在，这样人就可以克服恶以证明自己的道德力量。人被上帝遗忘与否定，被抛到了一个陌生的敌对世界，他在这个世界上的存在是无法忍受的，并失去了任何目的和意义。可以说，从人堕落的那一刻起，整个世界和宇宙的结构就开始发生变化。

索洛古勃把这种分裂和堕落同创世主的恶的意志联系在一起，自从世界分裂成精神和物质、空间和时间之后，人仿佛从永恒被换置到一个有限的时空世界之中，被卷进生活中永不停息的存在与变化的旋涡中。人像是无边大海中的一颗沙砾，被命运奇妙的浪花抛来抛去。人作为被造物，受上帝的意志左右并臣服于上帝的意志，缺乏思想自由，于是产生孤独感与被弃感，进而陷入绝望之中。绝望是人走向反抗的第一步。因此，有别于早期创作的是，索洛古勃成熟期著作中的主人公开始奋起反抗创世主，对抗上帝规定的存在，并要取代上帝本人，然而，这种暴动使人倍感孤寂与精神上的煎熬。长篇小说《沉重的梦魇》中主人公罗金的经历就是最好的印证。在这部小说中，作者揭示了主人公的全面孤独和绝望，整部小说的激情通过一个地下室人的意识被展示出来。生活意志和权力意志的冲突构成小说的基本冲突，有冲突，就有人物的反抗，然而，在短篇小说《微笑》中，主人公反抗的形式只能是自杀。

对索洛古勃的主人公来说，世界从一开始就处于敌对、陌生之中。另一方面，仁爱、美善、真理均为蛇的凶恶意志所否定。在诗集《统一的意志》《祭祀香火》《奥伊列国》等作品中，索洛古勃从否定世界和上帝转而对获得自由与统一的"我"做了肯定，人的意志与统一结合在一起，构成作家笔下的"超人"——大写的"我"。"我"象征着统一的创造力量，"我"超然于上帝之上。超自然的"我"与万物一统的"我"相呼应，成为造物主的光明因素的载体。

创造因素的对立面，即"死魂灵"的王国，出现在索洛古勃最优秀的象征主义长篇小说《卑劣的小魔鬼》中。小说中的世界被本末倒置。这里看不到真正的存在，到处充斥着畸形、幽冥、庸俗与空虚。从空虚与尘埃中生成了彼列多诺夫式的双重人格的小妖。后者擅长在自己的周围制造卑鄙、下流的存在，与彼列多诺夫一起用腐烂的毒素戕害周围的一切。主人公彼列多诺夫象征着世界的毁灭与堕落，在他身上集中了尘世间所有的恶。他身上的恶习和变态心理是从远古时代的该隐开始一代代地遗传下来的。彼列多诺夫的命运也同该隐一样，注定要终生流浪。小说中其他人物与疯子彼列多诺夫同属一丘之貉。在这部小说中，索洛古勃再现出人身上普遍存在的"卑劣的小魔鬼"的精神基质，体现了当时俄罗斯现实生活中疯癫凶狂的因素，小说由此获得了概括性意义。与此同时，索洛古勃在小说中表明，缺乏创造的力量会导致毁灭与死亡。通往自由之路在于确立对立于魔鬼因素的"自我"和魔法师的意志，唯有这样，才能获得真正的存在。

三、创造的意志与向永恒的回归

索洛古勃在揭示个性孤独的同时，试图指出一条获得真正存在的可能途径。由于作家当时所处的社会、历史背景，索洛古勃能够赋予存在以更多的存在主义内容。作家笔下的存在主义促使人先是奋起反抗世界，然后确立个人的创造意志。在指出人在完全陌生、敌对的世界上孤寂索寞的同时，作家触及真正存在的问题。索洛古勃在否定毫无任何意义的虚伪世界的同时，针对这一世界提出另一种生存方式。通过描述个性对自由的追求和对个体意识运动轨迹的跟踪，通过探索主人公对某种超存在的汲汲之心，作家力图表明，在现实生活深处隐藏着某种源于万物一统的真正永恒的本原的因素。作为本体论上统一的存在主义在作家眼中对于现实乌七八糟的社会无疑具有巨大的拨乱反正的价值。

存在主义理念赋予个性以意识的权利，强调每一个"自我"是完整、永恒的生物，与上帝永存，兼有上帝的神性，并因此可以成为神的宇宙间的生灵，作家晚期创作（1910—1917 年）所表现出的正是对这样一种存在的探寻。存在主义生存在现实世界中显现为一条备受劫难和疯狂并与死亡相伴的道路，这是一条孤独的内心要终其一生面对充满矛盾的现实世界的道路。孤独只身的灵魂的反抗必须以存在主义方式对世界进行思考为前提，必须深入到生活的实质深处去寻找真正的自由和人生的意义，正是在这样一种存在中，索洛古勃实现了从否定到统一的思想转折。作家竭力要达到的不仅是对世界的否定，而且是对具有创造因素的存在的肯定。这就要求首先必须改变原有的关于世界的理念。有了理念，作家才会具有在不完善的行尸走肉般的世界中生存下去的勇气，才能敢于直面世界上猥琐的芸芸众生与邪恶的小人，人只有深入到自我中，才能获得最本原的存在。因此作家必须从创造者和魔法师的角度、从创造另一个世界的角度去思考关于存在的问题。索洛古勃对人和世界意义的思考正是始于这种具有魔幻色彩的存在主义和通灵论。世界统一的因素与各种相互矛盾、对立的因素混合在一起，构成索洛古勃象征主义诗学中的存在主义世界观，"火环"在同另一个世界冲突中发生断裂，"统一意志"和"祭祀香火"开启了通往新的认知空间和地平线的大门，在浅蓝色的雾霭中，洋溢着祥和，人类理想中的城市奥伊列和里果伊拔地而起，在这些城市中，诗人仿佛是一位古希腊的先哲，沉浸在怡然自得的陶醉中并宣称。

魔法师创造性的意志贯穿于索洛古勃的三部曲小说《编织的传说》的始终。该作品乃是作者篇幅最大的一部象征主义长篇，也是俄罗斯文学中被公认的第一部象征主义长篇体裁的小说。小说中，作家在把诗人喻为魔法师和肩负着预言责任的司祭的同时，断言创造的意志最终将战胜生活中种种非必然因素和各种悖谬现象。索洛古勃在小说的开头这样写道："我撷取一块粗俗、贫穷的生活，把它变成美好的传说，因为我是诗人……我要在生活之上编织一个美丽动人的创造的传说。"作家在小说中开辟了一条通往最初本原的唯一神圣的道路，这是一条通往未知世界的道路。它为魔法师统一的创造意志所建立，是作为人神的"本我"奋起反抗丑陋的现实、探索确立另一种存在的结果。在小说中，索洛古勃提出了关于世界和人的新的理念：人若想在静谧沉思中得到复活并摆脱鄙俗猥琐的尘世，其必需的前提是要依靠创造的力量，去毁灭现存世界。

第三节　俄侨作家的存在主义创作

一、两个世界中的纳博科夫

"我认为，你将成为一个前所未有的作家，俄罗斯会为你痛苦不堪……"这是纳博科夫小说《天赋》中女主人公季娜[1]的预言。可以说这一预言应验了。20 世纪 20—30 年代，俄罗斯文学中的存在主义意识在弗拉基米尔·弗拉基米罗维奇·纳博科夫（1899—1977）的创作中达到顶峰。他的艺术创作可谓是俄罗斯与欧洲思维方式的有机结合，这是唯一一位属于西方世界的俄国作家。20 世纪 20 至 30 年代，纳博科夫用笔名"西林"创作出一系列小说并以独特的才华和出色的艺术手法令俄罗斯侨民世界折服。纳博科夫的创作玄妙难解，他因此成为俄罗斯存在主义文学中最深刻、细腻和最有才华的作家之一。

俄侨圈中对纳博科夫的作品褒贬不一。大部分人对他独特的天才和出色的艺术手法予以充分的肯定，同时指出作者"内心的空虚"，"纳博科夫的小说沉闷、恐怖、冷峻"。也有评论不能原谅他对读者日益增长的傲慢的嘲笑和表现出的信仰的缺失。

所谓信仰缺失，主要是指作家对基督教明显的背离。侨居环境下的大多数俄罗斯人关于本民族和文化的定义是以东正教的方式固定下来的。在这一环境中，存在主义式的、无上帝的观点成为这一指责的主要诱因。鲍里斯·扎伊采夫曾经指出，在纳博科夫那里"没有上帝，也许只有魔鬼"。蒲宁读完纳博科夫的小说《卢仁的防守》之后，

---

[1]　原型为作家之妻维拉·苏洛宁。

第一印象是："这小子掏出手枪，一枪就撂倒了所有的老家伙，包括我。"蒲宁后来把他斥为"怪物"。

（一）纳博科夫两重世界的实质

纳博科夫存在主义小说艺术世界构思的所有奥秘蕴含在其创作诗学的两个世界中。纳博科夫构筑了一个复杂的艺术与生活、作者与读者相互关系的综合体。在纳博科夫的艺术世界里，诗学不再是作者反映自我的手段，而是他同读者游戏的一种形式。作家营造出一种假象，并将它注入读者的感受中。作者所设计的游戏是如此成功，乃至于纳博科夫在读者眼中成为一位冷酷、陌生而又令人匪夷所思的作家。甚至可以认为，展现在读者面前的并非作家本人，而是他所创造出来的两重人。

游戏同时为纳博科夫建构起一个两重世界。缺失了这一因素，世界将平淡无奇。纳博科夫的两重世界体系光怪陆离，具体呈现为：梦幻与现实、上帝与魔鬼、现实与记忆、生存与死亡、生活与游戏、"我"与"我的影子"、光明与黑暗、真理与谎言、俄罗斯与非俄罗斯。这些相互对立的因素交织在一起并不断相互作用，进而构成了作家的两重世界。世界的实质就隐藏在游戏之中，与主人公共同处在两重世界的界限之上。

两重世界的界限并非绝对固定，而是灵活易变的。两重世界提供了一种新的坐标体系，其中每一个世界体系的价值刻度又不尽相同。纳博科夫笔下所有的现象既相对立，又非完全排斥。但通过各种坐标体系的相互交叉，仍然可以辨别出存在的真正意义和种种现象的绝对价值。一方面是作家对现实世界得心应手的描绘；另一方面，其创作又常常使读者产生陌生感。作者在创作中有意识地、合理地将现实投射出来，借此隐晦地表达自己诗学的实质。纳博科夫小说中的所有人物都是按照神秘性、游戏性和假面具的规则创作出来的，因为这时的作者不是纳博科夫，而是西林。扭曲的人物符合纳博科夫的美学观：艺术反映的不是生活，而是生活的模式，不是真理，而是相似，文学不是生活的反映，它是关于生活的梦幻。纳博科夫所描写的是生活，而不是作家自己；他要描写的是世界，而不是一个人在这个世界上逗留的片刻。纳博科夫在其《文学讲稿》中指出："文学是创造，小说是虚构。说某一篇小说是真人真事，这简直侮辱了艺术，也侮辱了真实。"

纳博科夫的存在主义世界观形成于20世纪30年代小说《眼睛》（1930）和《绝望》（1934）发表之际。可以说这两部小说是纳博科夫创作的转捩点，从此作家开始走向成熟，并为自己打开了一条通往当代最伟大的文学大师之路。

（二）《眼睛》中的存在主义思想

中篇小说《眼睛》的主人公"我"是一个于20世纪20年代旅居德国的穷困潦倒的

俄裔年轻人，仅靠在一个俄罗斯人家庭当家教维持生计，对于主人公的过去，我们不得而知。一次，在两个男孩面前"我"遭到情人丈夫一顿羞辱和毫不留情的痛殴，自尊心受到灼伤，萌生死念，同时又期望在另一个人身上获得重生，之后做一个普通人活着。尽管自杀未遂，然而"我"真的以为自己已经死去。"我"被送进了医院，出院后带着一种已经死亡的梦幻去重新找寻记忆中的柏林街道。接下来的情节极具虚构性：原来人死之后，思想可以按着惯性继续存在。枪伤没有夺去"我"的性命。于是，一个从前可怜、畏缩、头戴礼帽的小人物获得了新生。俄罗斯文学理论家阿维林指出，主人公的自杀企图成为他个性分裂的导火线。"我"开始对自己及自己的使命有了新的认识，并且有了新的举动和思想。"我"瞪大双眼，用一种好奇心来观察自己和周围人，揣摩他们，并千方百计地窥探众人对一名姓斯穆罗夫的俄国人的印象，进而相信以幽灵存在的方式会给自己带来种种快乐。这就是书名"眼睛"的寓意。一如后来萨特在剧作《禁闭》中所描写的情景：人只能把他人当作镜子，从他人那里寻求自我存在的证据。"我"还臆想出一个拯救人的魔术——把原本庸俗的生存替换成富有创造性和想象力的生活。在新的生活中，"我"作为一名由其本人创造的世界级艺术家，成为自己的上帝和审判官，可以随心所欲地操纵那些玩偶般的人们。早在自杀之前，"我"的存在主义意识就已经觉醒。"我"对自我存在的问题进行过思考，对荒诞亦有所认识："我"一直怀疑世界是荒诞的，并清楚地意识到："我"突然感受到的难以置信的自由其实就是荒诞的一种表现。

"我"费尽心机窥探到的基本上是对斯穆罗夫的负面评价。由此"我"明白："我"遇到的这些人仅仅是反射斯穆罗夫的镜子而已；即使是最明亮的一面镜子也未能向"我"展示出真正的斯穆罗夫的形象；在小说的结尾，"我"为了取悦房东去为她购买鲜花。"我"买了一束铃兰花后在花店的镜子中看到："我"的映像——一个头戴礼帽、手拿花束的小伙子快速向"我"移近。那映像和"我"融为一体。

在小说《眼睛》的两重世界里，纳博科夫引领主人公穿越镜子构成的地狱，并且以两个形象的重合而告终。读者只是到最后一刻才恍然大悟："我"、"眼睛"、斯穆罗夫实为同一个人。作家运用独特的游戏手法，让读者看到了不同的斯穆罗夫，并将其整合为一个卑微、无耻、人格分裂、荒诞的斯穆罗夫！其中折射出纳博科夫对人的存在、个体与他人关系哲理式的思考。而心理片断——揣摩、刺探、窥视最终是毫无结果的。无论有多少种类型的斯穆罗夫，真正的"原型"是永远找不到的。斯穆罗夫不仅存在于"镜子"中，而且还存在于其他人的印象中。由此得出的结论是：每一个人都是斯穆罗夫，都是无法定义的非"原型"，都只是镜中的一个影像。"我"最终意识到："……我并不存在，存在的只是折射我形象的成千上万面镜子。随着我认识人的增多，和我一样的幽灵的数量也会增加。他们在某处生活，他们在某地繁殖，单个的我是不存在的。"作者以"我"的幡然醒悟揭示出人的存在需要自我审视，及通过他人的目光来最终完成认识自我这样一个过程。

小说《眼睛》所体现的是纳博科夫对人的一种整体化的认知（人直面本我）。作者由此得出对另一部小说的主人公仁来说防守原则上是无法实现的推论——一个人命中注定要异化，每一个人都是这个现实的造物，是由镜子反射出来的映像。人不仅自始至终视他人为陌路，而且丧失了客观现实化的可能性，因为在其周围根本就没有人，有的只是无数面反射自我的镜子。主人公认为，在这个荒谬的世界里唯一可以使人心安理得的是这样一种存在主义的幸福观："观察、窥视、睁大双眼看自己和别人，不作任何结论，只是旁观，我发誓，这就是幸福。"或许，同样崇高的幸福感在卡夫卡、萨特、别雷、安德列耶夫那里也能够看到："这个世界，无论怎么折腾，都伤害不着我，我有一副金刚不坏之躯。"

《眼睛》是一部象征并且几乎是警世的作品。在斯穆罗夫的身上读者看到了人格的两重性，目睹了个性人格分裂的全过程。书名"眼睛"俄语为 согляатай，意为"观察者""暗探""窥探者"。作者显然是要表达一种"窥视"的意图。小说中的"我"总是睁大双眼，即使在熟睡中也未停止过对自我的审视，然而最终还是无法洞悉"我"的存在。作家借"我"对斯穆罗夫的"窥探"以及他人对斯穆罗夫的印象，来对自我的存在进行确认。斯穆罗夫从自我否定走向对自我的超越，最终被社会边缘化。其实，我们大部分人又何尝不是多多少少地带有斯穆罗夫的某些习气呢？我们往往比较在乎自己在他人心目中的形象，因缺乏自我定义的能力，需要依赖外部来检验自我及其存在。而他人其实就像一面镜子，可以反射出无数个"我"。一旦反射出的映像和我们的愿望背道而驰，我们就会试图去改变这种反射。一如镜中的映像无法改变，自我的意识又如何改变得了他人的意识呢？只有他人的意识与自我的意识的综合才能体现一个完整、真实的"我"！

二、俄罗斯的加缪——加兹达诺夫

盖托·伊万诺维奇·加兹达诺夫（1903—1971）是一位作家兼文学评论家，他出生于一个护林员家庭。俄国国内战争爆发时，加兹达诺夫认为自己没有权利袖手旁观。正如作家后来所说的，哪一方最终会赢得战争他并不关心，只是出于对新的、未知事物的追求，同时为了体验一下战争，未满 16 岁的他于 1919 年成为一名白军战士。之所以选择白军而非红军，是因为他当时身处白军的占领地。一年后加兹达诺夫随白军撤退到克里米亚，后流亡到土耳其。1922年，他在君士坦丁堡完成了第一部短篇《未来的宾馆》。1923年，加兹达诺夫移居巴黎，在那里度过一生中的大部分时光。在巴黎，他当过司机、机车洗涤工、钳工，教过法语和俄语。失业时，也曾夜宿街头。1928—1952年期间，尽管他已是一位小有名气的作家，然而迫于生计，当上了一名夜班出租车司机。加兹达诺夫在长篇小说《夜路》中，描写了他所熟悉的巴黎底层人的生活。战后，《菩萨归来》一书的问世为他带来了极大的声誉与生活的保障，作家一生著有9部长篇（《克莱尔家的夜晚》《亚历山大·沃尔夫的幽灵》《苏醒》等）、37部短篇（《黑天鹅》《幸福、第三生命》《过错》《乞讨者》等）、数十篇文学随笔（如《在法兰西》等）和评论。在加兹达诺夫的笔下，生活呈现为残酷与抒情两方面，其中不乏浪漫与乌托邦的描写。在作家早期的创作中，从存在主义角度对人的存在的描写已初见端倪。这些作品均以第一人称叙述，所描写的人物、地点、事件均通过叙述者的感受展现出来。叙述者的意识成为一根竖轴，连接了有时看似与叙述环节毫不相关的各种事件。俄侨文学评论界在评论加兹达诺夫的小说时，常将他与纳博科夫、加缪、普鲁斯特进行比较。他因自己的存在主义主张而被誉为"俄罗斯的加缪"。

（一）《克莱尔家的夜晚》中的孤独因素

加兹达诺夫的第一部长篇小说《克莱尔家的夜晚》发表于1929年，那是一个沉重的时代。小说的主题乃是当时的社会、政治等诸问题。对美好未来的信心以及对社会嬗变的憧憬构成小说的基本内容，小说一经发表，便获得纳博科夫、高尔基及侨民文学评论界的一致好评。小说没有章节，可分为两个主要部分：描写同克莱尔相遇之前的事件以及对国内战争的回忆。主人公尼古拉·索谢多夫是一个怀有强烈求知欲并立志付诸行动的人，但同时他又经常沉湎于对往事的回忆，而在当下的生活中缺乏具体的目标。他封闭在自我的世界中，思考着个人的往事，试图从中找到失去至亲的安慰。同克莱尔的相爱改变了尼古拉。在与恋人阔别了十年之后，他依然保持着那份衷情。在巴黎，尼古拉重温了以往的爱情，俄罗斯的形象又在他的心目中渐渐复活。克莱尔成为主人公尼古拉对青年时代的怀念和对俄罗斯思乡情结的化身。小说鲜明地深化了俄罗斯国内战争的主题。对主人公来说，这场战争无异于对未知的新生活的认知与追求。《克莱尔家的夜晚》以现实主义传统将一些琐事作为铺垫，勾勒出叙事主人公的内心世界。

事实上，每一种哲学和艺术体系都在试图以其特有的方式解决关于人的问题。存在主义的实质在于，人创造了以人为中心的存在的概念。在存在主义思想家看来，人及个性独特的不可复制性毫无疑问属于绝对真理。加兹达诺夫所关注的正是人的存在、生活的意义、个人的命运与抉择、自由与个人、对自己及他人的责任、信仰与非信仰、人的使命及死亡观等问题。

如同这一时期的其他小说，《克莱尔家的夜晚》没有完整凸显的情节，小说的外部事件没有起到应有的作用，因为重要的不是小说所描写的事件，而是作者对这些事件的反思。小说以日记形式写就，但并不具备编年史的性质。作者在时间和空间上进行了大胆的试验，自由地融合了各个时间层面，允许大范围的失真。如果读者了解作家的生平，那么就会明白，这是一部自传体小说。当时的历史事件乃是革命、国内战争和分崩离析的俄罗斯社会，这些都是曾身为一名白军战士、后成为侨民作家的尼古拉·索谢多夫的个人经历。《克莱尔家的夜晚》按存在主义小说的特征以第一人称方式叙述，以此完整地集成主人公的回忆、感受等存在的情感范畴，成为叙述对象的不仅有所发生的事件，还有主人公内心的感受及反应。作家的任务就是以相应的形式，捕捉最细微的内心活动，并把它们固定下来，使个体的主观感受获得最大的客观性。通常，存在的意义是集中在某个有着此时此刻的情绪和冲动的个体的生存中，这样的个体往往成为存在主义作家创作的始发点，另一方面，这一特定个体的存在也可以成为人类生存的缩影。小说的叙事主人公尼古拉经常反省自身，沉溺于回忆。尼古拉在幻想中将孤独发挥到了极致。在那些战争让他们走到一起的同胞们看来，他的举止与其说是"俄罗斯式的"，不如说更像一个"外国人"。正如主人公本人所指出的，他喜欢孤独，孤独使他可以保留自由，不受时间和他人权威的限制。可以将主人公的孤独视为他唯一可能的一种生存方式，如同第欧根尼的木桶[1]。这是由艺术创造的最理想的生存方式。在这样一种生存中，主人公可以感悟到关于世界和人的存在主义真谛，在其中自由呈现为主要范畴之一，并在逻辑上同真理自然相连。正如海德格尔在《论真理的本质》一书所指出的，真理的本质乃是自由。

（二）《克莱尔家的夜晚》中的忧郁情绪

存在主义将世界对立于人。世界被理解为某种不可理喻的宇宙，这样一个宇宙不服从于任何规律，它充满了荒诞，不易受逻辑思维的影响。人被抛到这个世界上，来到一个特定的社会环境和历史情境中。面对庞大的世界，人命定处于充满悲剧性的孤独之中。存在主义小说的主人公均身处萨特所形容的存在主义式的恐惧和令人作呕的环境中，存在于加缪的所谓无聊之中，而在加兹达诺夫的艺术世界里，则表现为极度的忧郁状态。

---

[1] 古希腊哲学家第欧根尼居住在一个木桶里。他所拥有的全部财产包括这个木桶、一件斗篷、一根棍子、一个面包袋，一天，第欧根尼正在晒太阳，亚历山大大帝前去拜访他，询问他需要什么，并保证兑现他的愿望。第欧根尼回答道："我希望你闪到一边去，不要遮住我的阳光。"亚历山大大帝事后说："我若不是亚历山大，我愿是第欧根尼。"

忧郁是一个彻底意识到存在末日的人的唯一反应，它将尼古拉对童年、家庭、朋友、初恋的回忆染上了浓浓的情态色彩。主人公的爱情集中了他全部的内心能量，使他敢于去牺牲，并成为几乎是他生存的唯一目的。这一爱情在其自身中具有全人类忧郁的印迹，并受制于任何人感情的矛盾情绪的意识："世间一切爱情无不伴有愁思恨意。幸福的爱情伴随着对爱情终止和结束的恐惧，徒劳的爱情伴随着对得不到爱情和失去从未属于过我们的感情的悲戚。"加兹达诺夫的忧郁情调复现了存在主义作家对世界的悲剧性感受。在存在主义作家看来，死亡的存在是最主要的。在加兹达诺夫叙事主人公的语言中，"死亡"几乎是最重要的一个词语。在小说《克莱尔家的夜晚》中，常常有对死亡的思考和论述。每个人均寄希望于死亡。一切情节均以不同的形式触及着这个主题. 如一本儿童读物中有关于一个小男孩孤儿的故事，一个在狩猎时被误射的小官员，对死于伤寒的从前的战友迪克夫的回忆，还有记忆中闪现的众人被处死的画面。总之，小说中的死亡不仅是残酷的客观事实和社会剧变过程中不可避免的产物，而且还是主人公从思想上回归存在哲学范畴的助力器。尼古拉和他的父亲均对死亡充满了神秘感。尼古拉回忆道，他的父亲无法忍受那象征着死亡的洪亮的钟声，钟声在他看来是一种不可理喻而又充满敌意的东西。这种对死亡的恐惧遗传给了尼古拉："我活得很幸福——如果人可以活得很幸福的话，尽管在其身后的空气中飞掠而去的是纠缠不已的阴影。死亡从来就没有远离过我，想象力也使我深陷于其中的深渊，它们如同死亡的掌控者。我想，这种感觉具有遗传性：难怪我的父亲如此不喜欢使他想起不可避免的末日的东西；这个勇敢的人在这里感到了自己的无助。"在尼古拉看来，童年时代见到的春天田野上亮丽的雪堆成为死亡独特的隐喻。在阳光下闪耀的白雪显得松软、肮脏，这在男孩的内心引起了绝望和不可名状的恐惧。这种"透明而又遥远的忧郁"之感作为人之希望的枉然的回忆，冲击着他的心灵："我想象着春天的田野和远方的白雪，想象着只要迈出几步，就会看见肮脏、融化的残迹。——再也没有别的了么？——我问自己。生命在我看来就是：我在世上生活若干年，走到最后一刻然后就会死去。怎么？就再也没有别的了么？"这种童年时代对死亡的抗拒后来转化为对神职人员的反感。主人公偏重理性的勇敢，对死亡恐惧有一种本能的克服，对在非存在面前失态的胆小鬼极其藐视。死亡作为一种盲目的、不可推断和人均有份的力量，对无耻之徒和英雄是同样无情。死亡成为加兹达诺夫这部小说的主基调。

加兹达诺夫关于世界的理论与存在主义观念相近之处还表现在作家将欧洲近代史上所发生的事件感受为"世界的灾难""文明的日落"。小说的主人公经常梦见这样的场景："一个巨大而又平坦的大地的空间，如同沙漠，可以看到尽头。这个空间的远方突然被一道蓝色的缝隙隔开，毫无声息地连同一切坠落到深渊里。一片寂静。然后第二层又悄然无声地脱离世界，之后又是第三层；我离边缘仅几步之遥，我的双脚已迈进滚烫的沙砾中；在缓缓漂浮的沙砾的云彩里，我艰难地飞向众人坠落的地方，不远处，在头顶的上方，闪耀着一道道黄色的光，太阳像是一个巨大的灯，照着静止的黑黢黢的湖水和死一般静寂的橙色大地。"在这一幅全人类灾难的画面图上，折射出存在主义的末世论，即无论是个性的存在还是人类的存在，均是白驹过隙，随时会走向末日。在这样一个信念的世界里，关于死亡和不完善的意识对人来说就成为最深奥和必须掌握的知识。死亡为人类历史的各个阶段设置出界限，具有绝对和绝无仅有的性质。对于死亡，宗教和生存的哲学具有共同点：如同宗教，存在主义认为，人应该将死亡视为独立于其意志的客观现实。因此，人不应该回避关于自己死亡的意识，不应该高度评价那些现实存在的忙碌。与此同时，有别于宗教的是，存在主义作家没有向个体展示出任何彼岸的前景和希望。

死亡是生物的一种存在方式，而不是它的消亡，也不是从一种状态向另一种状态的生物意义层面的过渡。然而，死亡在存在主义学说中，不具有存在的消极特征。它为人的存在成为真正的存在提供了可能性。在海德格尔那里，死亡成为人生活的目的，成为人的最后一种可能性。在加缪的艺术世界中，死亡并非有助于人认识生存的意义；相反，它否定各种意义。而在萨特的笔下，死亡不能成为对人的独特性的证明，它不会使个体获得个性，而是消灭个性的差异。死亡对萨特来说，是所有可能性的终结。

第四节　西方与俄罗斯存在主义作家的比较

对于20世纪文学意识的形成，尼采具有划时代的意义。自这位哲学家宣布上帝已死之后，无论是欧洲还是俄罗斯的文化界都力求按新的方式去思维和感受世界与生活。作家和诗人们从存在主义的角度出发，关注人的价值与存在等问题。人存在的非真实性、世界的荒谬性、恐惧、孤独和被抛弃感使得部分俄罗斯作家和诗人与西欧存在主义作家的创作具有了共同的内涵。这种共性来自于艺术家们一致的世界观和对世界灾难性、生活悲剧性的相同感受。

对荒诞世界和被边缘化的孤独、绝望情境感受最深的莫过于俄罗斯侨民作家。俄侨作家和诗人格·伊万诺夫将对世界悲剧性的感受投射到短篇小说《原子的裂变》之中，小说因此获得了存在主义的中心思想。主人公在混乱的世界和碌碌无为的生活中感受到了生存的危机，然而，他的心灵却如同一个即将裂变的原子，隐藏着一股随时欲爆发的力量。同样，俄罗斯白银时代现代派作家和诗人索洛古勃亦是在其创作中将世界、上帝和人的相互关系的问题置于存在主义的框架中进行思考。在索洛古勃的作品中，物质世界短暂的存在无法自我完善，臻于完美。真正的存在必须通过创造因素的参与获得。创造性的存在成为主人公自我追求的终极。对人类生存和荒谬世界的认识，关于传统信仰和欧洲文明根基崩溃的看法，对人命定的生存强烈的反抗，这一切使得伊万诺夫的《原子的裂变》、索洛古勃的《野兽般的日常生活》《沉重的梦魇》等与萨特的《恶心》、加缪的《局外人》在哲理性、形象性和主题方面具有许多共同之处。

俄罗斯和西欧存在主义传统的基本观念之一就是存在、现象的非解释性和非逻辑性。到了萨特，这一观念表现为某种不为人所知和人无法企及的主宰世界的第二逻辑（如萨特的《恶心》）。人成为牺牲品，他无法感受和解释存在渊薮的逻辑。面对这一渊薮，生活的逻辑失去了意义，变得对人来说无法捕捉，无法感触。俄罗斯作家和欧洲作家的创作遥相呼应，昭示了存在主义思想的全人类性。

一、格·伊万诺夫与萨特

格奥尔吉·弗拉基米罗维奇·伊万诺夫（1894—1958）是一位俄侨诗人和作家。他早期的创作深受未来派的影响，后转向阿克梅派并成为该流派的重要代表。1922年，诗人离开俄罗斯，侨居意大利。1923年移居法国巴黎，侨居生活让他饱尝了人世间的艰辛。伊万诺夫的主要诗集有《灯》《花园》《玫瑰》《漂向齐特岛》《毫无相似的肖像》《1943～1958诗集》和《死亡日记》等。此外，他还著有长篇小说《第三罗马》、短篇小说《原子的裂变》、回忆录《彼得堡的冬天》和《中国的影子》等。成熟期的伊万诺夫流露出较强的怀疑意识，他在小说《原子的裂变》中以深邃的存在主义思想揭示了人存在的悲剧性，被侨民文学评论家罗曼·古尔称为"是一名比法国人超前多年的俄罗斯存在主义诗人"。

对于艺术的功能，两位作家的认识却大相径庭。在萨特的小说《恶心》中，洛根丁听着唱片，觉得身体沉稳、坚挺，精神勃发，令人难以承受的恶心感也荡然无存了。主人公期望在创作关于纯洁美好的非现实的小说过程中能够摆脱危机，得到拯救。他要用自己的小说去深深地触动读者，以使他们分享自己已经获得的解脱意识，克服长期以来物质和躯壳存在的惯性状态与荒诞。在萨特的笔下，艺术作为一种古老的审美体验，被赋予重整秩序和逻辑的意义，以补偿生存之平庸。与洛根丁相反，伊万诺夫的主人公不相信虚构之美的安慰，他认为自杀才是避免精神最终毁灭的唯一出路。自杀并非是因为绝望和对自我的肯定，而是出于对存在的恐惧和反感。在他的意识中，生活的规律同睡梦的规律密切相关。由此世界在他的眼里发生了扭曲。然而，这种鄙陋的睡梦要远逊于真正的现实。这个毫不起眼的"原子"仿佛命定要饱尝痛苦的生活。他彻底地被形而上的孤独和存在主义的恐惧所战胜。他意识到，经历了之前的一场战争后，一切都发生了改变，世界的根基开始动摇。

伊万诺夫在感受世界的同时没有向永恒妥协。作家仇恨针对人的永恒之恶，视这种恶为肮脏和畸形："世界顶级的丑陋""世界顶级痛苦的污水坑""长满蛆的墓穴""家畜棚里肮脏的墙"，这就是他对永恒的定义。在这样的永恒中，人还能有所期待吗？除了记忆和痛苦，还有什么可以让我们忘却生活？伊万诺夫无法找到答案，他只能展示出非存在及消极被动生活中的沟壑，展示出威胁人的冷峭的"无"。在非存在中，人被彻底消灭，丧失的不仅有生活和回忆，甚至还有关于非存在的意识。在这样一个非存在中，人不得不继续生存并单独面对痛苦和死亡的折磨，而对痛苦和死亡的预感荼毒了整个尘世生活。在非存在的胁迫下，人的自我——"原子"发生裂变，同时辐射出恐惧、痛苦和肮脏的幻想。

在伊万诺夫的艺术世界里，凶恶和畸形不再属于普通人，而源于毁掉生活的存在之本质。荒诞来自于该存在的本质。只有在接近这一存在之本质的时候，人才能意识到它，才能认清某种遍及全人类的荒诞和"永恒的无意义。"伊万诺夫的永恒是一种耀眼冷峭的"虚无"。如果说在萨特的作品中，我们可以看到作为存在主义概念的"空无"，那么伊万诺夫的创作给我们的则是对世界总体的感受，其中有着强烈的道德及宗教标准。

关于艺术的救世功能，伊万诺夫在《原子的裂变》中与艺术家、创造者、美学家进行了尖刻的对话。后者相信，"对生活可塑的观照就是对生活的胜利"，"事情已做成，一切已获得拯救，生活的荒诞、痛苦的虚荣、孤独、痛苦、具有黏性的令人作呕的恐惧均已转化为艺术的和谐"。而伊万诺夫则认为，"奇迹已不可能再被创造出来——艺术的谎言已无法再嫁给真理"。因此，作者拒绝承认艺术是最珍贵的东西，而热衷于拯救生活本身和每一个有生命的个体："一位自鸣得意的鉴赏家"，伊万诺夫不无讥讽地写道，"在伦勃朗的一幅画面前，像圣徒般地坚信，老妇人脸部的阴影和光线的变化是世界的胜利，在这一胜利面前，老妇人本人显得微不足道，成为一粒灰尘.毫无价值。"主人公随即炽烈地表达了自己的观点："我们还会拥有什么？会相信，老妇人比伦勃朗重要得多。会不明白，我们该拿这个老妇人怎么办。会痛苦地期盼拯救和安慰这个老妇人。会清楚地意识到，无法拯救和安慰任何人。"

这是对洋洋自得的无耻行径和平庸无奇的伪艺术的抨击，是对"用虚构之美进行安慰"的否定。这种否定来自"被选中的、唯一独特的活着的人或者死去的人"对存在价值的真实体验，来自对"独特生活中每一个忐忑不安的瞬间"的感受。一个毫无价值、无明显外部特征、痛苦而又复杂的人只会发现"自己孤独的黑暗的洞穴"。"每一个人如同一粒被裹进坚不可摧的铠甲内核中孤独的原子"，并产生同所有一切结合的特殊的悲剧性感受，所有的人都是平等、独特的，"所有的人都是令人反感的，所有的人都是不幸的"。如同在茫茫的沙漠中迷路那般令人绝望，无论怎样，一切都无法改变。对获得拯救的失望衍生出一个荒诞的问题："婴儿在母体中成胎。婴儿有什么用？没有长生不老。不可能有长生不老。我为什么需要长生不老，既然我如此地孤独？

伊万诺夫认为，如果说存在着某种艺术，那么它也只是如同锋利的螺旋锥，曲折蜿蜒地去穿透那个缺乏和谐因素的肮脏世界及令人恐惧的存在的实质，犹如"钢丝绳上的空中飞人和丑陋、凌乱、漏洞百出的生活速记报告一般"在移动。小说《原子的裂变》本身就是一篇关于主人公痛苦意识的速记报告，这是一个身处古老的宇宙爆炸中心的人，他已被严重灼伤，孤独而又绝望地站在宇宙的废墟上，如同在蜘蛛网上摇摇晃晃。这里，伊万诺夫揭示了黑暗与丑陋及个体对失去上帝的荒诞世界的反应。随着上帝的死亡，支撑世界的三个支点轰然倒塌：对上帝的信仰早已丧失，俄罗斯已经逝去，艺术业已凋零。

二、索洛古勃与萨特、加缪

人类在迈进 20 世纪的同时，强烈地感受到生存与认知的危机。当时西方世界对价值的重新界定加剧了俄国知识分子阶层的悲剧性感受。以往被公认的同上帝的联系遭到颠覆，先前的认知根基开始动摇，人不再感受到自己的存在是理性的。展现在人面前的是一个巨大的非存在的深渊，世界渐行渐远并物化为与人对立的恶之渊薮。这种同世界分裂的情绪在当时俄罗斯颓废派和象征派的创作中得到了渐次的反映。同时，类似对世界的疏远感对后来的俄罗斯文学乃至西欧文学的发展无疑产生了重大的影响。应该说，萨特、加缪的存在主义创作以及舍斯托夫、别尔嘉耶夫的宗教伦理学说就其本质而言十分接近索洛古勃的创作。这种相似性又被解释为哲学问题的共同性或同一性。人生的意义和价值成为这一时期作家创作探索的核心，并演绎为新的认知世界的出发点。

对于人来说，什么才是真正的存在？人是否有可能企及这一存在？什么又是真理？此岸世界是否具有真实性？抑或它离上帝是如此之遥远，以至于变成了一个荒诞的世界？如果是这样，此岸世界是否会在荒诞中最终完全否定其自身？诸如此类的一系列问题，无论对于索洛古勃，还是对于其他存在主义作家，均是需要给出答案的。

在加缪的长篇小说《鼠疫》中，叔本华所描写的现象世界屡屡出现。《鼠疫》是一部寓意性极强的作品，小说讲述的是 20 世纪 40 年代阿尔及利亚奥兰市突然爆发的一场鼠疫。凶残的鼠疫仿佛是一头毫无理性、无法制服的怪兽，吞噬了众多市民的生命。当鼠疫神秘地隐去之后，人们涌向广场，载歌载舞，欢呼庆祝，然而，灾难并没有就此结束，鼠疫杆菌仍然潜伏在城里，随时准备再度肆虐全城，戕害百姓的生命。小说中，大自然的一切均受制于某种无所不能的力量，鼠疫作为恶的象征，永远地威胁着人的生存。

在索洛古勃作品中，整个世界同样是服从于某种恶的意志。荒诞与恶无法根除，世间的一切都是虚伪的存在。人无法支配自己的生活与命运，任何一种希望和向命运的挑战都如同"西西弗斯劳作"一样徒劳无益。于是，索洛古勃的主人公成为孤独与绝望的地下室人。作家所感受的世界恰似"魔鬼的秋千"，表现为一种为凶恶力量掌控下脉动式分裂的存在。唯有死亡的意志才能战胜这一存在。生与死的基调使索洛古勃和西方存在主义作家的作品获得了某种相似性，然而，有别于西方存在主义作家，索洛古勃作品中还有另一个存在。该存在遥立于彼岸，呈现于作家理想中的奥伊列王国和里果伊城中。

在意识到永远失去以往同上帝的联系之后，人感到自己在世界上茕茕孑立。周围世界与人相互敌对，让人感到陌生和残酷。于是，世间的生存变成了一场毫无意义的游戏和荒唐的表演，犹如一部"魔鬼的轻松喜剧"。在这幕与人作对的戏剧中，人成为命运摆布的玩偶。现行的法律、种种道德准则迫使每一个个体在全人类荒唐的剧院里扮演着各自的角色。任何一种对现实世界法则的反抗都将受到死亡的惩罚。一言以蔽之，人好比是一头笼中的困兽，无法挣脱强束于其身的羁绊。他注定要将被指定的角色扮演至最后一刻，直到死亡为他打开通往另一个世界的大门。

在加缪的作品中，同样可以看到这种弥漫于整个宇宙之中处处与人为敌的精神力量。在长篇小说《鼠疫》中，大自然像是一个被分解的腐烂了的怪物，一个令人作呕的痈疽，随时都可能胀裂。它是黑暗的象征，一边不断地吞噬着生命，一边又构成早期生命存在的原始基础。世界的本质就是毁灭和死亡，所有的东西——自然万物、肉体和灵魂均无法避免被其吞噬。世间万物均受制于这一恣意暴虐、疯狂杀戮的全能的力量。它使整个世界都臣服于自己，扼杀着任何欲获得自由的可能性。由此产生的一个存在主义哲学的问题是：这个世界是否是一个真实存在的世界？在这个世界上我们是否确实存在，抑或我们已经死亡？在这样一个关于恶的命题中，包含了存在主义哲学思考的全部实质。这里，孤独感、失去自由感使人直面生存的意义。正是这样一种对存在的形而上的思考贯穿于索洛古勃的作品中。于是，作品的世界显形为一个荒诞的空间，比卡拉马佐夫式的地狱和果戈理的《死魂灵》世界更为阴森恐怖。关于生存无意义的思想是如此之强烈，以至于外在的一切都转化成纯粹的荒诞，并且通过一个邪恶的形象——一个主导着空无世界并表现其全部特性的小妖外现出来。在小妖的身上，既有撒旦的狡黠凶残，又有小鬼的卑劣龌龊；读者所看到的是一副空洞畸形的嘴脸。小妖与这个现象世界血肉相连，它既是这个世界的象征，又是这个世界丑陋的假面。在《卑劣的小魔鬼》中，我们所看到的小妖呈现为一个纯粹的无的折射，一个非存在的外现。在这一荒诞的外现折射中，人生命的意义变得扑朔迷离，令人无法探究，最终化为撒旦可恶的身影。

绝望和恐惧充斥着索洛古勃的大部分作品。人的生活仿佛是一根正在慢慢燃尽的蜡烛，死亡最终会把它消灭殆尽，使它荡然无存。由此得出的结论是：无论生命是否有过，均无法改变充斥于现实世界中的冷酷、黑暗和死亡。这一结论蕴含了索洛古勃创作中关于存在主义的定义。索洛古勃把周围所发生的一切形容为一层"坚固的霜"，一种转瞬即逝、虚假空无的存在。外界的生活对于作家已经毫无意义。整个大自然乃至世界在索洛古勃看来都要服从这一"邪恶的意志"。因此，这一自然和世界在实质上是无根基的、无目的的。犹如萨特的《恶心》和加缪的《局外人》中的主人公，索洛古勃笔下的人物大都对生活充满厌恶和恐惧。小说《野兽般的日常》中所呈现的毫无生趣的图景使得忧愁和绝望变得愈发浓烈。

在短篇故事《蠕虫》中，小万达每时每刻都能感到类似的绝望和惊悚。从脏兮兮、灰蒙蒙的街道到凄凉、像是缩成一团畸形怪物的鲁勃诺索夫家的房子，最后到童话故事中才会出现的凶残的食人怪鲁勃诺索夫夫妇，所有这一切在小万达那里只会使这种感觉变得尤为强烈。男主人弗拉基米尔·伊万诺维奇·鲁勃诺索夫生性粗野。此人的魔鬼特质表现为他对女人的憎恶。当寄宿生万达打碎了他心爱的杯子时，他威胁说要拿鞭子"爱抚"她。之后代替体罚的是一种精神折磨，他不断地恐吓万达说将有蠕虫爬向她的喉咙。小说中，鲁勃诺索夫夫妇被描绘成人类的敌人。他们与孩子和其他人不共戴天。渐渐地，恐惧感控制了万达的意识并窒息了她对生活的任何遐想和渴望。作者着重描述了万达与周围世界的格格不入。在万达看来，世界充满了形形色色丑恶的人及万物。通过万达的形象，索洛古勃描绘出一个他所爱怜的孤独、不幸的孩子。这种孤独表现在被上帝抛弃和绝望的感觉中。索洛古勃认为，这些不幸的人甚至连上帝都不会将爱怜降到他们的身上。小说中，天使飞过不幸的万达身旁，飞向幸福、快乐的人们。作家把不幸当作难以根治的心理疾病来展示，"只有死亡才能结束万达的噩梦"。

第五章　生态视角下的俄罗斯文学研究

　　进入 20 世纪，普遍面临着生态失衡、经济停滞的局面，全世界进入一个人性复杂、战争不断的年代，生态文学的出现为世人敲响了警钟，因此 20 世纪被称为一个"生态诗学"的世纪，生态文学、生态批评很快成为备受关注的显学。20 世界的俄罗斯文学中，生态文学也是一个非常重要的部分，从生态学角度解读历史经典文学作品，探寻俄罗斯作家作品中"人与自然"的生态意识，俄罗斯文学的现代创作中也充满着"诗与远方"的探讨。

第一节　生态文学概述

一、生态文学的含义

除了"环境文学"之外,还有一些学者倾向于使用"自然书写"(Nature Writing)而非"生态文学",美国的许多作品集和研究专著都使用这个术语,例如很有影响的《诺顿自然书写文选》以及内华达大学教授斯科特·斯洛维克、中佛罗里达大学教授帕特里克·默菲等人的一系列著作。但是,多数中国学者和许多欧洲学者并不认同这一术语,部分美国学者也不赞同。例如,查尔斯-沃教授就拒绝使用"自然书写",他把自己从 2001 年秋季就开始在丹佛大学开设的课程命名为"美国生态文学"(American Ecoliterature)。"自然书写"这一个术语有着严重的欠缺。

首先,"自然书写"这个术语对写作对象的限制过于狭窄。生态文学并不仅仅是单纯地描写自然的文学,它与传统的描写自然的文学有一个根本的不同,即它并非仅仅表现自然,而主要是探讨和揭示自然与人的关系,表现自然对人的影响、人在自然界的地位、自然万物与人的联系、人对自然的破坏、人与自然的融合等。即使是描写自然,它也主要以揭示上述关系为目的。而且,生态文学特别侧重于发掘人与自然的紧张、疏离、对立、冲突关系的深层根源,即造成人类征服和掠夺自然的思想、文化、经济、科技、生活方式、社会发展模式等社会根源。有的作品甚至可以几乎完全不描写自然景物,但却因其深刻地发掘了导致人类破坏自然的社会原因而堪称优秀的生态文学作品,例如德里罗的《白噪音》。

其次,"自然书写"这个术语在思想上和体裁上涵盖面太宽。无论作者对自然持什么观点和态度,只要写的是自然,其作品都可以算作自然书写,甚至包括非生态甚至反生态的作品。例如,《诺顿自然书写文选》所选的一些作品就不具备生态意识。使用"自然书写"无法将生态文学与一般的描写自然的文学区分开来,无法将生态文学最突出的特点和主要使命显示出来。另外,"自然书写"还把非文学的写作也包括进来,不少自然书写文选都收入了相当数量的哲学、自然史、政治学、宗教学、文化批评等著述,从而大大超出了文学研究的范围。正因为如此,有人质疑:"自然书写"是文学吗? 对"自然书写"的研究是文学研究吗? 所以,著名生态批评家默菲坚持用"自然文学"或"自然取向的文学"取代"自然书写",并仔细地分析了两者的差异。由此可见,"自然书写"这个术语既不能把生态文学全部涵盖,又将许多非生态的文学创作和非文学写作与生态文学混为一谈。

第三,鉴于国际学界对多数人文社会科学学科与生态学的跨学科研究的命名大多采用"生态+某学科"或"生态的+某学科"的模式,如"生态哲学""生态伦理学""生态政治学""生态经济学""生态神学""生态人类学""生态社会主义""生态马克思主义""生态女性主义"等;因此,采用"生态文学"可以与当代生态思潮的各个支脉形成整体和谐的关系。

至此,我们可以说,主张使用"生态文学"这个术语并对它进行探讨,绝非文字游戏,绝非为了概念而创造概念;实在是因为别的术语无法表示生态文学的独特价值,才要给这类文学创造一个名称。

我们可以给"生态文学"下这样一个定义:

生态文学是以生态整体主义为思想基础、以生态系统整体利益为最高价值的,考察和表现自然与人之关系和探寻生态危机之社会根源,并从事和表现独特的生态审美的文学。生态责任、文化批判、生态理想、生态预警和生态审美是其突出特点。

自20世纪60年代生态文学诞生以来,世界文坛涌现出一大批杰出的生态作家和生态作品。以上特征就来自对这些典范的生态文学作品之特色的理论分析和概括。不过,在目前阶段,专门且始终如一地创作生态文学作品的作家数量还是有限的,严格意义上的、符合以上所有特征和上述定义的生态文学作品也是有限的。因此,具体到某一个作家或某一部作品,只要符合生态文学的第一个特征,即真正是"生态的"而非"环境的"更非"人类中心主义的",只要是将生态整体价值作为其终极价值,我们基本上可以视之为生态作家或生态作品。有的作品,特别是在生态思潮兴起之前的作品以及许多环境文学作品,虽然从总体上看还算不上生态作品,但却包含了闪烁着生态思想或生态审美光彩的部分,也属于生态文学考察的范围。这一考察范围可以一直延伸至原始时代的文学。另外,尽管多数典范的生态作家作品产生于20世纪60年代以后,但这并不意味着此前没有严格意义上的生态文学家和生态文学作品。原始文明时期产生的许多神话传说和诗歌散文、浪漫主义时期的某些作家作品(如梭罗、华兹华斯等和《瓦尔登湖》《弗兰肯斯坦》等)都堪称优秀的生态作家作品。

需要特别指出的是,以人类中心主义、二元论作为指导思想的环境文学,与生态文学有一些相似甚至相同的诉求,比如保护自然、主张与自然和谐相处、主张限制人类对自然的掠夺和破坏，而且在很多环境文学作品里还经常含有与严格意义上的环境主义相矛盾的生态思想。因此，在相当长的阶段里，环境文学还有其积极意义和现实价值。生态文学在坚持自己的主张和特色的前提下，并不排斥环境文学，相反主张与环境文学甚至所有非生态的文学多元共存。生态文学倡导的是整体内部的多元共生，绝对不是一元独大，也不是二元对立。

生态文学为文学创作和文学研究提供了新视角，开拓了新领域，创造了新的发展契机，输入了新的发展动力，带来了整体上说是全新的理念——生态哲学理念、生态美学和文艺学理念，并赋予文学它应当担当的自然使命和文化变革使命。不过，生态文学并不否认也不可能否认其他文学思潮、文学流派和文学创作方法有其自身的价值。生态文学家和生态批评家清醒地意识到，人类的文学总体上还是人学，是人类中心主义指导下的文学。这样的文学经过几千年的发展和积淀，主要关注人，关注人类社会，主要从人的价值和人的利益之角度考虑问题，是有充分理由和必然性的；虽然仅仅这样还远远不够，虽然离开了自然不可能全面完整地认识人和社会。数千年来以人类为中心的文学所创造的思想价值和艺术价值是极其巨大、极其重要的，值得深入研究和高度评价，即使那些价值与生态无关。生态文学并不想也不能取代其他文学，而且还明确地意识到自己的局限性，把自己的领域严格限定在自然与人之关系的范围内。生态文学只是希望向越来越多的人——文学领域和非文学领域的人——证明：生态问题在当今极其重要，重要到关乎整个地球及其所有生物的生死存亡，文学家可以也应当在这个问题上发出声音，可以也应当为缓解直至消除生态危机做出贡献。

二、生态文学产生的原因

（一）主要原因：外部动因

目前人类所面临的最严重、最为紧迫的生态危机是能源与气候危机。大量的事实和数据证明：气候变化的的确确存在，而且正在加速，已经产生了巨大的危害，即将导致毁灭性的灾难。造成气候变化的罪魁祸首是人类，是人类过分地使用化石燃料，过多地排放温室气体。这一结论"来自大量世界顶尖级科学研究，经过了极为细致的审核并备有详细的证明文件，是目前所研究过的最大、最长、最昂贵、最国际化、学科跨度最大、最彻底的科学议题"。气候变化的巨大危害性绝不仅仅是温度升高、天气变暖，还有伴随而来的降雨量、湿度、土壤温度、大气环流的变化，干旱和荒漠化加剧，洪涝，暴风雨雪等极端异常天气频发，冰川和南北极冰盖消融，海洋环流系统紊乱及其可能导致的北半球冰期，生物生长繁衍模式的紊乱和物种灭绝，海平面上升等等。

海平面上升是目前人类所面临的最为可怕的生态预警之一。哈佛大学伍兹霍尔实验室的约翰·霍尔德伦教授等环境科学家发出了这类预警：气候变化留给人类积极应对的时间已经非常有限了，10年前最悲观的预测是2040年北极冰全部融化，而到2008年科学家的预测是这一悲剧可能会更早发生——海平面上涨1~3米甚至更高。如果这样的悲剧真的发生，人类文明的整个格局将发生天翻地覆的变化，最繁华的经济中心（包括纽约、波士顿、旧金山、洛杉矶、迈阿密、里约热内卢、布宜诺斯艾利斯、东京、大阪、釜山、新加坡、孟买、哥本哈根、赫尔辛基、奥斯陆、圣彼得堡、里斯本、马赛、悉尼、墨尔本以及上海、天津、秦皇岛、大连、青岛、宁波、厦门、香港、台北、高雄等）大部分将受重创甚至被淹没，数以亿计的生态难民将流离失所，全人类的生活水平将倒退半个世纪以上。这绝不是危言耸听，绝大多数严谨的科学家都认同这一结论。

即便是海平面上涨短时间不会到来，地球资源也难以满足人类如此巨大的需求。这个星球上所必需的资源正在日趋枯竭，有限的资源与无限的欲求之间的尖锐矛盾已清楚地摆在人类的面前。早在1972年，梅多斯等17位来自发达国家和发展中国家的一流学者就在他们轰动世界的报告《增长的极限》里指出，支撑人类工业的主要资源——石油、煤炭和其他各种不可缺少的矿藏急剧减少，多数在一百年之内就将全部采光。世界资源研究所和国际环境与发展研究所主编的《世界资源1988—1989》指出，按当时的能源消耗率，全球已探明的石油储量只能维持32.5年，天然气只能维持58.7年，煤炭只能维持226年。著名的"戴利统计"显示：世界上所有必不可少的不可再生资源统统加在一起，也仅够目前全球人口百分之十八的人，享受当今美国的生活水准，满足当今美国人的欲求。如果这一统计无误或大体上符合实际，那就意味着：至少在发明出所有必需的替代资源之前，人类如果继续这样盲目发展，将迅速耗光全部资源，很快进入"终极贫困"——在拥有了豪宅、轿车和许多现代化的生活资料后，突然发现这一切全都因为不可再生资源的枯竭而无法运转无法享用的贫困！

（二）次要原因：内部动因

生态文学的产生也有文学自身发展规律作用的原因，虽然并非主动因。生态文学的出现，是文学表现日趋全面、平衡这一文学健康发展之内在动力作用的结果。一个完整平衡的文学表现，其领域应该包含三大部分：人本身（包括人性、人格、思想、情感、感觉、潜意识以及人的外貌、语言和行为等）、人类社会（包括人与人的关系、人与社会的关系、人类社会生活、人类文化等）、自然（包括自然系统、非人类自然物、人与自然整体的关系、人与各种环境的关系、人与自然物的关系、非人类自然物之间的关系、非人类自然物与自然整体的关系等）。然而，纵观人类文学的发展，不难看出，文学对自然这个表现领域的关注和描写严重不足。虽然各个时期都有一些描写自然或人与自然关系的作品，但从整体来看，文学对自然的表现与其对人和社会的表现完全不成比例。文学系统是失衡的，文学发展是畸形的。

然而，文学发展的内部规律终究会对文学做出调整。一段时间过多地关注社会，过一段时间它就会更多地关注人本身；一段时间过多地关注内容，过一段时间它又会更多地关注形式；一个时期侧重表现情感思维，下一个时期便会侧重表现感觉和潜意识；一阵子"向外转"，过一阵子便会"向内转"。这样的自我调整甚至矫枉过正的发展，保证了文学整体和宏观上的全面与平衡。在人类文学的原始时代，由于人与自然的关系是人生与社会最重要的问题，世界各民族的文学都较多地表现了自然。但是随着人类文明的发展，特别是进入工业文明时代以后，自然对人类生存的威胁由于人类力量的增强而显得不再特别重要，人类的文学便从整体上将重心转向人自身和人类社会。加之文学是人类的艺术创造行为，天然地具有以人类为中心的倾向，文学发展向人和社会倾斜而疏远了自然就不难理解了。20世纪后半叶以来愈演愈烈的生态危机再一次激发了文学自身调节的内部冲动，文学在与自然渐行渐远甚至阔别自然千余年乃至更久之后，终于又回归自然了。

具体到20世纪后半叶以来的文学发展，可以看出生态文学也是当代文学自身调整的强化和延续的表现。生态文学是重意义、重价值、重责任、重视文学社会功能和自然功能的文学，是介入性很强的文学。它不是"纯文学"，它肩负着社会思想文化批判、生态意识普及、生态美感培养、生态文明建设的重任。从这一点来看，生态文学也是20世纪后半叶以来文学再次"向外转""向意义和使命转""向社会转""向文化转"的文学自身规律作用的结果。20世纪的文学发展分别出现了"向内心转""向哲理转"和"向文本形式转"的倾向，也出现了消解意义和价值的倾向。这些倾向本身虽然有其合理性甚至必然性，但后来也都在不同程度上出现了矫枉过正。从20世纪后半叶开始，文学内部规律开始对文学的发展进行调节，出现了大量侧重社会批判、侧重两性关系、侧重文化冲突的作家作品。在这样的文学发展态势下，可以说生态文学在一定程度上也是当代文学自身规律校正文学发展的产物。生态文学将这种校正进一步强化和延伸：从关注人类社会延伸到关注自然界，从关注人与人的关系（比如两性关系、种族关系）延伸到关注人与自然的关系，从关注社会正义延伸到关注生态正义，从关注人类社会普适价值延伸到关注生态整体价值，从对导致社会问题和社会灾难的文化批判延伸到对导致生态危机和生态灾难的文化批判。

三、生态文学特征

第一，生态文学是以生态整体主义为指导思想、以生态系统的整体利益为最高价值的文学，而不是以人类中心主义为理论基础、以人类利益为价值判断的终极尺度的文学。

生态文学以生态整体主义或生态整体观作为指导考察自然与人的关系，它对人类所有与自然有关的思想、态度和行为的判断标准是：是否有利于生态系统的整体利益，即生态系统和谐、稳定、平衡和持续地存在。不把人类作为自然界的中心，不把人类的利益作为价值判断的终极尺度，并不意味着生态文学蔑视人类或者反人类；恰恰相反，生态灾难的恶果和生态危机的现实使生态文学家认识到，只有把生态系统的整体利益作为根本前提和最高价值，人类才有可能真正有效地消除生态危机，而凡是有利于生态系统整体利益的，最终也一定有利于人类的长远利益或根本利益。人是自然的一部分，人永远也不能脱离自然，唯有确保了整个自然的持续存在，才能确保人类安全、健康、长久的生存。这一特征是对生态文学最基本的判断，也是衡量一部作品是不是生态文学作品的核心标准。

第二，生态文学是考察和表现自然与人的关系的文学。生态责任是生态文学的突出特点。

生态文学对自然与人的关系的考察和表现主要包括：自然对人的影响（物质的和精神的两个方面的影响）、人类在自然界的地位，自然整体以及自然万物与人类的关系，人对自然的征服、控制、改造、掠夺和摧残，人对自然的保护和对生态平衡的恢复与重建，人对自然的赞美和审美，人类重返和重建与自然的和谐等。在表现自然与人的关系时，生态文学特别重视人对自然的责任与义务，重视人发挥主体性和能动性去保护自然、维护生态平衡，热情地赞美为生态整体利益而做出的自我牺牲。

第三，生态文学是探寻生态危机的社会根源的文学。文化批判是许多生态文学作品的突出特点。

生态文学表现的是自然与人的关系，而落点却在人类的思想、文化、经济、科技、生活方式、社会发展模式上。对于这个特征，许多学者和作家有一致的看法。布伊尔强调生态文学必须"显示人类历史与自然史之密切关系"，贝特主张生态文学及其研究要探讨导致生态灾难的社会原因，找出人类的文明"究竟从哪里开始走错了路"。另一位生态文学研究者乔纳森·莱文也指出："我们的社会文化的所有方面.共同决定了我们在这个世界上生存的独一无二的方式。不研究这些.我们便无法深刻认识人与自然环境的关系，而只能表达一些肤浅的忧虑。……因此，我们必须花更多的精力分析所有决定着人类对待自然的态度和生存于自然环境里的行为的社会文化因素，并将这种分析与文学研究结合起来，……历史地揭示文化是如何影响地球生态的。"美国当代著名的生态文学作家爱德华·艾比也指出，生态文学家"要像梭罗那样超越简单的自然文学范畴，而成为社会的、国家的以及我们现代工业文化评论者的作家"，成为盲目的进步和发展的批判者。

第四，生态文学是热衷于表达人类与万物和谐相处的理想、预测地球与人类未来的文学。生态理想和生态预警是许多生态文学作品的突出特点。

许多生态文学作品都传达出作者对人与自然和谐相处的理想。作家们或向往原始初民的生存状态.或羡慕印第安人与自然万物融为一体，或身体力行地隐居于自然山水之中。回归自然是生态文学永恒的主题和梦想。生态文学家清楚地知道，人类发展到今天，已经不可能返回与中世纪甚至原始时代同样的生存状态中，但他们还是要执着地写出他们的理想，因为只有这样，才可能激发人们不懈地探索在当今的发展阶段如何最大限度地做到与自然和谐相处。贝特在《大地之歌》里指出，生态诗的目的就是展现理想的自然生存状态，为我们提供"想象的自然状态，想象中的理想的生态系统；阅读它们，陶醉于它们的境界，我们便可以开始想象另一种与我们现状不同的栖居于大地的方式"。

第五，生态文学是从事并表现独特的生态审美的文学。自然性原则、整体性原则和交融性原则是生态文学进行生态审美的主要原则。

生态文学不仅在思想意识方面有自己的特性，而且在审美和艺术表现方面也有独特的、与其他文学不同的标准。形成这种独特的审美和艺术标准的主要原因，是生态文学以生态整体主义作为自己的指导思想。当生态文学家把审美对象放到生态系统中、放在自然整体中考察时，他们惊讶地发现，许多以往认为美的东西不仅不美而且十分丑陋，许多原来认为丑陋的事物却具有动人的生态之美，许多传统的自然描写只是人的对象化而没有揭示出自然本身的美。视域的扩大和参照物的改变不仅导致生态作家对征服自然观、人类中心论、主客二元论、欲望动力论、唯发展主义、科技至上观、消费文化等思想观念的重新审视和重新评价，而且也导致了他们对美、审美和艺术表现的重新思考和重新探索。概括他们对生态审美的探索，可以得出四个主要的生态审美原则：从审美目的来看，生态审美的第一原则是自然性原则；从审美视域来看，生态审美的第二原则是整体性原则；从审美方法来看，生态审美的第三原则和第四原则分别是交融性原则和主体间性原则。

第二节　普希金文学作品中的生态思想

亚历山大·谢尔盖耶维奇·普希金是俄罗斯著名文学家、诗人、小说家，现代俄国文学的创始人，19世纪俄罗斯浪漫主义文学的代表，也是俄罗斯现实主义文学的奠基人，现代标准俄语和俄罗斯文学语言的创始人，被誉为"俄罗斯文学之父"，他的早逝曾使俄国进步文人感叹："俄国诗歌的太阳沉落了！"

诗意的自由生存方式是俄罗斯伟大的民族诗人普希金一生的探索和追求，他的充满积极的、叛逆的浪漫主义情调的"南方组诗"是其探索自由生存方式的典型代表。

一、文明与生存自由

鲁枢元先生在其《文学艺术批评的生态学视野》中曾经这样写道："穷人比富人更接近自然，也更接近艺术，所谓落后的民族较之那些进步发达的民族更接近自然和艺术。"[1] 普希金在《高加索的俘虏》《茨冈人》中所描绘的车尔凯斯人、茨冈人的生活状况正体现了这条生态学原则。作家以浪漫主义的手法描写了茨冈人贫穷、落后的生活，他们身着"五颜六色的褴褛的衣裳"，孩子们和老人"赤身露体"，"在河岸上过夜"，用的是"破烂的帐篷"，晚上吃的是"简陋的晚餐"，他们居无定处，在草原上"打铁"，唱歌，"耍狗熊"讨赏钱。如果我们单纯从物质的角度来看，他们的贫苦生活实在是令人不堪忍受。然而，作家的描绘使茨冈人的生活显得浪漫而富有诗意，他们得到了内在心灵的自由，而不是城市文明内藏的沉重与痛苦。过着流浪生活的茨冈人群是自由而快活的，他们虽然贫穷，但能随遇而安，不为物欲所累，"在广阔的天幕下"做着"宁静的梦，像自由般快乐"。熙熙攘攘的茨冈人群就这样在辽阔的平原上到处流浪。草原上一切都因他们的存在而充满生气。为寻求自由而浪迹于茨冈人中的阿列哥也爱上了茨冈人的这种怡然自得的生活：

> 他爱他们的过夜的篷帐，
>
> 他爱贫乏的响亮的语言，

---

[1]　鲁枢元.文学艺术批评的生态学视野[J].学术月刊，2001（1）：42.

和那永远的懒散的舒畅。

　　他们所求甚少，因而过着自给自足、自得其乐、自然纯朴的生活。相反，城市文明则是：

> 窒息的城市奴役的生活！
> 那里人在围墙里成了堆，
> 吸不到清晨的凉爽气息，
> 闻不到春天草地的香味；
> 他们出卖着自己的意志，
> 以爱情为耻，思想被迫害，
> 在偶像面前垂下头颅，
> 只知去祈求锁链和钱财。

　　阿列哥早厌弃了这种生活方式。在普希金的笔下，物质贫乏与精神自由之间似乎存在着某种必然的联系，似乎物质生活贫乏者较物质生活丰富者精神更为自由，也更快乐。物质生活与精神生活就像一架天平的两端，如果加大物质生活的砝码，过分重视物质生活，那么精神生活一端便会变轻，便会轻视精神生活。反之亦然。

二、自由的审美与困惑

　　普希金的一生讴歌自由，追求自由，为自由而战斗。而真正的自由能找到吗？俘虏虽然"抛开了自己的可爱的故乡，/怀着自由的快乐的梦想/飞到了这个遥远的地方"，然而，他落入了"强盗们的巢穴"，"车尔凯斯人自由的栅栏"。他绝望地喊道："别了啊，别了，神圣的自由。"在长诗《茨冈人》中刻画了一位热爱自由、不惜为自由而身亡的茨冈姑娘金斐拉的形象。尽管诗人对金斐拉形象的刻画所用笔墨不多，但寥寥数笔，一个洒脱自由、无所羁绊、浑身洋溢着草原气息的茨冈姑娘形象便跃然纸上。金斐拉的性格完美有力。作为大自然女儿的金斐拉对人的态度一如自然本身一样纯朴、自然、真诚、坦率、毫无矫揉造作。在对待文明之子阿列哥的爱情上，充分表现了这一点。厌倦了城市生活的阿列哥因为憎恨这个社会，与社会发生冲突，被金斐拉带进了茨冈人的部落中。"鄙弃文明的枷锁"的阿列哥受到了金斐拉的热情关照，在美丽大自然的怀抱中逐渐抛掉了过去的一切负担，变得像茨冈人一样轻松"自由而逍遥"。"他已习惯茨冈人的生活，过去的事连想都不想。"他唯一的愿望就是同金斐拉"分享爱情、悠闲和自由自在流放的时光"。他在金斐拉身上找到了心灵的寄托。然而，好景不长。阿列哥的爱渐渐使她感到腻味，她的心发出了"要求自由"的呼声。面对阿列哥，金斐拉表现出真诚、坦率、不矫情、不做作、果敢洒脱的精神气质。金斐拉反复吟唱着一首流传已久的茨冈民歌：

> 年老的丈夫，凶狠的丈夫，
>
> 你杀死我吧，你烧死我吧；
>
> 我是刚强的，无论是钢刀，
>
> 无论是烈火，我都不害怕……

她对阿列哥的弃与爱一样没有掩饰，相反，她坦率而大胆地以特有的方式表达了茨冈人对于爱情自由的理解与向往。这种行为阿列哥必然是难以接受的。失去心上人的阿列哥内心矛盾而痛苦，并因嫉妒而变得凶狠、冷酷，然而，对于阿列哥的残忍，金斐拉表现出由衷的鄙视与不屑："我并不怕你，并不怕！——俄根本瞧不起你的厉害……"直至生命的尽头，金斐拉仍然在执着着自己的所爱："我死也要……"这种以生命代价来保持人格独立与自由的勇气着实让人感到一种悲壮与崇高。金斐拉的形象颇似梅里美作品《卡门》中的同名主人公。尽管她的所作所为从道德角度来看并不符合社会规范，反而是社会的又一朵"恶之花"，但从审美角度来讲，她展现了人之为人的内在人格的自由与自主，这正是其魅力所在。同时，女主人公以生命为代价为我们揭示了这样一个人生真谛：真正的爱情是诗意的，美好的，但爱情的本质是给予，而不是占有，是自由而不是奴役。金斐拉对阿列哥的抛弃固然让人难以接受，可是阿列哥对她的占有与自私何尝不是束缚！从生命的存在目的来看，金斐拉的自由浪漫，率性而为，毕竟让人感到一种审美的诗意。而与金斐拉的死相比，车尔凯斯少女的死更令人心动，她那无私的、崇高的、悲壮的爱是诗人所称赞的和歌颂的。俘虏虽然并未斐拉自由的爱形成鲜明的对比。而善良的茨冈老人饱经风霜，对爱情、对自由有着深深的体会和感受，因此在安慰阿列哥时他这样说道：

> 宽心吧，朋友，她是个孩子。
>
> 你的忧伤真是没有道理：
>
> 你拼死拼活地在爱恋着，
>
> 而女人的心却当作儿戏。
>
> 你看：在那辽远的天空中
>
> 荡漾着一轮自由的月亮；
>
> 它无心地向着整个世界
>
> 不分厚薄地洒下了清光。
>
> 它照着随便哪一朵彩云，

而且照得这样美——但她又，

你看呢，转移向另外一朵；

这朵也不会留恋多久。

谁能在天空中给它指定

一个地方，说：就待在这里。

谁能对一个少女的心说：

只爱一个人，别三心二意。

宽心吧！

茨冈老人的这番话语无奈、宽容、理解而自由，实际上体现出一种审美判断，它给我们提供了一种以审美愉悦的眼光来审视自然、人类个体与总体的发展及变化的方式。审美判断不是用我们日常经验的眼光看待事物，而是用无功利、无目的的最纯真的眼光来看待人自身的存在及其与周围世界的交往，交往就是人的存在方式。人与人之间最理想、最高级的交往方式即审美交往。

第三节　托尔斯泰文学作品中的生态思想

法国著名思想家卢梭在《社会契约论》一书中曾经这样写道："人是生而自由的，但无往而不在枷锁之中；自以为是其他的一切主人的人，反而比其他人更是奴隶。"[1] 卢梭敏锐地提出了"文明是人类的生存枷锁"这一重要命题。的确，在现代文明社会中，人的生存处境与人自身的主体追求之间存在着严重的矛盾。目前，随着物质文明的不断发展，人们愈益深切地感受到人类正遭受着身心上的种种奴役，无法避免文明发展的苦果。在工业文明造成环境危机的同时，物欲膨胀使人逐渐异化为金钱的奴隶、工具的奴隶。

具有严肃道德感和使命意识的托尔斯泰早在19世纪下半叶就已经看到人类工业文明造成的这种不理想的生存状况，因此，他在作品《哥萨克》中，为现代人描绘了一幅人与人、人与自然和谐相处的诗意生存的画面，为身心交瘁、心灵疲惫的现代人预备了一剂镇痛良药。这部作品倾注着大师对人类未来命运的深切关注与终极关怀，也体现了作家鲜明的人文生态思想。

---

[1]　郑克鲁. 外国文学史（上）[M]. 高等教育出版社，1999.

一、原始的生态美

"回归自然"是托尔斯泰创作的一个重要主题，其中篇小说《哥萨克》通过对文明之子奥列宁与自然之女玛丽亚娜之间爱情悲剧的塑造，揭示了文明与自然的冲突，突显了自然作为人类理想精神家园的特质，批判了现代都市文明对人性的扭曲与破坏。托尔斯泰看到：身陷城市，深受资本主义物质文明熏染的人普遍道德腐败、精神空虚；而亲近大自然的劳动人民的生存却是纯朴平实、自由健康的。因此，托尔斯泰主张回归自然，返璞归真，希望在自然中寻觅一种纯朴无伪原始的生态美。托尔斯泰的《哥萨克》，写的是一个厌恶了充满虚伪的莫斯科上流社会的奥列宁，为摆脱内心的空虚，放弃一切荣禄，到边远的高加索寻觅一种与文明生活完全相反的生活。他来到民风简朴的哥萨克村庄，加入了哥萨克军队，希望那未经文明腐化的原始生活，洗刷掉自己灵魂中的污垢。他逐步地认识了哥萨克的生活，并喜欢上了这儿的一切："人们像大自然一样地生活着：死，生，结合，再生，战斗，喝酒，吃饭，欢乐，然后又死，除了受自然加之于太阳、青草、野兽、树木的那些条件限制之外，不受任何条件的限制。他们没有其他的法则……"他愿做一个普通的哥萨克，接近大自然，不损害任何人，而且还给人做好事。

作家以浓墨重彩刻画了作为自然美化身的哥萨克姑娘——玛丽亚娜的形象，她是哥萨克人全部品质的体现：自由、活泼、端庄、美丽、健康、自尊、贞洁、透明、仁慈。不但具有外在的美，而且是高尚道德的象征，蕴涵着哥萨克人"原始"的人情美与人性美，因而她是"自然中一切美的化身"，凝聚着作家对诗意人生的追求。作家在体现玛丽亚娜的完美特征时，首先从正面刻画她的外表美："美丽窈窕"，"高大端正"，具有一双"美丽的黑眼睛"，略带"稚气"与"野性"；她的步子"坚实"，目光"不驯"，躯体"结实匀称"；其次作家又从奥列宁的视角观察玛丽亚娜的美丽与强健："看她的强壮的手臂，卷起袖子，肌肉隆起，仿佛愤怒地挥舞着铲子；还看她的深湛黝黑的眼睛，有时候怎样地向他瞅一下，虽然皱紧眉头，她的眼睛却表现着愉快，表现着对于她自己的美的一种领悟。"玛丽亚娜形象的美是人民纯洁感情的象征。引人注目的不仅是她姣好的外表，更重要的是她刻苦顽强的精神品质。她整日辛勤劳作，放牧牛羊，无论是在田间地头还在居家院里，处处可见玛丽亚娜的身影。作者不止从一个角度描写玛丽亚娜的美丽与健康。另一方面，作家更注重把玛丽亚娜刻画为内在道德美的化身，努力创造出美与善的和谐统一。

在她身上，我们能看到纯洁、质朴、正直、善良、仁慈。她同别的女孩一样渴求爱情和自由，但绝不会以丧失自尊去换取。面对路卡希卡的求爱，她郑重地告诫道："我愿意嫁给你，可是你别打算同我胡闹。"她的女友乌斯坦卡与白列茨基公爵经常在一起，她认为这是"一桩罪恶"。在人们聚会作乐的场合，轻浮的军官们随便与其他姑娘调笑，但对玛丽亚娜却敬而远之。玛丽亚娜矜持、保守，在待人接物上具有天生的分寸感，她严肃但不呆板，活泼但不轻浮。她的节制与贞洁也体现了托尔斯泰的道德自我完善的思想。托尔斯泰认为人的救赎不能求诸外，只能求诸内，只有通过人类爱的教化，通过内在道德人格的培养，通过自律精神的确立，人才能成为完善的人。他认为，人的解放在于"道德净化"，即克制动物的欲望自我，使其向精神的道德自我升华，这就是实现人之为人的自我完善。欲望和道德的关系是对立的，人只有克制自己的欲望，才能达到更高的道德境界。

在托尔斯泰的全部创作中自始至终贯穿着道德探索的主题。车尔尼雪夫斯基认为，托尔斯泰创作有两个独特之处：一是道德的纯洁感，二是心灵的辩证法。在玛丽亚娜身上体现出三大和谐：即人自身（生理与心理、感性与理性、肉体与灵魂）的和谐、人与自然的和谐以及人与人之间的和谐。这三大和谐是人类建构理想家园的前提和基础，而实现这种和谐的根本是实现人与自然的和谐。这在《哥萨克》中体现得最为鲜明。玛丽亚娜形象既有东方式的"中和"之美，又具有西欧式的自由与不羁。当玛丽亚娜与奥列宁相爱遭到路卡希卡的嫉妒时，玛丽亚娜高傲地说道："我高兴爱就爱，不高兴爱就不爱。你又不是我爸，又不是我妈。你要什么呀？我高兴爱谁就爱谁！"这里充分体现出她对内在人格独立与自由的追求。路卡希卡的嫉妒在作者看来也是一种原始生态美，这同他的外表美是一致的。他那匀称的体格、乌黑的眉毛、聪明的脸型，令人一看就不由得说："好一个小伙子！"他的面貌和全身都显示出极大的体力和精神力量。但在他的身上又流露出一种受到命运宠爱的青年所具备的特性：傲慢，轻率，鲁莽，具有狂放不羁的个性，因此，当他的爱被别人抢去时，他怒火中烧，以至于在晚会上他有针对性地宣布："谁跟兵士勾勾搭搭得滚出去。"

玛丽亚娜的美还在于维护和真爱自己的家乡和族人。当奥列宁数落路卡希卡坏话时，这时他瞥见"一对硕大黝黑的眼睛，严峻地、敌意地凝望着他，闪闪生光"。"'那有什么关系？他没损害人，'玛丽亚娜突然说：'他用他自己的钱寻欢作乐，'她放下腿，从炉炕上跳下，砰地关上门，走出去了。"这使奥列宁"对于他所说的话觉得惭愧"。道德的反差使奥列宁在玛丽亚娜面前处处觉得自惭形秽。玛丽亚娜的性格就是这样透明、坦率、质朴，如大自然一样无矫无饰，并给人以力量和愉悦。此时的奥列宁是在以较纯粹的审美的眼光来看待玛丽亚娜，他看到她就觉得像看到天空、白云一样能得到心灵的安宁，她是"纯洁的、难接近的，庄严的"，她"恬静、骄傲、愉快、镇定自若"。在作品中，作家不惜浓墨描绘了高加索山区充满诗意的自然景色。正是淳朴浑厚的大自然孕育了哥萨克人的朴实、善良与正直，赋予了哥萨克姑娘玛丽亚娜的高尚与完美。大自然正是美德的源泉，是人类获得诗意生存的根源，体现了作者对原始生态美的追求。

二、自然审美的超越

罗坚先生在评价庄子美学的生命意义时曾经这样写道："对自然美的追求，实质上是对社会丑的一种反动。作为自然主义者，庄子美化自然是为了突出社会的丑恶（文明的异化），赞美自然是企盼人性的复归（返璞归真），回归自然是为了自我解脱（审美的超越）。庄子把精神自由、个性解放和人格独立理解为个体超越现实、顺应自然的过程。因此，如何消除身心内外的羁绊、完善个体人格，成为他人格理论的自觉追求。"[1] 通过托尔斯泰笔下的主人公我们可以看出托氏对卢梭"回归自然"的哲学思想和社会主张的赞同与向往，对贵族生活的厌恶和失望。托尔斯泰与家人曾每年都要在莫斯科住些日子，这使他有机会真切地目睹了大都市里的堕落，致使他对自己身陷这样堕落的生活方式中而感到极度不满。他和他的家人这种饱食终日的优裕生活与他所追求的简朴、农民式的生活相差千里，这使他感到良心上深深的不安，最终他选择了逃离而客死他乡。他把心中所向往的美好诗意的人生通过玛丽亚娜鲜明地表现出来。玛丽亚娜在作者的笔下，不但是一个光辉的文学形象，也是一个哲学理想的化身，无论过去，或是现在都具有思想、伦理道德教育意义。

托尔斯泰在其作品《哥萨克》中，通过对男女主人公奥列宁及玛丽亚娜形象的刻画，通过文明之子奥列宁在高加索探索"平民化"生存方式的过程，以及文明之子奥列宁与自然之女玛丽亚娜之间的爱情悲剧，深刻揭示了文明与自然的冲突，严肃地批判了现代文明对人性的扭曲与束缚，从而呼唤人们"回归自然"，在自然中寻觅诗意的生存方式。贵族青年奥列宁厌倦了大城市里的生活，来到高加索美丽的大自然中寻求新的生活。奥列宁是一个接受了 19 世纪 40 年代进步思想潮流的叛逆贵族青年，他具有积极的精神追求，但同时又是一个典型的纨绔子弟。上流社会的生活方式使他感到空虚和无聊，他没有任何"肉体的或道德的枷锁"，"亲戚、祖国、宗教、贫乏，对他都是不存在的，他不相信什么也不承认什么"，他甚至否认爱情的存在。当时上流贵族社会蔓延的虚无主义像瘟疫一样毒害着包括奥列宁在内的青年一代的身心。他享受着自己随心所欲的所谓"自

---

[1] 罗坚. 生命的困境和审美的超越——庄子美学的生命意义 [J]. 人大复印资料，1999（2）：22.

由"，不承担任何责任，他"只爱他自己"，欣赏自己，因为"他预期他自己生活是全然的善"，他活得这样自私、空虚而可怜，没有任何精神支柱，又缺乏任何社会责任感，生活得如同行尸走肉，却只能孤芳自赏，他的生命一片黑暗。这也正是他离开城市的动因。

在动身前往高加索之前，奥列宁就是这样一个深受都市文明熏染影响的浪荡公子，甚至在前往高加索的路途中，他还这样想象着未来的生活图景：他将娶一个哥萨克美女为妻。在高加索山区，奥列宁一方面在努力去追求新的生活；另一方面又始终无法摆脱原先都市贵族生活方式的根深蒂固的影响，这注定他的"平民化"理想必然失败。正如临行之前，他的同伴所预言："你那新生活又要弄糟的。"但带着"悲哀"和"愉快"，奥列宁动身前往群山环抱的高加索地区。在远离文明的高加索山区，在雄伟壮丽的大自然面前，他感到了自己的渺小，在与纯朴、自由、善良的自然之子的深入接触中，奥列宁决心"舍弃一切，登记入籍"，做一个哥萨克人，买一所房子和一群牛羊，娶一个哥萨克妇人。自然之子哥萨克人纯朴、健康、朝气蓬勃、充满生机活力的生活深深地感染着奥列宁。在大自然的怀抱中，奥列宁精神发生了很大的变化，他的思想感情一次次地得到净化，他要为别人而活，要积极行善，一句话：他要实践自己关于"幸福"的理论，即"爱"和"自我牺牲"的理论。然而很不幸，他的"爱"和"自我牺牲"的理论却没有经得起时间的考验而中途夭折。当他得知贫穷的路卡希卡需要有一匹马才能订婚时，便慷慨地把一匹贵重的马赠送给他，奥列宁的这份厚礼没有赢来路卡希卡的感激，相反，却引起了后者的猜忌和敌意，其他的哥萨克村民也未能理解，甚至认为他别有用心、图谋不轨。

为什么似乎出于善良的动机，却造成了严重的负面后果呢？这正是问题的关键所在。奥列宁的这种举措正体现出他受现代都市文明影响之深，纵使他极力要做有利于别人的事情，然而在他灵魂深处起主导作用的仍是以"我"为中心的观念。他之所以送路卡希卡一匹贵重的马，是因为他从自己的习惯与立场出发，认为应该这样做，根本没有真正去考虑对方的心理以及对方是否能够接受。尽管外表上他希望与哥萨克群体达到和谐与相融，然而，在内在的意识深处，其思维方式以及行为习惯，仍然是游离于哥萨克群体之外的，所以他无法与他们融为一体，也未能赢得大家的信任。置身哥萨克人中，他如同"生活在一个陌生的地方"。因此，从严格意义上来讲，自私自利才是他的真面目，也是最大障碍。这一点在他与玛丽亚娜的爱情悲剧中体现得尤其明显。在中外文学作品中，作家们总是喜欢把爱情作为检验一个人灵魂高下的试金石，大概是因为爱情最容易激起人心灵深处的波澜。托尔斯泰在自己的作品中亦把主人公置于爱情这块试金石上。

当奥列宁发现自己没有玛丽亚娜几乎就活不下去时，便不顾一切地追求玛丽亚娜，这时，在他身上占上风的是自私自利的个人主义占有欲，而在此之前他一直信奉的"爱""自我牺牲"的理论则完全成了泡影，他彻底否定了以前的幸福观，认为"爱情，自我牺牲"完全是毫无意义的，唯一重要的是幸福。谁是幸福的，谁就是对的。由此看出奥列宁的幸福观是前后矛盾的。在爱情中，他认为利己就是幸福，充分暴露出奥列宁自私自利的个人主义人生观。然而值得庆幸的是，奥列宁又是一个积极追求、善于思索的青年，他认识到自然之女玛丽亚娜的纯朴气质是作为贵族子弟的他所望尘莫及、自愧不如的。所以他认为，不应当把玛丽亚娜降到他自己的水平，不应当把她变成一个庸俗的贵妇人；而应当把自己提升到玛丽亚娜的水平，成为单纯的哥萨克。可是，在哥萨克人与山民的一次战斗中，哥萨克人死伤惨重，而奥列宁却对于哥萨克人的痛苦无动于衷，竟然在路卡希卡生命垂危之际，向玛丽亚娜求婚。奥列宁乘人之危以满足私欲的极端个人主义遭到了玛丽亚娜的唾弃。他是那个圈子之外的人，由于都市文明的根深蒂固的影响，他融不进哥萨克群体中去，他无法彻底摆脱狭隘自私等都市文明的恶习，至此他的"精神探索"最终宣告破产，体现了"文明人"与"自然人"的矛盾和冲突。

托尔斯泰构造的这个结局表明：要真正"回归自然"或实现诗意栖居，人类必须彻底批判都市文明的生活方式，完成自我的净化。如今，追逐物质文明的浪潮已成为大势所趋，世界洪流不可逆转，在这种情况下，我们唯一能够把握的是，在享受物质利益的同时，抑制贪欲，高扬诗性，建立起富有审美特质的关系，保持与天地、自然的交流与沟通，时常保持一颗鲜活敏感的心灵，让心灵充满勃勃生机，让人生多一些诗意。从托氏的作品中我们得到的正是这种可贵的启示。

第四节　拉斯普京文学作品中的生态思想

瓦·格·拉斯普京是俄罗斯当代著名作家，作为一名西伯利亚土生土长的作家，他的足迹踏遍了大半个西伯利亚。他熟悉西伯利亚广袤的土地，奔腾不息的河流，茂密的原始森林，热爱西伯利亚家乡富饶美丽的大自然，谙熟家乡的风土人情。这一切为作家日后的文学创作提供了肥沃的养分。家乡的河水滋润了他的心田，广袤的土地孕育了他博大、宽厚的胸怀，尤其是西伯利亚农村的传统美德，陶冶了作家的情操，涵养了作家悲天悯人的人道主义情怀。清风、蓝天、白云激发了作家的创作灵感。作家对生养自己的故乡土地、大自然倾注了无限的深情，在回顾自己的最初的创作历程时，拉斯普京曾经这样说过："大学语文系毕业后，我便去报社工作。伊尔库茨克是一座文学城市，在那里我们所有人都写作，所以我也试了试，我并不是一下子就成功的，但是我最终还是成功了，我认为，这是由于我在安卡加拉河和原始森林旁的乡村度过的童年充溢着我的心灵的缘故。"[1] 拉斯普京一生情系西伯利亚，情系故乡。

在其许多作品中，作家都不惜笔墨，深情地讴歌美丽的大自然，感恩大自然所赐予的一切，歌颂人与自然的和谐。然而 20 世纪 60 年代苏联社会发生了巨大的变化，科技革命的浪潮席卷全国，引起了整个社会全方位的变革，尤其是人们思想观念、心灵、道德等方面产生了异化，传统的道德观念、价值观念正面临着物质文明发展所引起的挑战。人们原本期待物质文明的发展给人类带来幸福和快乐，然而，事实却恰恰相反。随着商品经济的迅速发展，人们在享受更多物质利益的同时，人类的精神文明却在日趋枯萎，人们愈益感到精神空虚，理想丧失，过度的消费，道德下滑，战争的威胁，生态环境的严重污染与破坏等不一而足，这一切如阴云一样笼罩在人类的上空，让人触目惊心。具有深刻忧患意识和强烈使命感的拉斯普京一直在苦苦思索这到底是怎么了。他在 70 至 80 年代发表了一系列作品《最后的期限》《活着，可要记住》《告别马焦拉》《火灾》等，在这些作品中，作家运用象征的手法，通过鲜明的形象刻画，细腻的心理分析，以忧郁的笔触为我们揭示了造成人类当今社会整个生态系统，包括自然生态、社会生态以及人们的精神生态等严重失衡现象的深层原因，同时也为我们指出了一条精神回归之路。

一、信仰回归——生命的家园

尽管生态危机逐渐加剧，人类的精神道德在日益下滑，然而作家在忧患中仍在寻觅，在悲凉中仍在抗争。20 世纪八九年代的创作表明，拉斯普京一如既往地在关注人与自然的关系问题，关注人的生存环境与精神成长之间的联系问题，通过作品《木舍》《贝加尔湖》等再次警示：大自然是人类存在的根基，是人类存在的源泉，失去了对故乡土地、对大自然的热爱，人类必将受到大自然无情的报复和惩罚。

在自己的作品中，拉斯普京把故乡土地、大自然作为人类理想的归宿，然而由于 20 世纪 60 年代苏联激进的科技革命，传统主义上接近自然、接近大地的农村日渐消亡，与农村紧密相连的传统美德也随即丧失殆尽。拉斯普京心目中所推崇的自然家园也不复存在，对于故土依依不舍的情怀及忧伤贯穿拉斯普京的整个创作，有人称他的作品是"现

---

[1]　李毓榛主编.20 世纪俄罗斯文学史 [M].北京大学出版社，2000.

代人唱给故土的挽歌"。这种对于破碎自然的惋惜与眷恋之情，王宁先生曾经说过："毫无疑问，当自然处于最佳态势时，它必定是人类的理想家园，尤其当人们面临剧烈的变革和民族冲突时就更是如此。这时，他们不由得流露出怀旧的情绪，往往试图在自然中觅见较之实在世界更为美好和理想化的东西。因此在这方面，自然显示出远远胜过现实世界的优越性，尽管这样一种自然显然是人为建构的和理想化的。"[1]

然而，理想毕竟不等于现实，破碎的自然难以整合，拉斯普京的寻觅家园之旅仍在继续。在作家 20 世纪 90 年代后半期的创作中，我们发现"拉斯普京的思想急剧地向宗教靠拢，宗教思想和情绪在许多场合下变成拉斯普京作品的思想契机和主人公的精神归宿"[2]。小说《下葬》中，女主人公认为，人要想在这个世界上生存下去，就必须信教，甚至许多苏维埃时代出生的老人也逐渐步入了教堂的大门，皈依宗教以求得精神的慰藉与寄托。小说《在医院》中，苦苦探寻俄罗斯未来出路的诺索夫在宗教歌曲中找到了心灵的慰藉。《新职业》中阿廖沙讲道，上帝可以满足女人们的种种愿望，表明上帝是仁慈的，他能赐给人幸福，可见宗教对主人公的精神影响力量之大。当然，这里的皈依宗教是广义而言，即追求一种超越本体与终极意义的精神，一种永恒的价值。许多伟大的艺术家、科学家都有这种宗教情感。托尔斯泰曾经写道："我认为没有宗教，人是既不能为善，亦不能幸福；我愿占有它较占有世界上任何东西都更牢固，我觉得没有它，我的心会枯萎……"爱因斯坦创立了一种"宇宙宗教"，他相信"从自然规律中可以觉察出一种神秘的宇宙精神，这种精神远远超出了人的精神，它提供生命的终极意义"。

这种宗教意识在俄罗斯民族中体现得特别鲜明，它作为俄罗斯民族的一种精神特质，深深地扎根于俄罗斯人民的心灵深处，孕育了许多具有博大的人道主义和人类之爱的思想家、文学家和哲学家。他们具有深刻的历史忧患意识和道德使命感。而道德和宗教在某种意义上是一致的，两者都出于同样的根源，出于意志对完善的渴望。宗教的意义就在于帮助我们探寻生命的终极价值，它的核心正是《新约》中所说的"爱"，"爱人如己"，"只要我们意识到爱他人就是使他人成为同我们自己一样的我们的一部分，也就是说，爱他人就是在爱我们自己的一部分，我们与他人之间就不会出现利害冲突"。在利人的过程中实现自利，在自利利他的过程中完善自我的人格，从而实现生命的终极价值和意义，因此宗教成为作家笔下主人公的最终归宿不足为奇。"羁鸟恋旧林，池鱼思故渊"，目前，人类生存环境变得日益恶化，重建理想生命家园的呼声一浪高过一浪，一贯以关注人类

[1]　王宁 . 中西方文学中人与自然的关系 [M]. 北京：人民文学出版社，2000.

[2]　任光宣 . "一个新的拉斯普京出现了" [J]. 俄罗斯文艺，2001（1）：27.

生存环境、探寻人类理想生命家园为己任的拉斯普京的创作将会愈益受到人们的重视。

二、环境与心灵

拉斯普京的所有小说作品都以农村题材为基础，笔下的主人公们的生活都与大自然有着密切的联系，大自然对人们的生活方式、思想观念、心理乃至精神状态等都有着直接的影响，对待大自然态度不同导致人们生活方式、精神状态的差异。作品情节冲突往往发生在老一辈与年轻一代的主人公之间，他们对待生活的态度与对于美的感受与理解形成鲜明的对比，如安娜和她的女儿柳夏（《最后的期限》），老太太达丽娅和她的孙子安德烈（《告别马焦拉》）等。

安娜与达丽娅等老一辈人集中体现出人类传统的优秀品德，这源于她们与土地，与大自然的亲近，正如达丽娅老人所说："劳动，它头一样就是教我们跟地亲。"与他们相对立的是脱离了农村生活的年轻一代，如柳夏和安德烈等人，在他们的内心世界中，与故乡、大自然之间的精神性联系已化为乌有。面对故乡的一切，他们感受的不是人与自然之间心灵的和谐，而是感到恐惧、不安、陌生。两代人之间生活态度的差异反映出环境的变化对一个人的心灵的巨大影响力量。

在作品《最后的期限》中，安娜与柳夏两人之间处世态度的差异通过回忆的形式表现出来，她们两人回忆的内容是同样的，都是回忆过去生活、家人、劳动，周围的亲人与大自然等等。然而同样的回忆对象，在两人的思想中所产生的感受是各不相同的。柳夏是在故乡的土地上漫步时产生这些回忆的，引起她回忆的不是她对故乡一切的眷恋之情，而是她不愿与亲人待在一起，想要独处一会儿，是故乡的土地勾起了她不由自主的回忆。再者，她到野外散步的目的是为了"呼吸新鲜空气"。对于母亲安娜来说，在土地上劳动，这就是她生活的全部意义和理由，是人在大地上的使命，回忆再现了那种"很珍贵的，她所需要的和绝不能缺少"的东西。回忆在柳夏的心目中引起的是痛苦、不安。对于母亲安娜来说，回忆过去带给她的是平静、坦然和欣慰。柳夏试图赶走回忆，目的是摆脱负罪感。安娜则觉得自己的一生是"善良、驯服和顺利"的。在回忆中，安娜重新体验到一种与大自然相融的幸福、充实感，生活在她眼中是"永恒""沸腾""快乐"与"和谐"的，她意识到自己是大自然的部分，经常想到太阳、大地、青草；想到小鸟、树木、雨和雪——想到和人类一道生存着的那一切……

通过上述对比，我们发现，人们生存环境的改变与生活方式的转换会引起人精神生态的变化。就目前的状况而言，人类生存环境的改变集中体现在人与自然的疏离以及人对自然的破坏。显然，作品反映出人与自然之间有机联系的破坏所造成的严重后果。它不仅直接影响大自然的美，而且更重要的是影响对自然施暴的人类自身，影响人类的生活方式与心灵，导致精神生态的失衡，造成人与人之间的感情疏远与隔膜。安娜的子女由于远离农村，久居城市，尽管回到了故乡，但也感受不到对故乡、母亲的亲情；感受不到血肉之情；体会不到母亲对子女的那份爱心与关怀。老太太也感到子女不像是自己的子女，甚至感到生下这样的孩子，也许是个错误。

三、"记忆"与精神

在《最后的期限》中，拉斯普京为我们描绘了一幅人与自然和谐一致的美的画面，让我们从中体会到一种审美的愉悦，然而，这样一种令母亲安娜陶醉，激动得胸口"疼痛起来"的自然美的景象会不会像安娜的生命一样成为"最后的期限"？她在想："难道这种美还会出现在人们眼前吗？难道当她活在世上的时候这种美丝毫都没有减色，都没有暗淡吗？……大地上有多少事情都变了。"的确母亲安娜的担忧反映出作家拉斯普京的忧患意识，他为自然美的毁灭而担忧，为人脱离土地、脱离自然而担忧，为人的感情淡漠而担忧，更重要的是为人类精神生态失衡而担忧，我们从作家作品中塑造的人物形象上可以看出这一点:《为玛丽亚借钱》中的阿列克赛，《最后的期限》中的柳夏，《告别马焦拉》中的安德烈、彼特鲁哈、克拉芙卡以及《火灾》中趁火打劫的"无赖"等。

在作品《为玛丽亚借钱》中，当玛丽亚身处逆境急需用钱时，真正同情她、理解她、愿意解囊相助的只有寥寥数人，许多人对此事漠然视之。小说塑造了一个远离故土，"对儿时生活过的故乡已毫无兴趣"的阿列克赛这一人物形象。阿列克赛久在城市生活，他"渐渐忘却了自己的故乡，因此也忘却了自己的童年，而故乡也渐渐忘却了在这里还曾经有过这么一个人"，他对于故乡的亲人逐渐疏远。作家在描述这种状况的同时，揭示了造成这种状况的原因，阿列克赛遗忘了不该遗忘的东西——自己的生命之根：与故乡的天然联系，这是人的生命之根，是人之所以为人的根本的东西。

《最后的期限》中安娜老人的孩子们的情形亦复如是，他们一个个都脱离了农村，脱离了故土，在他们的内心世界中，已经不存在与故乡土地之间的那种精神性联系，他们没有感觉到对于生养自己的故土的眷恋，也没有对母亲的依恋，他们丧失了与自然一体性的感受，同时也丧失了从精神上认可接受大自然的能力，这一切在安娜的二女儿柳夏身上体现得尤为突出。

作品用大量的篇幅描写柳夏返回故乡，在儿时曾经待过的地方散步时所产生的回忆及心理感受。她去散步的目的不是想要回忆过去，回到自己的童年世界，而是想出去独自待一会儿。她已经不想留在家里，不想与任何人交流。对于亲人，她已感觉不到与他们之间那种特殊亲近的骨肉感情，尽管她理智上明白这一点。她不能和他们在心灵上打成一片，也没有体验到与亲人相逢时的那种喜悦，想到这些，她心中生起一种"愤恨的感情"，她生自己的气，生亲人们的气，甚至也生母亲的气，"因为她让她白来了"。对于自己的亲人尚且如此，对于其他的父老乡亲，柳夏更没有体验到眷恋之情，人们也引不起她的兴趣，因此她选择了一条不会碰到任何人的小路。同时，对于城里人柳夏来说，这也是一个难得"呼吸新鲜空气"的好机会，她不想错过。来到儿时曾经玩耍的地方，柳夏的心中回忆起了童年的趣事，然而，这些回忆在柳夏心中勾起的不是激动，而是好奇，她感觉这些事情对于她来说既陌生又遥远，好像与自己无关，不是她亲身经历似的，仿佛不是她而是在她之外另一个人经历过的。"她并没有呼唤它们，它们是自己浮现出来的，不召自来的，触目而生的。"在回忆的过程中，柳夏的思想感情在发生着波澜起伏的变化，回忆一度唤醒了她心中沉睡的对于故乡大自然的感情。

她意识到在大自然中，在集体劳作中，人易于沟通历史，沟通大自然，她发现了人与自然沟通的心理机制："由于太阳，由于森林，由于复苏的大地散发出的醉人气息，使得……人们的心灵，进入了一种共同的童稚的昂奋状态。""随着大地的更新，连感情也发生了变化，这感情通过一种无法解释的途径和人的遥远的时代衔接了起来，那时，人们更善于倾听，更善于观察和明辨；古老的本能以一股莫名的顽强迫使他们去看，去嗅，去寻找某种藏在脚下和空气中的东西，某种被遗忘和丢失，然而却没有全然丧失的东西。"当看到遭砍伐的森林、废弃的耕地时，一种无意识的痛苦，内疚的感情撕咬着柳夏的心，"仿佛她本来可以帮助它然而却没有帮助"。但是随即她以这样的想法来安慰自己："这简直是胡思乱想。"这些事的发生是与自己完全不相干的。在发生这一切变化之前，我早就走了。在这里，我是个外人。

散步结束后，她为初来林子时所抱的信心和悠闲的好心情被破坏而遗憾，代之而来的是一种"茫然若失"的感情，这感情逐渐转变为一种不可理解的令人害怕的惶恐。仿佛这惶恐是由土地带给她的，因为土地记得她，并且把她当作最后的裁判在等着她的决定。要知道，她，柳夏以前曾不止一次地到这里来过，甚至还干过活儿。回忆让柳夏感到痛苦，"她完全被一种莫名其妙的而又害怕寻根问底的感情所压倒"。在田野小径上走着，柳夏总觉得惶惑不安，老觉得有个人在跟着她……这感觉非常奇特地同往事、同某种已经失却了的而现在却又要正视的记忆纠缠在一起。面对自然她感到陌生与不安。然而，慈爱的自然母亲总是一如既往地对待自己远道归来的游子，哪怕他恶贯满盈，哪怕他六亲不认，只要投入大自然母亲的怀抱，她总会以母亲的包容与爱心抚平孩子心灵的创伤，以无私和纯洁涤荡游子心中的污垢，让游子的心灵重见光明，恢复本性的善良。

也许，游子的心田污垢太多，面对自然母亲的擦拭与净化会感到痛苦，但同时他也会明白，这是母亲在为自己治疗伤痛。只要投入母亲怀抱，就有希望得到精神、生命的复苏。在昔日劳动过的田野漫步时，柳夏的精神生命在逐渐复苏，她感觉，"生活仿佛又倒转了回去"，因为她在这里"把某种东西给忘却了，把某种很珍贵的、她所需要的和绝不能缺少的东西给丢失了，但是，现在它们又再现了"。柳夏在故乡的大地上，对故乡的感情重新涌上她的心头，她找回了儿时的感觉，找回了同故乡的联系，这里，我们找到了柳夏对故土情感淡漠的原因，用一句话来表达，那就是："忘记了……"是的，"在那里，在城市里，在自己的新生活中，柳夏把一切都忘记了——不管是每逢春天采集木材的星期日义务劳动者，也不管是她干过活的田野，还是摔倒的伊格连卡，以及在稠李灌木丛中发生的事，和更早一些时候发生的那许多许多其他的一些事情。她完全忘记了，忘得一干二净。她忘记了，她曾经把耕过地，耕过田……"作家让自己的女主人公重游故地，希望她能找回迷失的自我，希望她的心灵得到净化，精神得到提升，希望大自然能唤醒她身上纯洁、美好的天性。

然而，散步结束后，她那种由回忆引起的恐惧和负罪感已经消失殆尽。把自己这种恐惧和负罪感归结为精神不正常所致，散步所引起的内心波澜趋于平静，情感又恢复到麻木状态，与母亲的诀别预示着柳夏将彻底断绝与故土母亲的感情联系，她的道德根基已不复存在。在母亲病重之际，她无视母亲的感受，当着母亲的面与家人争吵，让母亲伤心，并因母亲迟迟不去而心生不悦，最后，一个个抛下垂死的母亲扬长而去。柳夏等年轻一代主人公们无视老一代人的教诲，一味追逐现代文明，向往沸腾的现代城市生活，逐渐淡忘和疏远了与故土、大自然的感情，不珍惜生养自己的故乡土地，忘了自己的根基。

第六章　俄罗斯文学中的女性形象分析

　　女性文学形象问题是女性主义文学批评的最早对象，也是其最重要的构成之一。在近半个世纪的发展历程中，西方女性主义批评家一直将女性文学形象作为其批评的主要关注点和切入点。早在20世纪60年代末，西方女性学者们就从各个角度深入分析由男性和女性作家创作出来的文学以及大众传播媒介中的女性形象。本章就对俄罗斯文学中的女性形象进行分析。

第一节　俄罗斯文学中女性形象的类型

　　众所周知，在俄罗斯的文化和生活中，女性始终处于非常重要的地位，她们甚至是一个家庭和家族的主要劳动力和生产力，同时俄罗斯历史上，很多贵妇人也为推动俄罗斯文学的发展做出了推波助澜的贡献。因此，在俄罗斯的文学作品中出现了很多类型的女性形象，她们各有特点，或朴实，或伟大，或漂亮，或堕落，或邪恶，或反抗，正是这些多样的女性形象，丰富了俄罗斯文学史，成就了俄罗斯文学的辉煌。我们在此分析其中较为典型的几种女性形象，以此窥探俄罗斯文学的丰富多彩。

一、理想女性

　　理想的女性形象是俄罗斯文学中最为突出的现象，没有哪个民族、哪个国家的妇女能像俄罗斯文学中的女性那样得到如此之多的赞誉和喜爱，从来不曾有过，也不可能有更为纯净、朴实、真心、伟大、美好的女性形象了。正如《俄罗斯文学中的女性》一书作者所写的那样："从普希金开始，在十九世纪以及往后二十世纪的俄罗斯文学中出现了一系列优美的妇女形象，在俄罗斯称之为'俄罗斯妇女的画廊'，这是西方任何一个民族文学中所没有的。"[1] 在俄罗斯文学史中，早在 12 世纪，在被誉为俄罗斯文学丰碑的长诗《伊戈尔远征记》中，为自己战败的丈夫及其将士哭诉的雅罗斯拉夫娜成为"俄罗斯古代文学中第一个优美的妇女形象"，在她之后，从普希金的诗体小说《叶甫盖尼·奥涅金》中的塔吉雅娜到屠格涅夫笔下的纯洁女孩，再到涅克拉索夫笔下十二月党人的妻子，还有"穿什么衣服都美丽，干什么活儿都灵巧的农妇"，都幻化成为"俄罗斯的理想"[2]。这些女性最为突出的特征，就是她们符合作家心目中女性应该遵守的那些道德规范和行为准则，或者说，她们迎合男性的审美趣味，是美德的载体，是完美无瑕的典范。自我牺牲、忠贞、顺从、谦卑、富于同情和忍耐等，是这些女性的共同之处。尽管时代在不断地发展和变化，但我们发现，这些女性身上的特征依然与古代罗斯《家训》中对女性提出的种种要求十分吻合。

　　塔吉雅娜是俄罗斯文学史上第一个，也是最为丰满的理想女性形象，她不幸的爱

[1]　徐稚芳. 俄罗斯文学中的女性 [M]. 北京：北京大学出版社，1995.

[2]　余绍裔. 俄罗斯苏联文学名著选读（上册）[M]. 北京：商务印书馆，1987.

情唤起了读者对她的深深同情，普希金的诗体长篇《叶甫盖尼·奥涅金》中的这位女主人公用自身的力量化解多舛命运的情节模式，几乎贯穿了整个俄罗斯文学。没有回应的、无法分享的、自我牺牲的爱情让身陷感情纠葛的女性在道德上被提升到一个新的高度，她们同时也用自己的人性光辉照亮了被爱的人。在屠格涅夫的《贵族之家》中，丽莎·卡里京娜放弃与拉夫烈茨基的爱情，在修道院里度过余生，在小说结尾处，她与曾经的爱人再度相遇时那轻微抖动的睫毛让很多人感动至极。屠格涅夫笔下的女主人公及其爱情模式与普希金笔下的女性十分相近，只是前者为自己的女性人物赋予了更多的宗教感，让她从虔诚的信仰中获得解脱之路。普希金和屠格涅夫笔下的女性及其命运模式在后世的俄罗斯作家笔下得到了发展，托尔斯泰（娜塔莎，《战争与和平》）、列米佐夫（《克列斯托夫家的姐妹们》）、扎伊采夫（《阿格拉菲娜》）、帕斯捷尔纳克，《日瓦戈医生》）、索尔仁尼琴（玛特廖娜，《玛特廖娜的家》），甚至拉斯普京最近的长篇小说《伊万的母亲，伊万的女儿》中，我们都能轻易找到这些理想的女性。产生于不同时代的女性形象在行为举止上有一些明显的区别．比如《战争与和平》中的娜塔莎就比普希金的塔吉雅娜具有更多的投身社会活动的勇气，她在婚姻的选择上也拥有更多的可能性，但在本质上，这两位女性的区别并不大，在小说结尾，托尔斯泰让娜塔莎成为一个母性十足的女人，成为家庭的天使，亦即男性心目中的理想女性。

二、堕落女性

堕落女性一直是西方文学中一个重要的形象体系，评价女性"堕落"与否，最主要的衡量标准就是女性的贞操，文艺复兴运动之后，很多文学作品都体现了这一价值观和道德观。在英国作家理查生的小说《帕美拉》和《克拉丽莎》中，作者鲜明地指出了坚守贞操和失去贞操所带来的截然不同的命运，同时，这两个故事的结局警示读者，坚守贞操是一种定会得到回报的美德，而失去贞操的后果则或者是遭遇不测，或者是悲惨地死去。在女性主义文学研究中有一种非常普遍的做法，即把女性气质划分为"圣洁"与"邪恶"两类，并据此对男性文学中的女性形象进行分析和评判。女性在文学中被塑造的方式，能够反映出文化定义中女性品德之高尚与堕落的基本内涵，以及与这些品质相关的、根植于世界主要宗教之中的对女性形象的丑化、美化、神化或理想化的基本原则。女性失去贞操所带来的命运的全面转变——成为彻底的牺牲品、荡妇、红颜祸水或神圣的妓女，这些内容在文学中得到了广泛的描述。在《圣经》中，马利亚·抹大拉和巴比伦的荡妇形成鲜明的对比；在歌德的《浮士德》中，女主人公由被诱惑的女仆变成了挽救浮士德的圣洁之爱的化身；而左拉笔下的娜娜则是罪恶的全面体现。所有这些女性形象，既有作家对堕落女性的浪漫主义升华，也有对她们的贬低与厌恶，同时，她们也体现了违背性道德这一行为所包含的建设与破坏、挽救与毁灭等截然相反的隐喻。

在俄罗斯文学中，同样存在"堕落女性"这样一个形象系列，最为著名的有卡拉姆津笔下的丽莎和陀思妥耶夫斯基笔下的很多女性形象等。这些女性在文学作品中都具有不同的象征意义，她们僭越了传统的社会道德规范，因失去童贞而改变了命运。这些女性都因此阻隔了自己通往婚姻的道路以及与之相关的社会经济地位和道德位置。在"堕落女性"这个概念下，我们指的是那些年轻的、失去童贞的女性牺牲者以及堕落的或圣洁的妓女形象，而俄罗斯文学中那些违背社会道德以及性道德规范的已婚女性，如安娜·卡列尼娜、《大雷雨》中的卡捷琳娜等，由于她们有婚姻的保障和社会阶层中的固定位量，因此通常并不被划入这一范畴。

综观19世纪文学中的堕落女性形象，这些女性因失去童贞而遭受各不相同的命运，有的遭到抛弃，如卡拉姆津笔下的丽莎：有的试图报复，如陀思妥耶夫斯基笔下的纳斯塔西娅；也有从"堕落"中挣扎出来的神圣的妓女，如《复活》中的玛丝洛娃和《罪与罚》中的索尼娅等。但无论最终等待这些女性的是什么样的命运，从本质上说，她们都是不平等的社会制度或男性欲望的牺牲品。我们可以根据女性命运的最终归宿将她们划分为两个类别，一是遭遇死亡惩罚的女性堕落者形象，如丽莎、济娜依达、纳斯塔西娅·菲利波芙娜等，还有一类则是挽救了自己和男性的命运、被作者高度理想化的女性形象，如以《复活》中的玛丝洛娃和《罪与罚》中的索尼娅为代表的女性拯救者。

三、反抗女性

所谓反抗女性，就是违背了社会制度（主要是婚姻制度）或道德规范的女性形象，她们具有强烈的叛逆精神，追求婚姻框架外的幸福、爱情和个性解放。在作家笔下，她们具有向往自由的天性、诗意的心灵和浪漫的情怀，常常被赋予更为典型的女性特征。虽然这些女性生活在俄罗斯不同的历史时期，然而在与社会舆论的抗争、内心的矛盾挣扎以及最终的悲剧命运方面，她们有着惊人的相似。在俄罗斯文学中，《大雷雨》中的卡捷琳娜、《安娜·卡列尼娜》的女主人公、《静静的顿河》中的阿克西妮娅是最为著名的反抗女性形象。作家对这些叛逆女性的处理方式也十分相似。一方面，作者将很多美好的品质安放在她们身上，另一方面却又流露出对她们爱恨交织的态度。基于男性作家对堕落女性的态度，他们在文本中充分行使了自己随意处置女性命运的权力。正如海伦娜·西苏所说："男性需要把女性和死亡联系起来。这是让他们感到不安的困难事情！"

　　死亡不仅仅是对这些步出道德框架的女性的惩罚，同时也表达了男性对女性的厌恶。男性作者无法控制地让他们最美丽的女性形象变成牺牲品。较为明显的是托尔斯泰和肖洛霍夫对女主人公的处理方式：安娜固然有她自己反叛的理由，但是她被写成一个充满欲望的女性，她把所有的希望都寄托在渥伦斯基身上，一旦受到冷落，她便无法忍受，是强烈的欲望最终毁灭了她。在安娜身上就恰好集中了托尔斯泰对女性身体既渴望又厌恶的矛盾，同时我们还可以感觉到，作家对女主人公也有惩罚的愿望，如安娜去剧院看戏的一幕、产后的生病及忏悔等，还有最后对安娜结局的处理，似乎都是作者对其主人公的一种惩罚，同时也具有警示作用。肖洛霍夫笔下的阿克西妮娅也是一个悲剧人物，虽然她的死引起了读者的同情，但是作者对她生动的、充满喜爱之情的描写背后似乎也隐含了一丝矛盾：在作者的讲述中，阿克西妮娅对娜塔丽娅的刻薄态度，她与李斯特尼斯基家的儿子叶甫盖尼的私通，是造成好几个家庭分崩离析的主要原因，她是一个多面的女子，身上集中了多种品质，让人很难对她做出单一的评价。

四、漂亮女性

　　"年轻""美丽""温柔"在人们的印象中是一些专属女性的形容词，很多男性作家笔下的女性都具备这些特征，俄罗斯的男性作家也不例外。他们和其他文化中的作家一样，擅长并喜爱描写那些既年轻又美丽的女性，19 世纪文学中那些理想的少女和拥有纯洁心灵的妓女，象征派诗歌中的"美妇人"，社会主义现实主义文学中迷人的工人女性、士兵和母亲，侨民文学或解体后俄罗斯文学中性感、美丽、特立独行的女性，等等。很难有男性作者对女性的外表保持无动于衷的态度。把女性视为美丽尤物的描写方式在俄罗斯男作家笔下非常普遍，以至于很难区分出美丽优雅和色情之间的界限。奥列沙的《嫉妒》中的女主人公瓦丽娅是一个让人无法企及的理想女性，她将美丽和性感充分结合为一体。在纳博科夫的《洛丽塔》中，男主人公亨伯特视野中的泳池和网球场边的洛丽塔散发着无尽的性感。

　　在 20 世纪的男性作家作品中，丑陋的女性只能偶尔得到描述，她们通常是被施以同情、边缘化，甚至取笑和厌恶的对象，如在索尔仁尼琴的《第一圈》中，相貌不佳的西玛和穆沙就是作者极度同情的可怜女性。与男作家形成对比的是女性作家对长相平凡或丑陋女性的热衷，这或许是因为很多女性作家自己的外貌并不突出，因此她们并不认为漂亮的容貌是女性必须拥有的品质，而是认为完美的人格、智力水平与长相毫无关系；或许这是因为女性作家看待女性的时候，并不像男性作家那样充满了想象和欲望的所指，她们更多是平视态度。

19世纪60年代，一批俄罗斯女性作家在《简·爱》的影响下，选择那些相貌平凡但具有独立性格、试图通过工作谋生的女性作为自己作品的女主人公。20世纪，在地下文学和解体后俄罗斯女性作家的创作中，开始了对俄罗斯文化中美丽女性的全面解构。1980年，苏联著名的女性主义者塔吉雅娜·玛莫诺娃在她的地下杂志《女性和俄罗斯》中写道："人们期待女性养育孩子，成为一个优秀的职业女性，肩负起家庭的责任，除此之外，还期待她是美丽的。"而在女作家笔下，针对传统女性所特有的美丽而进行的解构更为直接和激进，即使那些得到广大读者喜爱的女性形象，也不具备天使般的容颜。

乌利茨卡娅的著名长篇小说《美狄亚和她的孩子们》中的女主人公长着一张过长的脸，而中篇小说《索尼娅》中的女主人公的梨形身材也和性感美丽没有任何关联。在托尔斯泰娅的作品中，那些孤独的女性长相丑陋：她的头就像一匹野马的脑袋……胸部扁平，两条腿很粗……毫不留情地打破了女性的美丽温柔和爱情的美满相等同、高尚的品德能换来与之相匹配的爱情等陈词滥调（《索尼娅》《猎猛犸》）。还有一些作家不仅不描写女性的美丽，而且毫不掩饰地夸大女主人公身体的丑陋与病态，在塔拉索娃的短篇小说《不记恨的女人》中，女主人公脖子上血淋淋的伤疤和嘴巴里发黑的细牙让人不忍卒读。有一些作家，如彼特鲁舍夫斯卡娅等，在她们的作品中几乎找不到任何关于女性外貌的描写。这种对女性外貌的"非审美化"甚至丑化的处理方式，对抗了男性对女性的欲望以及他们将女性视为欲望客体的总体趋势，女性的性别角色通过这种外貌描写方式被彻底推翻了。

第二节　19世纪俄罗斯文学中的女性形象

19世纪俄罗斯文学在整个俄罗斯文学史中起着承前启后的作用。这一时期中的女性形象丰富而丰满。普希金小说中的女性人物就是这一时期的代表，而卡拉姆津的《苦命的丽莎》因为其女性描写细致入微一直都是这一时期的完美作品之一。

一、《苦命的丽莎》的女主人公

《苦命的丽莎》是俄罗斯文学进入感伤主义阶段的标志性作品，它在问世后的三四十年间，对俄罗斯小说创作产生了持续而又深远的影响，直到茹科夫斯基的《玛丽娅树林》(1808) 出现之前，它一直占据着"俄罗斯散文的典范"的地位。"事实上，在普希金和果戈理的小说问世之前，至少是从文学史角度而言，卡拉姆津的《苦命的丽莎》一直都是俄罗斯散文最具代表性的完美作品。"在民间，卡拉姆津这一作品产生的影响也十分巨大，据研究者称，《苦命的丽莎》发表后，在俄罗斯为情自杀或自杀未遂的人数比以前大为增多，莫斯科近郊丽莎自尽的池塘在几十年间一直是人们的朝圣地。深受法国 18 世纪感伤主义作品影响的俄罗斯读者发现，他们本国的作品终于能够摆脱古典主义唯理论的束缚，用充满主观色彩的文本教人如何对待爱情，能够细致入微地展示男女之间的情感。"俄罗斯的、卡拉姆津式的和法国的感觉融合在了一起，人们感到十分兴奋——现在用俄语也可以谈论爱情了。"

在整个俄罗斯文学，包括 20 世纪的俄罗斯文学中，以女主人公的名字命名的小说并不太多，而《苦命的丽莎》就是其中之一。在丽莎之前，俄罗斯文学史上完整、丰满的女性形象很少见，在一些宗教历史作品中，如《往年纪事》中，女性形象几乎不存在，其中和女性相关的只是一些针对女性行为的规范和要求。《使徒行传》中司祭长的妻子以及更早的《伊戈尔远征记》中的雅罗斯拉夫娜，虽然以她们的优美、勇敢和忠诚赢得众人的青睐，但在这些作品中，女性形象远未得到充分的描写，她们所占据的也仅仅是次要地位。而《苦命的丽莎》是俄罗斯文学中第一部"主人公可以像卢梭或歌德笔下人物那样与读者悲喜与共的作品"，丽莎成为俄罗斯文学中，尤其是受到欺凌与侮辱的、堕落的女性形象中第一个引起读者强烈感情的女主人公，在她之后，在普希金、莱蒙托夫、屠格涅夫、陀思妥耶夫斯基、冈察洛夫、托尔斯泰和皮谢姆斯基笔下都出现了类似的女性形象，丽莎既具有开启俄罗斯女性形象画廊的意义，同时也具有某种原型特征。

丽莎这一名字在卡拉姆津的中篇小说中出现之前就已为人所熟知。首先，这是一个具有宗教色彩的名字，叶莉扎维塔（丽莎的大名）的意思是"敬神的人"，《圣经》中大司祭亚伦的妻子名叫丽莎，而在俄罗斯斯列津修道院，著名的女苦行修士也叫丽莎；其次，18 世纪中期，俄罗斯的两任女皇都叫叶莉扎维塔，她们在位期间是这个名字最为流行的时期；最后，俄罗斯从 17 至 18 世纪的法国文学，尤其从卢梭、莫里哀等人的作品中了解到了这个名字，《新爱洛绮斯》中女主人公的名字被翻译成俄语后，就是叶莉扎维塔。由于法国戏剧在 18 世纪的俄罗斯深受喜爱、广为传播，来自于这些著名剧作中的丽莎形象比起《圣经》中的人物和女皇更为深入人心。在俄罗斯人的概念中，丽莎已基本成为一个有其特定面貌的形象。通常，丽莎从事的是女仆工作，她大胆、开放、美丽，容易接近，她善解人意，尤其深谙爱情之道，她通常是女主人的恋爱帮手。她幼稚、卑微、简单，道德面貌偶尔会让人产生怀疑，因为丽莎对艳遇怀有危险的渴望。她的名字在18世纪的法国文学中基本上是和轻佻、幼稚联系在一起的。在卡拉姆津笔下的丽莎身上，基本保留了法国丽莎的主要特征，但也加入了很多新的元素，这种做法，"使读者能在丽莎身上看到和传统的联系，容易接受小说的形象体系，甚至还会认为自己是某种文化—审美事件的同谋和见证人"。

作为一个已经本土化了的"熟悉的陌生人"，在卡拉姆津的丽莎身上，天真、纯洁是她和法国文学中的丽莎共有的特征，但与后者把纯洁、幼稚当作爱情游戏的"武器"和面具并在游戏中占据有利地位不同的是，丽莎的这些与生俱来的特质，在特定的场景下会让她陷入脆弱的境地，在小说中，丽莎由于天真、纯洁得到了艾拉斯特的喜爱，而这些又是她难以抗拒"诱惑"而导致失身的主要原因。丽莎对他人充满信任，甚至有些轻信，她天真地以为阶级和地位的差异不会阻碍艾拉斯特的感情。她对人的判断完全服从情感的吩咐，而非理智的导引。丽莎从来不会去骗人，不会按照自己的意愿去评判他人，这与法国戏剧中的丽莎假装信任别人而达到自己的目的有着本质上的不同。

卡拉姆津的丽莎不仅信任他人，而且还忠于自己唯一的恋人，即使被欺骗，被抛弃，她仍然忠贞不渝。而法国戏剧中的丽莎对谁都不专一，她善变而又轻浮，无数次地背叛爱人。在《苦命的丽莎》中，对于已经受了诱惑、"堕落的"女主人公而言，对恋人的背叛是不可能的，她宁可与他同生共死，恋人对她的背叛意味着她生活的意义不复存在，她选择了自杀；而法国的丽莎则完全相反，她在引诱和"堕落"中获得了无限的乐趣，在变心中寻找新的出路，并以此为生活的意义，她对他人的背叛并不放在心上，能很快为自己找到新的安慰。

在典型的法国丽莎身上，所谓"女性的"特质获得了片面的、过于丰厚的发展，她被塑造成一个天真、轻浮、肤浅、善变的造物，男性处于她的控制和玩弄之中，而卡拉姆津在对这一形象的继承中，摒弃了这些所谓的负面特点，让丽莎这一女性形象所包含的意义反转了过来，他更为强调丽莎的顺从、被动以及和自然的联系这些人们更为熟悉、更容易接受的女性特征，从而达到了对传统丽莎形象的再塑造。

二、普希金小说中的女性形象

普希金的小说大多创作于19世纪20年代中期，主要有短篇集《别尔金小说集》、长篇小说《杜勃罗夫斯基》和《大尉的女儿》等，在这些作品中，男性人物形象非常丰富，既有充满叛逆性格的强人，也有作者寄予同情的小贵族，此外还有那些崇拜欧洲、蔑视俄罗斯的"新贵族"，作者对他们的态度爱憎有别。与这些形形色色、性格各异的男性形象相对比的是，女性，尤其是在小说中占据相对重要地位的女性形象，却具有非常鲜明的总体特征，她们与长诗中热烈勇敢、充满激情的异域女性构成强烈对比，她们在很多方面与《泉水》中的玛丽娅较为相像，同时也和《叶甫盖尼·奥涅金》中的塔吉雅娜形成某种呼应。相对于散文中的男性形象，她们无疑得到了作者更多的喜爱。

普希金小说中的年轻女性大都是十六七岁的妙龄少女。这是一个充满了各种可能性的年龄，这通常也是在那个年代决定女性爱情和婚姻的年龄。女主人公们年轻貌美，通常受到周围男性青睐，她们出身贵族或富裕的地主家庭，过着无忧无虑的生活。小说中的女孩子们是法国小说的忠实读者，在那些感伤和浪漫主义作品中获取了关于爱情的最初概念，她们对爱情也抱有一种纯真的执着。在这些小说中，女主人公的形象首先都是通过她们和男性的爱情或婚姻关系刻画出来的。

《暴风雪》中的玛丽娅身材匀称，面色白皙，在法国小说中接受了教育，"其结果，她自然会坠入情网"。她爱上了一个贫穷的陆军准尉并且和他约定好私奔，但一场暴风雪改变了她的命运，她未能和迷路的未婚夫举行婚礼，却巧遇了另外一个想来进行一场恶作剧的军官。小说中充满了戏剧冲突，玛丽娅最终爱上的人竟然就是这个军官。在小说一波三折的情节中，玛丽娅的形象逐渐鲜活起来，她在失去未婚夫之后坚贞而专一，她鼓励男主人公布尔明向她表白爱情，但她的行为中并没有丝毫轻浮和肉欲的激情，而是充满了快乐的坚定和对个人情感的执着。《杜勃罗夫斯基》中的玛丽娅与《奥涅金》中的塔吉雅娜在性格上最为相近，她对18世纪法国作家的作品感到着迷，没有女友，在独处中长大，后来她爱上了家族仇人，但由于无法抗拒父亲的旨意，只能嫁给一个她不爱的男人。在她身上，我们可以看到之后由作家传递给塔吉雅娜的一些特有品质，尤其是玛丽娅在婚礼后，即使得到爱人的解救，她仍然遵守婚约嫁给那个她不爱的老头，这一情节几乎和《叶甫盖尼·奥涅金》中塔吉雅娜拒绝奥涅金的场景一模一样，女主人公都为婚姻的责任、女性的"本分"和作为妻子的义务而压抑住了心底的感情，有着某种英勇的牺牲精神，只是玛丽娅的形象还没有塔吉雅娜那么生动，而且她所面对的杜勃罗夫斯基，其思想情感也没有奥涅金那么复杂，未曾发生那么大的变化，他们的关系没有塔吉雅娜和奥涅金之间那么起伏跌宕，因此，玛丽娅这个形象还显得比较简单。《上尉的女儿》中的女主人公玛莎和《村姑小姐》中的丽莎也同样具有善良、多情的品质。《上尉的女儿》虽然用女主人公来命名，但玛莎·米隆诺娃在小说中得到的描述却较少，她是作者表现普加乔夫起义的一面"棱镜"。玛莎不委曲求全的勇气，她为挽救丈夫而敢于向女皇坦言真情的勇敢品质，都令人尊敬。《村姑小姐》中的丽莎活泼可爱，为得到爱情，在村姑和贵族小姐两个角色之间游走，但从来没有失去女性的体面和尊严。

上述普希金小说中的女性形象具有一个高度同一的特征，"女性成了普希金笔下所有最为优秀的人性品质之体现，即真诚、自我牺牲，最主要的是坚定不移的责任感"。她们是普希金笔下未来理想女性的雏形，她们光彩照人，美丽可爱，而且比起长诗中果敢强悍、欲望四溢、富有进攻性的女性，她们却都同样地脆弱、苍白，在作品中，她们时常昏倒的场景强化了她们作为女性所特有的体力上的弱小。在这些女性身上没有等级观念，她们同情弱者，其感情可以跨越阶级和身份的差异。她们都拒绝不爱的人，在这种反抗行为中体现女性的忠贞，她们的形象较为理想，受到作者的喜爱，但略显抽象、单薄，没有长诗中的女性那么生动和具有感染力。

普希金小说中这些女性成为人们耳熟能详的形象，后世的读者也不断对她们进行解读和阐释。普希金还有一些未完成的作品，它们不像《别尔金小说集》等作品那样流传广泛，没有得到足够关注，如《玛丽娅·绍宁格》《在小广场的一角》《我们在别墅里度过一个晚上》等，但其中业已刻画出总体轮廓的女主人公同样独具特色。未完成作品《罗斯拉夫列夫》中的波丽娜，被认为是普希金笔下"最值得密切关注的"女性，背衬着普希金小说中的可爱女性群像，"她成了普希金的创作中，乃至整个俄罗斯文学中最具光彩的女性形象"[1]。她没有塔吉雅娜那么响亮的文学声誉，也比不上其他广为人知的小说女主人公们那么出名，但她身上所具有的独特气质，却让她在众多女性形象中显得十分突出。也许是作品本身没有完成的缘故，《罗斯拉夫列夫》的女主人公始终没有得到她应得的那份关注，对她的研究也略显不足。

据文学史家研究，普希金的《罗斯拉夫列夫》是为了回应扎戈斯金的长篇小说《罗斯拉夫列夫，又名1812年的俄罗斯人》而作的，他对后者在小说中所表达的爱国主义态度持不同意见，尤其不满作者把小说女主人公塑造成了一个庸俗不堪的女性，因此普希金迅速地做出回应，希望扎戈斯金能看到他塑造女主人公的不同方式。对于普希金来说，女主人公更为吸引他的注意力，因此在他的小说中，男主人公罗斯拉夫列夫几乎"消失"在读者的视野中，而女主人公波丽娜则占据了小说的全部篇幅。

波丽娜是一个理想的女性形象，她拥有这类女性的很多共性特征，但让她与众不同的不仅仅是这些，更主要的是她的爱国主义情怀、不平庸的个性以及投身革命的勇气，

---

[1] 普希金.普希金全集（第6卷）[M].刘文飞，译.石家庄：河北教育出版社，2000.

这也是普希金赋予她的一个主要特征，以使她区别于普通的贵族女性。小说通过一个女性的视角展开，叙述者从一开始就把波丽娜放在一个优越于芸芸众生的位置上：她身上有许多奇异的、非常吸引人的东西；她高傲、冷漠，不与庸人为伍；她阅读了大量书籍，有自己的思想。在法国的斯塔尔夫人来访俄罗斯的那一幕场景中，波丽娜表现出了对上流社会无聊、庸俗表现的绝望心情，面对整整几个小时也无法说出"一丁点儿思想、一个出色的字眼"的"一张张愚蠢的脸，一副副愚蠢的架势"，她羞愧得脸色通红，眼里满是泪水，为自己同胞所表现出的平庸和智力低下感到十分痛心。她是当时小说作品中少有的勤于思考、冷静理智的女子。

波丽娜对社会文化分配给她的女性角色显然感到不满足，她不像贵族少女那样关心自己的爱情和婚姻、把这些当作生活的主要内容，而是对国家的命运感到忧心忡忡，在她的眼中，祖国的命运比她的婚姻重要得多，她甚至推迟了自己的婚礼，以鼓励未婚夫去前线作战。1812 年卫国战争来临前夕，看到俄罗斯人奴颜婢膝地吹捧拿破仑、嘲笑自己的失败时，波丽娜无法掩饰自己的轻蔑和愤怒，俄罗斯人的顺风转舵和胆怯更让她难以忍受，她厌恶他们那种流于表面的爱国主义情怀，坚决不与他们为伍。和身居闺阁的大多数俄罗斯女性不同的是，波丽娜具有很强的行动能力，她不仅时刻关注俄罗斯军队的行踪，在地图上计算里程，甚至还想混到法国人的军营中去，设法接近拿破仑，并亲手杀死他。她不走别人走过的路，对事物总是能做出独立判断。她说"让所有俄罗斯人都像我一样地爱自己的祖国吧"，她觉得，作为女性的她同样有义务保卫祖国。"难道女人就没有祖国吗？难道女人就没有父亲、兄弟和丈夫吗？难道我们身上流的不是俄罗斯的血吗？难道你认为，我们生下来，就是为了让别人在舞会上搂着我们跳苏格兰舞，就是为了让别人把我们锁在家里往布上绣小狗吗？不，我知道，女人也能对社会舆论产生影响，至少能对一个人的心灵产生影响。"这番话语无疑是宣言式的告白，在 19 世纪初、在女权主义思潮尚未在全世界范围内普及的时候，波丽娜的思想是很超前的，也正是这样一番话把她和 19 世纪初期所有的女性文学形象区分了开来。她自比夏洛特·科尔黛、玛尔法、达什科娃，认为她不比她们差，心中的勇气并不亚于她们，叙述者这样评价她："比起那些天晓得在干些什么的俄罗斯男人来，俄罗斯女人更富有教养，她们读的书更多，思考的问题也更深。"

波丽娜身上充满了爱国主义激情，她的所作所为显然就是一个彻头彻尾的女革命者和祖国女卫士，在她身上，我们仿佛可以看到十二月党人妻子的影子、未来的女社会活动家的雏形。评论者认为，波丽娜是俄罗斯社会生活中所有女英雄的鼻祖，她身上的勇气、思想、理智是那些以直觉和脆弱为标志的女性形象所不具备的，她的视野之开阔、生活内容之丰富，也远远超过同时期的女性。普希金借这样一个完美的女性形象，表达了自己对卫国战争性质的认识，波丽娜是作家思想和理想的体现。在她之后，俄罗斯文学中出现的女革命者和新女性形象，如《前夜》中的叶莲娜、车尔尼雪夫斯基的《怎么办》中的维拉，都和她有着本质上的近似之处。

第三节　19、20 世纪之交的俄罗斯女性文学两论

一、俄罗斯女性作家群的诞生

19 世纪末至 20 世纪初的白银时代，是俄罗斯文学和文化历史中一个星光灿烂的繁荣阶段，同时也是俄罗斯女性文学迅速崛起的时期。在短短的 30 余年间 [1]，俄罗斯女性作家雨后春笋般地亮相于俄罗斯文坛，她们中间还涌现出了阿赫马托娃、茨维塔耶娃、吉比乌斯、苔菲等这样一些俄罗斯文学的一流大师。

白银时代俄罗斯女性文学创作的真实面貌和规模，有可能远远超出文学史家的描述和后代读者的印象。对于白银时代是否为一个"诗歌世纪"的问题，学者们如今还存在着争论，但诗歌是俄罗斯白银时代最主要、最兴旺的文学领域之一，这一点却无可争议。正是在诗歌创作中，女性作者空前地展示出了她们的天赋、激情和成就。一部关于俄罗斯白银时代的文学史这样写道："很显然,这时期的俄罗斯诗坛中出现了'女性诗歌'现象。安·阿赫马托娃、切鲁宾娜·德·加布里亚克（叶·德米特里耶娃）、安·戈尔琴科、尼·利沃娃、玛·沙吉娘、索·巴尔诺克等人的创作（尽管各人的创作价值不等）引发了不计其数的模仿作品，而且还让人对'女性诗歌'有了充分的认识。"这段文字中有许多我们感到颇为陌生的名字，这里也没有列入茨维塔耶娃和吉比乌斯等大诗人的名字。在这段文字之后所加的一个注释中，还提到了一部题为《白银时代女诗人百家》的诗集。有名有姓、有诗作入选重要诗集的女诗人就有上百位！由此便不难揣摩出当年写诗、读诗的俄罗斯女性的人数。而作为白银时代俄罗斯女性诗歌之代表的阿赫马托娃、茨维塔耶娃和吉比乌斯，更是破天荒地赢得了超一流的俄罗斯文学史地位，后人将阿赫马托娃与俄罗斯诗歌的"太阳"普希金并列，称之为"俄罗斯诗歌的月亮"，茨维塔耶娃则被

---

[1]　关于白银时代的起止年代目前仍众说纷纭，本书所指的时间段大致为：自俄罗斯象征主义开始兴起的 19 世纪八九十年代至俄语文学开始被纳入单一渠道的 20 世纪 20 年代中期。

布罗茨基称为"二十世纪的第一诗人"。值得注意的是，在女性之前较少涉猎的俄罗斯小说创作领域，这一时期也出现了女作家异军突起的现象："在这个时代大众文学的洪流中女性小说家的创作极为引人注目，一般来说，这些创作的主题与爱情、'性'、解放等问题紧密联系在一起。在这一批人中可以看到纳戈罗茨卡娅、桑冉丽、达曼斯卡娅、玛尔·米尔托夫（笔名奥莉加，聂格列茨库）的名字，维尔比茨卡娅的名字几乎是在最前列的。"这里提到的维尔比茨卡娅，她在当时的走红和作品畅销似乎让人难以想象，其小说的印数逾百万，且不断再版，与当时备受读者喜爱的阿尔志跋绥夫和库普林等不相上下，甚至于，"在 20 世纪初期，她被视为列夫·托尔斯泰的竞争对手"。

　　白银时代的俄罗斯文学界对女性文学的空前关注，也从另一个侧面旁证了当时俄罗斯女性文学的兴旺。当时的每家出版社都出版过女作家的作品，每份文学期刊的每一期上都刊登有女作家的诗文。与此相关，批评界和文学理论界也就女性文学现象展开了探讨和争论，大型文学期刊上关于女性创作的文章可谓汗牛充栋，比较有代表性的有普洛托波波夫在《俄罗斯思想》上发表的《女性创作》(1891)、纳捷日金在《新世界》发表的《当代俄罗斯女作家笔下的女性》(1902)、克列斯托夫斯卡娅的《来自女性生活》(1903)、科伦泰的《新女性》(1913)，而关于某位女性作家或某部作品的评论文章则为数更多。与此同时，很多关于女性文学的理论著作也纷纷面世，如波诺马列夫的《我们的女作家们》(1891)、特鲁比岑的《当代文学再现中的女性生活角色》(1907)、科尔托诺夫斯卡娅的《女性剪影》(1912)、阿勃拉莫维奇的《女性和男性文化世界》(1913)、波尔图加洛夫的《十九世纪俄罗斯文学中的女性》(1914) 等。在当时享有盛誉的文学史著作温格罗夫的《二十世纪俄罗斯文学》中，女性作家得到了空前的"关照"，在该书第一卷所列的十个专章中，就有三章的篇幅给了女性作家，即济娜伊达·温格罗娃、济娜伊达·吉比乌斯和柳波芙·古列维奇。一部包含千余个词条的英文版《俄罗斯文学手册》，其中所列女作家词条不到半百，在俄罗斯出版的各类文学百科或作家词典中，男女作家间的比例也大致如此。

　　然而，此时的女作家绝大多数（37 人中的 27 人）都出生在 19 世纪 60 年代之后和 20 世纪 20 年代之前，也就是说，她们在不同程度上都属于白银时代这个文学时期。这个让人颇为惊讶的"统计"表明，白银时代是俄罗斯女性作家涌现最多的时期，是俄罗斯女性文学一个史无前例的繁荣阶段。一部《俄罗斯女性文学史》的作者认为，正是从 19 世纪 80 年代开始，俄罗斯女性作家首次赢得了与男性作家平起平坐的地位。在欧洲诸文学中后起的俄罗斯文学自普希金之后迅速地步入"黄金时代"，在 19 世纪中后期赢得空前的繁荣，但是与此同时，"女性作家尽管在俄罗斯也被广泛地阅读，但她们对俄罗斯文学之伟大仍然贡献很少，俄罗斯文学还没有出现自己的乔治·桑、简·奥斯汀或乔治·艾略特"，然而在白银时代，俄罗斯女性文学的崛起却彻底改变了这一现实，第一次贡献出了一批世界一流的女作家。

总之，白银时代可能是俄罗斯女性文学自其存在以来发展最为迅速、成就最为显著的时期，反过来，俄罗斯女性文学的崛起也构成了俄罗斯白银时代文学和文化的一个显著特征。

二、俄罗斯女性文学崛起的社会文化原因

俄罗斯女性文学在白银时代的迅速崛起，是多种因素交叉作用的结果，这些因素既有社会的也有文学的，既有客观的也有主观的，既有必然的也有偶然的。

首先，这无疑是俄罗斯社会和文化自身发展的结果。彼得大帝在18世纪初实施的"改革"，使俄罗斯在疆域和武力上基本上成了一个欧洲强国。叶卡捷琳娜二世在18世纪中期即位之后，又开始了一场雄心勃勃的"启蒙"俄罗斯运动，作为一位"外国人"，她试图"改造"俄罗斯的国民性，其中就包括向伏尔加流域移民德意志人、支持科学院和大学的活动、创办文学杂志等等；作为一位女性，她又很自然地较为关注女性在社会和文化生活中的地位。叶卡捷琳娜是一位专制君主，"穿裙子的伪君子"，但她的"启蒙"举措在客观上还是较为迅速地提升了俄罗斯社会的整体文化水准，文学史家如今大多认同，俄罗斯的"女性文学"就发端于叶卡捷琳娜时期，甚至在一定程度上就归功于她本人的文学活动。

女性文学的出现，是以女性社会地位的提高、女性教育机会的广泛获得为前提的，即女性首先要具有阅读、思考和写作的能力。到了19世纪中期，在俄罗斯废除农奴制前后，伴随着俄罗斯社会文明程度的不断提高，俄罗斯女性逐渐获得了各种形式的教育机会。1858年，彼得堡出现第一所女子中学；1861年，彼得堡大学曾一度对女性敞开大门；从19世纪60年代末到90年代，彼得堡、莫斯科、弗拉基米尔等地都开办了一些专门面向女性的教育普及性质的短期学习班；1878年，彼得堡出现一所由政府创办的女子高级学校，招收学生近千名；1897年，彼得堡又成立了第一所国立女子医学院。根据一项统计，到1897年，沙皇俄罗斯人口的识字率为28.4%，妇女为16.6%，沙皇时期俄罗斯国民的识字率虽然是欧洲国家中最低的，但是其妇女识字率却已经达到了欧洲平均水平。"20世纪初，高等女子教育得到了明显的发展。此时，约有近30所高等女

子学府。"[1]1911年颁布的女子高等教育法，以及于1912年召开的第一届全俄妇女教育代表大会，让俄罗斯妇女基本上享有了与男性平等的教育权利。尤其是有近千名代表出席、会期长达十天（1912年12月26日至913年1月4日）的第一届全俄妇女代表大会，产生了广泛、深远的社会影响，因为，"一方面，教育问题被大会的创办者们视为男女性平等的基础；另一方面，也被她们看成社会发展水准的标识"。这就意味着，到19世纪末、20世纪初，俄罗斯女性已经获得了各种层次的受教育机会。越来越多的女性文化人的涌现，反过来又会促进整个社会对女性问题的关注，促进女性道出自身的社会和文化诉求，而这些诉求的最主要表达方式之一，就是文学写作。

值得注意的是，从19世纪下半期开始，享有教育机会的俄罗斯女性不再仅仅是皇亲国戚和大家闺秀，一些中产阶级家庭的女儿，甚至一小部分出生在乡村的女性，也都成了文化人。因此，19、20世纪之交的俄罗斯女性作家不像19世纪60年代之前那样，基本是单一的贵族出身，她们中的大多数出身于城市职员家庭，如律师、作家、出版人、银行职员、教授、军人等，如苔菲和吉比乌斯是律师的女儿，阿赫马托娃和沙吉娘的父亲是医生，茨维塔耶娃出身教授家庭，纳戈罗茨卡娅的父亲是记者，而她们早年大多接受过很好的家庭和学校教育。伴随着教育水准的提高，女性选择职业的机会和能力也大为增加，女性人口大批涌入城市，以彼得堡为例，女性与男性的比例从19世纪中期的26%增长到了90年代的39.36%，到19世纪末，俄罗斯的工作女性已经达到600万。然而在当时的社会环境下，女性能从事的工作种类仍然非常有限，政府核心权力机构和工业、贸易等部门依然是男性的天地，女性所从事的则大多是秘书、编辑、记者等与文字相关的工作。不过，这反倒使女性有更多的机会接近文学，因此，便有一大批女性逐渐成了以写作为业、靠文字谋生的"专业"作家：这一时期，俄罗斯社会对女性写作也表示出了一种更为宽容的态度，一个非常明显的变化就是，女性作家使用笔名尤其是男性笔名的情况越来越少，这说明女性文学产生和存在的环境变得越来越宽松和自由了。这一时期创办的大量"女性杂志"，如《妇女事业》（1899—1900）、《妇女导报》（1904—1916）、《当代妇女》(1907—1916)、《女性天地》（从1907—1916）、《妇女世界》（1912—1916）、《妇女思想》(1907—1910)、《妇女生活》（1914—1916）和《妇女杂志》(1914—1926)等，既为女性的写作提供了便利的条件，也体现了女性以及妇女问题在当时的俄罗斯社会所受到的空前关注。

俄罗斯女性文学在白银时代的崛起，与19、20世纪之交的妇女解放运动无疑也有

---

[1] 泽齐娜，科什曼，舒利金.俄罗斯文化史[M].刘文飞，苏玲，译.上海：上海译文出版社，2005.

关联。两个世纪相交的十几年，是俄罗斯社会改革的呼声和行动一浪高过一浪、各种社会思潮风起云涌的时期，也是俄罗斯妇女运动空前高涨的时期，妇女解放的问题，作为追求社会平等的社会主义理想中重要的构成之一，成了当时文化界和思想界的核心话题之一。当时的许多政治家和思想家都撰文探讨过妇女问题，而像柯伦泰、克鲁普斯卡娅、安娜·施密特这样一些女性社会活动家，更是被视为妇女解放的象征。在那个时期，俄罗斯女性的自我意识普遍有所觉醒，女性表达自我、展示个性的内在愿望似乎变得越来越强烈了。白银时代的作家马列维奇曾这样描绘过当年的吉比乌斯："她当时三十岁，但是体态瘦削而苗条，看上去年轻得多。……高傲地扬起的小小的头颅，长长的灰绿色的眼睛，微微眯起……另外，她将一头温柔蜷曲的浓密的棕桐色发丝编成了一条长长的发辫——这是未出嫁少女的标志（尽管她结婚已经十年），她浑身上下都流露着带有挑衅性质的'与众不同'：她的头脑比她的仪表更锐利。吉比乌斯对任何事物的判断都坦率而自信，丝毫不去顾忌常规。她喜欢唱'反调'令众人惊奇。""丝毫不去顾忌常规"，"喜欢唱'反调'"，在白银时代，这恐怕不仅仅是吉比乌斯这一位知识女性的姿态和做派。在《北方导报》编辑部工作的女作家柳鲍芙·古列维奇就说过，她"鄙视寻常的生活"，觉得"外在的自由离开'内在的自由'就一钱不值"。

或许，在当时的社会和时代，正如女作家塔吉雅娜·谢普金娜－库佩尔尼克所认为的那样：对于那些渴望自由和独立的女性来说，只有一条路可走，那就是文学和艺术创作。

第四节　俄罗斯当代女作家笔下的女性形象

一、托尔斯泰娅：《猎猛犸》

如果说，托尔斯泰娅以独有的方式让索尼娅打破传统、打破文化想象，并且强调了大爱的平民性、美貌和美德的非一致性以及建立自己独特精神世界的重要性，那么在《猎猛犸》中，她则更为直接地质疑了人们关于性别角色和两性关系的固有想象，如女性只能在婚姻中实现自己的本质、家园是神圣的、女性的美丽和高尚是幸福婚姻的通行证等种种"陈词滥调"，作家在小说中嘲讽这些定型思维，重新思考了女性与婚姻、女性与男性关系等问题，进而质疑传统，并指出一味顺从传统只会给女性带来负面的后果。

与《索尼娅》相比，《猎猛犸》讲述的并非是虚幻的爱情，而是现实的婚姻和女性的存在。小说的女主人公卓娅年轻漂亮，她一直渴望找到一个合适的爱人，渴望得到一份美满的婚姻，以此获得作为女人的幸福生活，然而事与愿违的是，她始终无法找到她心中的白马王子，她只能和一个她从内心深处感到厌恶的男性约会，强迫自己走上婚姻之路，而她的生活则由此变成了深渊。小说中的女主人公卓娅和索尼娅一样具有很多传统的、让人感到熟悉的品质，她对生活的各种理解也非常符合传统观念。小说的标题《猎猛犸》是具有象征意味的，它讽喻地点明了女主人公卓娅生活中的主要目的——嫁人，用家庭来驯服没有归宿的、像猛犸一样四处游荡的未婚夫。在女主人公对生活的概念中，婚姻是一个女性过上正常生活的重要前提，她想找到一个"各方面都有保障的人"，进而合乎传统地安排好自己的生活。卓娅认为，要赶紧结婚，趁自己还没到 25 岁的时候，"否则之后一切都完了"。

卓娅的目的十分单纯明确，似乎只有结婚，她的生活才能进入正常的轨道，才能继续运转，而这也是十分符合很多现实生活中乃至文学作品中女性生活的终极目标的，在普希金的《叶甫盖尼·奥涅金》中，在屠格涅夫的《贵族之家》中，女主人公无一不是以找到一个理想的丈夫、获得一份美好的婚姻为主要生活目的的，卓娅在这方面亦然。为了实现这一目的，她甚至会降低自己的要求，虽然现实中的她结识的是一名"长着两片胡子"的、有些野蛮、时常让人感到厌恶的工程师，而非她理想的婚姻世界的国王——外科医生，不过，"工程师也不错"。卓娅用尽各种办法来驯服她的未婚夫，常常不由自主地发出一连串"结婚吧、结婚吧、结婚吧"的既有诅咒、惩罚又有敦促意味的叹息，因为她特别需要这份婚姻，"她不想爱得没有保障"，这与《索尼娅》中的女主人公满足于一份虚幻的爱情完全不同。

传统的文化想象对卓娅的影响不仅仅在婚姻方面，她所有的行为似乎都是受这些千百年来形成的观念所指引的：她认为自己的婚姻应该符合公主与王子结合的童话故事，她是一个公主，虽然是一个尚未被发现的公主，而她要找的丈夫则是神奇的医学世界中的国王；她对家庭的想象是十分具体的，来自于某种庸俗的、市侩的图景——"优雅的睡袍（四周镶着绉边，德国出产的），大壁橱，彩色电视和粉红色的南斯拉夫落地灯，一些可以喝上一杯的软饮料，一些可以抽上几支的好烟"，而家庭生活的场景则是小别后丈夫的淡淡醋意、她和外科医生在电话中的调情以及与女友家长里短的交谈……最主要的是，卓娅认为她的美丽可以为她带来应得的幸福。卓娅时刻关注自己的美丽，用文化中的性别定义来审视自己并引导自己的行为。在小说的开篇作者就写道：卓娅不仅有一个美丽的、"说出来像蜜蜂一样嗡嗡叫的名字"，她本人也是美丽的。卓娅十分看中自己的这一特质，并一直在按照某些通行的"文化"标准营造自己的美丽，她"把嘴巴张开一微米，品尝着巧克力甜点，她做出一副样子，似乎她是由于某些文化原因才觉得那东西不好吃的"，她也会故意流露出某种"文雅的忧郁"，把自己扮演成一个尚未被发现的公主。她希望他人也能对此予以关注，看见她时会惊讶地"说声'噢！'"，只有这时，她才能肯定自己的价值，感受到自己的存在，但是人们对她的美貌似乎没有过多的赞叹，甚至偶尔还会忽略这一点，每到这时，"卓娅就觉得自己是一个丧失了性别的穿裤子的人"。另外，对卓娅来说，最可怕的、与她的期望大相径庭的是，尽管她努力按照通行的文化概念去演绎"美丽"，但这一"武器"并不能帮她成功地驯服未婚夫，为自己带来完满的婚姻。在小说的结尾，卓娅不得不使用"围栏、绳索"等具体而又带有某些暴力色彩的工具来完成自己的"任务"。

在作品中，卓娅唯一和传统女性概念不相吻合的身份就是"猎人"。《猎猛犸》这一标题把男女主人公的角色调转了过来，在以往的文学作品中，女性往往被比作猎物，是男性欲望的对象，而在这部小说中，女主人公卓娅却成了"猎人"，这不仅仅表现在标题上，同时也表现在女主人公为了捕获"猎物"、实现婚姻目标而采取的一系列时而温柔、时而暴力的手段。在托尔斯泰娅笔下，男性的角色相应地也发生了反转，男主人公自始至终被视为卓娅的猎物和牺牲品，而女主人公的目标就是驯服他，让他进入婚姻的"围栏"。男性在这部作品中被降低为服务功能的物品，他只是一个结婚的对象，一个为了女性实现婚姻理想而必须存在的人。小说中的男性一直都是用卓娅的目光进行描述的，他取代女性成为"他者"，失去了自主性。

在"猎猛犸"的过程中，女主人公独特的"猎人"本性在小说中是较为突出的，托尔斯泰娅在小说中所实现的"性别逆转"，在当代俄罗斯女性作家的创作中比比皆是，女性由被动变主动，由客体变成主体，她们有意识地与传统文化中的女性定义保持一种对抗的姿态，有时候甚至是非常激进的对抗，以此来反抗男性文化对女性的压迫。但即使这样，我们仍然很难说托尔斯泰娅笔下的女性是非传统的，与彼特鲁舍夫斯卡娅等当代作家笔下忽略甚至刻意抹杀性别特征的女主人公不同的是，托尔斯泰娅的女主人公之所以变身为"猎人"，完全是因为她彻头彻尾地遵循文化成规，全盘接受了经过"千年验证"的"美貌可以吸引丈夫和营造美满婚姻"法则，同时，她完全认同并维护"家庭是安乐窝""寂静的港湾""灯塔""女性幸福的保障"等概念，并不惜余力按照这样的概念来建设生活。这种对性别定型和文化成规的全盘接受，"只会使个体更为边缘化"，而这种行为也间接支持了父权至上的观点。从这个意义上说，托尔斯泰娅的女主人公虽然体现了某些性别反转，但本质上说，她们还是父权文化下的女性，直接地体现了男性文化对女性的影响。此外，在对这种文化的盲目接受过程中，女性完全失去了自我，失去了自我认同，在小说中，女主人公对自己的认知始终来自于他人对她的关注程度，她始终在用别人的，也就是男性的目光审视自己，她的个体建立在别人对她的承认以及文化性别的定义之上，一旦丧失了这种承认，她就失去了属于自我的世界——"主人……用漫不经心的目光扫了扫卓娅的外表。他的目光并没有抓住卓娅的心，就好像卓娅本不存在一样……卓娅被他们遗忘了……卓娅既没在这里，也没在任何地方，她根本就不存在。余下的世界也根本不存在了。"

与素尼娅不同的是，卓娅这一形象几乎完全没有内心世界，与前者完全沉浸在自我营造的精神世界中不同的是，卓娅是物质的、现实世界的代表。静观大自然、阅读图书等活动丝毫吸引不了她，如果说她对绘画还有些兴趣的话，那完全是因为她在画家身上看到了她的肖像画在莫斯科展览、她成为万人瞩目的模特这样一种可能性。从卓娅的经历来看，如果女性没有自我，没有自己的世界，即使有美貌，即使有家庭，即使实现了传统文化对女性的要求，所有这些东西依然都会变成"兽笼"，会束缚女性的个性需求，甚至会影响她的自我认同。

卓娅为婚姻付出的努力所取得的效果非常微薄，她极力完成社会和文化以及传统家庭观念赋予人的定型思维——用美貌换取婚姻，用婚姻来实现自我和个人幸福，但她没能成功，除了用暴力手段维系她和未婚夫的关系，她似乎已经无路可走，无计可施，而她所有的努力换来的只是一场无边的"悲剧"——他们离婚姻越来越远，她的猎物在她的折磨之下已经无力反抗，他们共同的生活于是变成了"伟大而又圣洁""浓重而又冰冷"的牢房。作家用卓娅的失败反证了传统婚姻观念的不堪一击，同时嘲讽了女主人公对婚姻的庸俗想象，找到一个不错的未婚夫、有一份婚姻并不意味着幸福就此实现，正如婚姻并不意味着一切都得到了保障一样。

二、比特鲁舍夫斯卡娅：《小格罗兹纳娅》

中篇小说《小格罗兹纳娅》创作于1998年，从作品的名字可以看出，女主人公格罗兹纳娅这一形象是对俄罗斯历史上第一个沙皇伊凡雷帝的戏仿，她的名字具有多重文化含义。在历史记载和传说中，伊凡雷帝以其暴虐、残酷和多疑而著称，他的绰号"雷帝"也因此而来。关于他的历史传说，如杀害亲生儿子的故事以及他与大贵族库尔勃斯基的著名通信，由于后世的记载和艺术演绎（如列宾的著名画作）得以铭刻在俄罗斯乃至世界人民的记忆之中。在《小格罗兹纳娅》中，伊凡雷帝以女性面孔，即"女性小雷帝"意外地出现在新的历史文化语境中。将对历史传说的改写、重构作为组织叙述的结构，并在此基础上建构新的主题、人物形象和象征体系，这是彼特鲁舍夫斯卡娅常用的手法之一。作者借用这一男性形象以及有关他的历史传说，赋予女主人公的形象以多重含义。

彼特鲁舍夫斯卡娅几乎所有小说作品都是以日常生活为主要内容，《小格罗兹纳娅》也是这样，它讲述的是莫斯科一个普通家庭的生活，女主人公的形象是在日常生活以及与此相关的种种行为中被描绘的。和作家早期作品中那些孤独、贫穷、疾病缠身的单身女主人公不同，小格罗兹纳娅一直生活得较为富足，不必为生计挣扎。她有丈夫、孩子，有完整的家庭，最主要的是，她还拥有一套位于莫斯科市中心的 150 平米的大住宅，这构成了她和所有人的关系基础。就像伊凡雷帝毕生都在为巩固领土而心力交瘁一样，格罗兹纳娅一生的主要目的就是保护自己的住宅，而她的生活历史也变成了她和各路人等的斗争史。从这个角度上看，格罗兹纳娅的角色完全符合父权文化中对女性的定位——家庭的保护神。

保护自己的大房子不受他人侵占，是格罗兹纳娅生活中的主要内容，她和家庭成员以及亲戚朋友为此展开了殊死的房子争夺战："她从来不让任何人迈进她的门槛，包括亲人、朋友，丈夫的亲戚就更不用说了，最多来做客，但坚决不能留宿"，因为她不想让自己的房子变成公共住宅。小说中每个章节的叙述基本上就是围绕格罗兹纳娅和她住房觊觎者的斗争展开的。在新年夜，格罗兹纳娅把丈夫同乡的孩子们关在了门外，因为马上成为孤儿的两兄妹想投奔她的家庭；紧接着，她又把丈夫在疗养院认识的女友以及她带来的礼物挡在了外面。对家里人，格罗兹纳娅也毫不留情，由于忍受不了大儿媳在家里像女主人一样生活，她在其临产前赶走了他们；小儿子因为生病获准可以住在母亲家里，但是妻子和孩子没有权利和他一起生活。丈夫弟弟的妻子不堪忍受住房的拥挤提出离婚，因为她实在理解不了，为什么格罗兹纳娅一人住着那么大的房子，而所有人却都挤在她这里。可以说，好几个家庭的最终瓦解，在某种程度上都是格罗兹纳娅直接或间接地造成的。在这样的几年过去之后，"谁都不再抢夺什么了，不在格罗兹纳娅那儿拿东西了，没有人期待从她那儿得到什么东西，不再寻求房子，不再寻找公平，一切都消散在过去时光的迷雾中了。"格罗兹纳娅的目的达到了，她保卫住了自己所拥有的东西。

女主人公对住房的保卫，可以看作是伊凡雷帝护卫领土的历史故事在当代女性生活中的变体，只是与古代沙皇把遗产和权力留给男性继承人不同的是，格罗兹纳娅却把她所捍卫的住宅在临死前成功地留给了自己的女儿和外孙女："只给女儿和外孙女，其他谁都不给"。格罗兹纳娅遵循着"一个种族、一个分支、一个氏族"的家庭传统，建立起一个母系家庭，就连她热辣火爆的性格也只遗传给了女儿。女儿是家里最重要的孩子，而儿子则被视为她实现自己目的过程中的障碍，她不惜一切，一个一个地将他们清除，为女儿留下了她毕生的斗争成果——住房。在这样一个女性永远占上风的生活环境中，小说中几乎所有男性都退居到了次要位置，在女主人公的强大气场下，他们显示出了与传统男性气质相。障的诸多特征。与从来不示弱的格罗兹纳娅相比，她的丈夫格罗兹内在她面前经常"不知所措"，软弱如小绵羊。丈夫是斯大林的低等复制品，他脸上的麻子和为女儿起的名字"斯大林卡"，强化了他与斯大林之间的联系。丈夫在工作中执行的是他人命令，长时间担任副手，他在家里也处于亚等、被动地位，所能做的就是按照妻子的要求并在她的监督下看管孩子。而他们的儿子也几乎完全延续了父亲的角色，他们无法主宰、保护自己的家庭生活，成了母亲和妻子手下的牺牲品。

作家赋予格罗兹纳娅很多伊凡雷帝所独有的特征，在她身上解构了女性，尤其是母亲所独具的温柔和体贴，在这一点上，她和《夜晚时分》中的安娜有某些相似之处。作为一个儿孙满堂的母亲，她表现得非常无情，有时甚至冷酷："她从来都不会表现出软弱，甚至不抱自己吃奶的儿子：她自己认定她没时间做这些事情。"在格罗兹纳娅家里重复上演了伊凡雷帝杀子的悲剧，夫妇俩把残疾儿子赶出家门，还不忘把儿子身上盖的毯子扯下来："上演的简直是历史场景，雷帝杀死自己的儿子（外面是严寒，儿子恰好和所有残疾人一样，肾脏有毛病）。"格罗兹纳娅常说："我连孩子都不可怜，我还会可怜谁呢！"女主人公的冷酷让人无法与她产生任何争论："从来没人和她争论，没有人对她解释什么，因为好像有些不合时宜……她似乎把真正的害怕和尊敬融合在了一起。"

格罗兹纳娅永远坚持自己的原则，即保持道德纯洁，她从不撒谎，保持着完整、单纯、诚实的个性。在历史记载中，伊凡雷帝是一个狂热的宗教信徒，他甚至因为祈祷而错过打胜仗的机会。在彼特鲁舍夫斯卡娅笔下，小格罗兹纳娅同样有着自己的信仰，即党，作者用讽刺的语调写道："党就是亲爱的爸爸妈妈，它是唯一的宗教形式，是格罗兹纳娅妈妈热烈信仰的宗教，也就是'道德纯洁'"。对于格罗兹纳娅，这种道德纯洁的另外一个表现形式就是"（完全）没有私人财产，也就是说没有别墅和汽车，一切都是公有的，国家的，包括海边疗养院和克里姆林宫的免费配给。"格罗兹纳娅的房子是斯大林或贝利亚签发的，这也构成他们家庭内部的一个"传说"，而女主人公在成为"贵族"

标签的住房里，像那位苏联领袖一样行使着自己的权力和惩罚措施，她被所有人一致地认为是不幸生活的源头。格罗兹纳娅对自己"宗教信仰"的态度是双面的，"她是女祭司，在自己信仰的纯洁火焰中热情燃烧"，但从另一个方面看，对党的信仰只不过是她适应性生存的一个手段，"即使没有党，她也知道如何保卫属于她的世界不受进攻"。

格罗兹纳娅的道德纯洁在生活中转化成为无处不在的原则，她"无论什么情况下都坚决不用别人的洗手间"，不吃别人的东西，她的生活，无论是住房还是她自己，她的东西，以及随后的小儿子的墓地，都处于完美的有序状态。她不仅自己恪守着这些原则，在她的领地上，她也同样需要别人按照她的方式生活，她展现了女性身上罕见的权力欲望。小说中对她的描述不止一次使用了"统治"一词，她掌控着几家人的命运，那些家庭的聚散离合似乎都取决于她，即使儿子去世，她还在行使自己的权力，把小儿子的墓地当成自己的领地："她在那片宽阔的、自家编制外的墓地上也是统领一切的，她每周去那里一次，无论什么天气。已故儿子的妻子和孩子栽下的所有花草，只要不是按照她指示的方向栽的，都会像杂草一样，刚一冒头就被拔出来。"对于格罗兹纳娅而言，一切她所不需要的东西，都不会长久地存在，它们会像在硫酸中一样消失得无影无踪。

格罗兹纳娅的个性是凌驾于一切之上的，无论是人与人之间的关系，还是传统女性必须接受的生活方式，与此同时，女主人公的所作所为能够把情感的、非理智的东西变成理性的、合理的："她的所有行为每次看起来都是合乎逻辑的，每次都有委屈，而且一句话、一个眼神就能记一辈子。"她能为她所做的一切事情找到原因和辩护词："她好像在捕捉最微小的不尊重标志，之后平静而自由地、倍感受辱地按照自己的想法和意愿行事。既然你们对我这样，那我就会做得更糟，一切都是有理的。"

在作家笔下，格罗兹纳娅个性中那些所谓"负面的"、与女性气质不相吻合的特性得到了极度的张扬，但是作家并不否定这个人物。俄罗斯评论者卡萨特金娜认为，在作家从前的文本中，虽然叙述者其实就是中心人物，但他／她始终保持着客观性和有距离的视角。在《小格罗兹纳娅》中却时常穿插进作者为女主人公所做的辩护，从前的客观和不动声色的叙述开始表现为对女主人公所作所为的公开理解和同情。在作品一开始，作者就写到，格罗兹纳娅的命运是与很多女性相同的，她并不受丈夫尊重，格罗兹纳娅"独自一人掌管家庭、孩子和丈夫，还有自己的大学生：有力而又斩钉截铁，从不害怕，必要的时候就敲打一顿，必要的时候就赶出去"。女主人公掌控一切，支撑一切，这是因为她实际上没有男性可以依赖："一个母亲，三个孩子，丈夫从来不帮忙。"在叙述者看来，格罗兹纳娅为房子进行的保卫战以及由此表现出的冷漠和残酷是有充分理由的："想象一下，如果格罗兹纳娅让斯大林卡和帕莎住进来，这是其一，小儿子和老婆孩子，其二，大儿子和他的那位还有孩子，所有人都住在一个房间，那会怎么样呢？房间就会变得跟宿舍一样。然后用被单隔开、排队上厕所吗？"格罗兹纳娅护卫房子，只是因为她想"生活在宁静和自由之中"。女主人公的个性并没有遭到周围人的否定，因为所有人都爱她，无论是孩子们、学生们还是兄弟姐妹。

在彼特鲁舍夫斯卡娅对伊凡雷帝的历史传说的借用中我们看到，作家在解构的过程中建构了一个新的女性形象，这便是一个极度男性化的女性，在作家笔下，女性的共同命运就是用男性化的手段完成男性的职责。格罗兹纳娅是伊凡雷帝的女性翻版，但她与其说是一个像雷帝一样的女暴君，不如说是一个追求实现自我意志的女王。在小说中，"房子只是一个象征，意味着女性的空间和自由，而捍卫这种空间和自由则是女主人公毕生的追求"。作者打破并消解了传统文化赋予女性的被动、忍耐、牺牲、非理性等特征，为女主人公赋予了与这些特征相反的内容，虽然作者反复强调格罗兹纳娅同许多人一样是遭受屈辱的女性，但与她们不同的是，女主人公不隐忍、不牺牲、不流泪，而是选择用强硬的手段对抗来自他人言语和行为上的侵犯。

女性主义批评者认为，女性的男性化反映出的其实是女性的焦虑，她为自己所匮乏的男性特质和权利而感到不安，因此，在特定的时间和条件下，女性作家就借助文学的虚构和想象去解构女性的匮乏和压抑，去满足一下自我补偿的心理。此外，女性的男性化以反证的形式表明了女性在社会上的边缘地位，对于那些自身权利时刻受到威胁的女性而言，她们必须用男性的手段完成属于她们的职责，才能不至于滑至生活的边缘，这或许也是叙述者对格罗兹纳娅报以同情、为她辩解的主要原因。

与女性的男性化相对的是小说中男性的被动、无能、猥琐和窝囊，他们实质上丧失了传统男性家长的权威人格、阳刚特质和英雄气概，从这个意义上说，《小格罗兹纳娅》可以被称为一部"无父文本"。父亲在作品中的缺席和弱化，可以被认为是作者潜意识中对无所不在的男性文化和父权的排斥以及对男性权威的遗弃，女性成为男性角色的替代者，而男性身份则被女性主体身份所动摇。一方面，作者通过这样的角色设定来表现女性被压抑的真相，同时也能表达某种程度的对父权文化的反抗意识，另一方面，这种叙述方式，让女性和男性有效地脱离了父权二元对立的思想模式，避免了女性作为他者的父权论述。

在对伊凡雷帝形象的"复写"过程中，作家的目的不是创作新的历史小说，而在于让女性"获得词语和象征的权利"，以另一种方式重塑历史，打破女性自古至今无法参与创造神话的命运；与此同时，对历史传说的借用，使作者的文本具有足够的条件去建构一种以女性家长为中心的文本基础，以此嘲讽传统父权的权威："没有能够摆脱父权制象征系统的捷径，但妇女在有意识地重读和复述父权制的核心文本时，可以变被动为主动，她可以游戏文本，在这种游戏式的模仿中，她得以保持区别于男性范畴的某种独立性。"彼特鲁舍夫斯卡娅对历史传说和人物的借用，构成了一个典型的颠覆传统父权权威的文本，同时也新建构出了一个具有独立意识、自我意志和行动能力的女性形象。

第七章　俄罗斯文学中的知识分子形象分析

　　在俄罗斯不同的时代以及作品中，知识分子形象一直都是作家们极力描写的一类人，他们是知识分子，但也是"思想上的巨人，行动上的矮子"的"多余人"、内心充满精神贵族的优越感和对人民充满无限热爱的"新人"和被激进知识分子认为变质、堕落了需要被"被拯救"的知识分子。对知识分子形象的描写，可以充分反映出俄罗斯社会历史的变迁和其中存在的尖锐矛盾。

第一节　白银时代俄罗斯文学中的知识分子形象

白银时代作为俄国文学史发展中的重要阶段，其蕴含的精神价值具有重要意义，知识分子问题是一个特殊而值得研究的论题，白银时代的文学家更是由于所处时代的特殊性而表现出了独特的创作形态，具有更为特殊的意识形态，本节就对白银时代俄罗斯文学中知识分子的形象进行分析。

一、白银时代知识分子的思想价值转向

俄罗斯历史上的白银时代是一个充满活力及迸发力的时代。随着时间的流逝，对于白银时代的研究日益深入，那些曾经被人们忽略的俄罗斯的芸芸众生，显现出前所未有的价值，他们对生命意义的深刻诠释，精致深邃的哲学理解，不能不使我们叹服。在俄罗斯悠长的历史中，有一种群体永远都不能忽视，他们是俄罗斯命运的积极探索者，他们就是知识分子。追溯知识分子的思想历程，可以发现，知识分子对于俄罗斯有一种特别的意义，回顾俄罗斯的历史，正是彼得大帝的改革，使俄罗斯大地有了知识分子产生的基础，彼得大帝的改革培养出来的"受教育阶层"和"知识界"，回过来恰恰开始用他们学到的思想批评彼得大帝的君主独裁。接下来的贵族知识分子是俄国一个特殊的社会群体，他们拥有较为显赫的身世，受过较高程度的教育，有识之士的自我意识开始觉醒，接受西方的"自由""民主"思想，知识分子的勇于自省的精神气质逐渐形成。以彼得大帝的欧化改革和叶卡捷琳娜二世时期的启蒙思想传播为契机，18世纪的俄罗斯文学在创作和主题方面发生变化，浪漫主义取代古典主义，19世纪开始关注小人物的悲惨遭遇，形成批判现实主义风格。将那些"以自己的创作表达出革命前俄罗斯文化高涨的诗人、作家、画家、音乐家"确定为这个时代的代表人物，认为这些人物的特征就是其"宗教情结，对上帝的寻觅，以及与之相对立的、非常俄罗斯式的极端——无政府主义的自我确认"，就是"精神的苦闷，对彼岸的神往"。马科夫斯基声称，"白银时代"就是"叛逆不安的""对神的寻求"、"对美的沉醉"的时代。白银时代文学的丰富性与复杂性，体现为这个年月的文坛上活跃着一些卓尔不群的艺术个性。

二、白银时代文学对于知识分子的身份职能的文化反思

（一）多余人的悲剧

历史的发展在不断地改变着其中的个体的自我态度，文学作为社会历史生活的部分反映，可以让我们发现其中在文学的世界里真实的虚构，白银时代之所以值得关注，值得景仰，值得我们远远地仰望而又值得我们细细地揣摩，就是因为它的变化与成就。知识分子形象在俄罗斯文学史上是值得关注的一种类型，知识分子的形象在白银时代前后发生了较为典型的变化。20世纪最著名的俄国宗教哲学家别尔嘉耶夫曾经断言"俄罗斯的知识分子是完全特殊的、只存在于俄罗斯的精神和社会之中的构成物"。可以说，不仅在现实社会生活中是这样的状态，在文学作品中所表现出来的也同样是特殊的较为精神性的一群。在19世纪的50、60年代，在俄罗斯文学史上出现了一批知识分子的"多余人"形象，可以说他们是一群贵族知识分子形象，这些形象似乎可以代表当时知识分子的一种生存状态，从文学史上第一个多余人叶夫盖尼·奥涅金身上，就已经可以感受到当时许多十二月党人走向积极行动前的经历过的一个思想发展阶段。1812年抗法卫国战争的胜利，激发了俄罗斯人的民族意识和爱国主义情绪，更激发了知识分子的自觉意识。十二月党人中大部分人出身于贵族阶层，他们在思想上无疑是进步的，19世纪，用别尔嘉耶夫的话说，"这是一个思考和语言的世纪，同时也是一个尖锐地分裂的世纪，对于俄罗斯来说，最大的特殊则是内在的解放和紧张的精神追求和社会追求"。哲学家恰达耶夫痛苦地说："我们在成长，可我们却不能成熟；我们在向前运动，可我们却沿着一条曲线，也就是说，在走着一条到不了终点的线路……我们属于这样的民族，它似乎没有被组合进人类，它的存在仅仅是为了给世界提供一个严正的教训。"

从普希金《叶甫盖尼·奥涅金》中的奥涅金，就已经可以看出贵族知识分子已经被社会逐渐放弃忽略的悲剧。普希金曾经指出，奥涅金是一个具有诗人在"俘虏"身上所表现出来的当代贵族青年中那种"对生活及其中种种享乐的淡漠"，他的性格是在他作为贵族所处的社会环境中展开和不断发展变化的。奥涅金出身于贵族家庭，在家庭和环境的影响下从一个"淘气但是可爱"的小孩逐渐变成了一个彼得堡上流社会中典型的"浪荡青年"。但他逐渐地对纸醉金迷的物质享受感到了厌倦，看透了贵族社会生活中所谓的亲情、友情、爱情的虚伪，既不想在仕途上飞黄腾达，也不愿意通过从军来光宗耀祖，他试图通过读书和写作的方式来填补自己的心灵空虚，但是由于自幼以来缺少艰苦劳作的习惯，浅尝辄止，一无所成，后来得了"忧郁症"。他为了继承叔父的财产来到了农村，乡村间的美好的自然风光也没能够治好他的忧郁症，他厌恶农村地主的庸俗无聊，并因

实施自由主义的改革，也就是以代役制代替徭役制，受到地主们的嫉恨，但是他的苦闷基本上是出于个人找不到明确的生活目标，他并没有对人民命运的深切的同情和对社会的应有的责任感，普希金通过爱情和友情这两种精神生活的重要的领域来更加深入地揭示了主人公内心世界。奥涅金的形象具有极强的概括性，他是那种既对贵族社会不满又身陷其中，深受本阶级影响又不能积极行动起来反对这个社会的人物的典型形象，赫尔岑曾说："我们只要不愿做官或地主，就多少有点奥涅金的成分。"他又说道："奥涅金是个无所事事的人，因为他从来什么事也不做，他在他所处的那个环境中是个多余的人，而又没有足够的性格力量从这个环境中挣脱出来。"

（二）拯救者——新人

从车尔尼雪夫斯基开始，拯救人类就成为知识分子革命家们自封的使命，俄罗斯的第一批知识分子中赫尔岑笔下的"谁之罪"和车尔尼雪夫斯基笔下的"怎么办"成为二百余年来俄罗斯知识分子共同的思想命题。从精英现象到精英意识，俄罗斯知识阶层不但经历了意识上的变化，而且还经历了自己角色上的变化，他们不再是社会上的"多余的人"，而是人民的导师和社会的拯救者，同时也是未来俄罗斯世界的创造者，他们不再一味地躲在贵族的沙龙里，而是走出来，内心充满精神贵族的优越感和对人民充满无限热爱这种矛盾思想心情，投入到教育民众的工作中来，19世纪60—70年代，彼得·拉夫罗夫扮演了一个非常重要的角色，在他的《历史信札》中他认为知识分子是"具有批判思维能力的个人"，同时对知识分子进行了赞扬，承认了知识分子的历史上的重要意义，"无论人类的进步是多么微小，但已经取得的进步完全是靠具有批判思维的个人取得的：没有他们，肯定不会有进步；没有这些人传播进步的愿望，进步也是不稳定的。"

在拉夫罗夫看来，知识分子应该有向人民偿还身上所负的债务的责任，他认为，有学识的人，随着自己思想学识的不断增长，应该有愿意向人民回报，应该更为积极地担当起道义上的责任，参加社会活动，偿还人类为了其学识所付出的代价。在这样的观念的影响下，当时的很多知识分子对于社会责任有了新的认识。这之后，俄罗斯社会中知识分子开始了热烈的"到民间去"的运动，在民粹主义运动最为高涨的背景下，很多的俄罗斯知识分子并没有关注内心的完善，而是由袖手旁观的"多余的人"转变成了投身于社会改造的先驱者。在这个时期，《前夜》是知识分子形象塑造上在"多余人"之后的一个转折，正如研究指出的："《前夜》的特别重要的意义在于：它是描写为争取人民福利而献身的平民知识分子英雄、革命者英雄的第一部长篇小说。"在《前夜》中，英沙罗夫这个知识分子的典型，其实是通过叶琳娜这个俄罗斯文学中的新女性形象体现出来的，而叶琳娜在小说中原是属于被启蒙被拯救的对象，她的婚姻体现了知识分子对自由生活的向往。

（三）被拯救者

"1905 年革命的失败以及随后部分知识阶层的表现令俄国底层社会大为失望，一些激进的知识分子认为知识阶层变质了、堕落了。"比较 1905 革命（白银时代）前后的小说中知识分子形象的塑造，可以发现其中很多变迁值得思考。革命前的知识分子基本上是作为革命先驱者形象出现的，是真理的持有者和传播者，即便是有着一些缺点和不足之处，也不会掩盖其光辉形象。革命后的文学中的知识分子。利哈乔夫院士认为，"第一批真正的、典型的知识分子出现在 18 世纪末至 19 世纪初，他们是苏马罗科夫、克尼亚日宁、拉吉舍夫和卡拉姆津"。俄国著名学者斯徒卢威认为，俄国知识分子的一个致命的缺点是他们的不能忍耐性，"要么全部，要么一点没有"。别尔嘉耶夫对知识分子做了总体叙述，他认为："俄国知识分子是一个不切实际的阶级，这个阶级的人们整个地迷恋于理想，并准备为了自己的理想去坐牢，服苦役以至被处死。知识分子在我们这里不可能生活在现在，他们是生活于未来，有时生活于过去。"当希望通过自己的不断努力改变人民的想法时，知识分子终于意识到，他们根本无法赢得民众的信任，更没有办法与其进行沟通，知识分子同情人民，希望拯救人民，但又不了解人民。原本希望拯救他人，最后却被他人拯救。

三、在传统与变革、革命与反革命中寻找救赎——《彼得堡》

（一）彼得堡对于知识分子的象征意义

《彼得堡》一书完成于 1913—1914 年间，当时正好是"路标"派已经转向之后。在作家别雷自己的叙述中，可以体会出这部作品"反映 1905 年革命的长篇小说《彼得堡》贯穿着沙皇统治下彼得堡覆灭的主题"。围绕着弑父这个情节，小说讲述了彼得堡市几天内发生的事，但又几乎囊括了俄国批判现实主义小说所涉及的一切重要主题：政治、家庭、小人物、父与子等等。别雷本人把小说的主题归纳成两方面：即走向文化创造和告别革命，彼得堡不仅仅是一座城市的名字，它更是一种象征，彼得堡是知识分子充分反省自己、思考未来的领地。彼得堡是彼得大帝以来俄国第一现代化城市，它是俄罗斯人看欧洲的窗口，是富有各种内涵和包容性的城市，城市的开放性与现代性让城市中的人民也出现了复杂的内心思想状态。这里是两百年来的政治文化中心，历来是诸多革命与反动的意识形态针锋相对之地，它的"覆灭"和"消失"意味着种种意识形态争端的终结。别雷通过对传统对立模式的颠覆实现了这种由革命到创造的转向。彼得堡象征着一切欧洲外来的力量，象征着启蒙，同时还象征着遭到污染的世界，各种种族之间的混居，交杂，是一种融合，也是一种相互价值观的碰撞，象征着世俗的、无神论的世界，彼得堡是国家的头脑，在俄罗斯这个国度里有着重要意义。

象征的复杂含义在作品中一一呈现，进入《彼得堡》，就进入了多年前的那个光怪陆离、奇异不寻常的彼得堡，革命情绪一触即发的背景下，由各种各样的阴谋活动和个人的私生活交织而成的、被一种疯狂意识所遮附着的彼得堡。小说的情节非常简单，可以说就像是一部侦探小说：年少轻狂的大学生尼古拉，被一个革命组织暗中指使，要去致死政府要员阿波罗，而这位阿波罗不是别人，恰恰是自己的父亲。作家对人物意识的不断揭示，这样一个极为简单的情节被家庭、爱情、革命、疯狂、大街等意象充实成了一部长篇小说。重要的不是小说的情节，而是在断断续续的人物意识和活动中所体现出来的精神世界的复杂与庞大。小说的精神世界中最为突出的特点是疯狂，这种疯狂的状态是对内心中的恶魔的真实昭示。疯狂，实际上是对某种价值观念最为极端的体验与宣泄，是一种临界死亡的状态，在某些绝对的限制里被迫做出选择而又无法选择的狂乱矛盾复杂的心理。疯狂有两种具体的表现的形式：一种是执着，另一种则是想挣脱。1905 年的彼得堡就是这样的一个疯狂的世界。首先，构成城市的主要元素——大街上——都是疯狂的，由各种意识和目的汇融而成的潜意识潮流，缓缓移动的"多脚虫"，没有声音（或嘈杂的声音汇合成了不可知的统一的寂静），空气是潮湿而又阴冷的，还有铅灰色的天空———这一切都好像是彼得堡所做的梦。其次，是每个主人公内心中那股被压抑的疯狂的力量，即灵魂中内在的根本力量：恐惧死亡和力求自我存在。

（二）真正的革命平民知识分子的困境之路——杜德金之路

与尼古拉相比，杜德金可以说是一个真正的革命知识分子，他对于革命的热情执着是完全不用任何人加以怀疑的。他这个平民知识分子出身的革命者，这样对于革命怀着无比热情的人一直以来就是革命组织的最佳人选，他也的确是一个坚定的革命者，曾经从冰天雪地的流放地雅库茨克逃跑，忍饥挨饿，受尽种种折磨。他在小说刚开始时对革命抱有坚定的信心，认为"这个运动有些人是解放，而对另一些就像您老爷子那样的人，则相当为难"。和陀思妥耶夫斯基笔下的希加廖夫一样，他也曾高喊过"必须毁灭文化的荒谬之极的理论"，"在那个时候，亚历山大·伊万诺维奇鼓吹烧毁图书馆、大学和博物馆，他还鼓吹蒙古人的使命……"

从这点上看，杜德金无疑可以说是一个已经在革命面前着了魔的人。可以说他是19世纪60年代的虚无主义者在20世纪的继承人，可是知识分子的特性使他即使成为一个革命者之后也没有忘记对于现实的反思，没有忘记对于人道主义的坚持。正是这种双重性格使之陷入了另一种困境，革命的无情与人道主义的温情、集体的大我与个人的自我之间的冲突。杜德金原本是一个"生性开朗，爱好交际，不反对过富足满意的生活"的人。革命使他放弃了爱情和一切常人的生活，彻底地陷入孤单之中，使他"冷漠而又残酷"，"把我杜德金变成了杜德金的影子"，"怎么也找不到称心如意的自我"，他感到自己似乎机械地成为整个革命大机器上的一个小小的零件，尽管他的声誉在不断地增长，"可是对我能以人相待的人的圈子，请您相信，等于零"。他只能作为一个革命的影子而非他自己出现在彼得堡。更为严重的是，革命同志的所作所为开始动摇他对"共同事业"的信心，"不管我把目光投向哪里，到处可见到的都是同样的紊乱心情，一种共同的、秘密的、难以捉摸地流行的反间行为，就这么一种在共同的事业的名义下的嘲笑……"

　　在这样的理想与现实已经有了差距的时候，他只能通过自己来调节内心的忧虑，不断的孤独感在他的思想里出现，他甚至要通过暗自阅读《启示录》来寻求心灵上的慰藉，"您知道，孤独要命地折磨着我。有时甚至让人生气：共同的事业，社会平等，可是……"一方面是他革命适宜的坚定，"老实说，不是我参加了党，而是党在我心里……"，另一方面是他感受到的孤独，"甚至当我和人们生活在一起的时候，我都感到自己被抛到了一个无限的空间……"这种既相信又怀疑的态度引出了革命者对于革命事业的怀疑不信任，这种近乎矛盾的态度使得革命者的内心有了更多的对于革命意义与方式的深层思索。在作品中，杜德金得知尼古拉的困境之后，认为这是个"卑鄙的阴谋之谜"，知识分子所有的人道主义立场使他从心里反对这种荒谬的命令。可想不到的是，他却因为对尼古拉处境的同情而受到了党的怀疑，党组织要收集他的相关的材料。杜德金唯一能够证明自己没有背叛党的方式就是对尼古拉的困境不予理睬，不做任何事情。作为一个平民知识分子，同时更是个革命者，杜德金反复思索后得出的结论就是以实际行动纠正革命，抑或说是进行自己的革命。最后他终于手刃潘莉琴科，标志着人道主义思想最终战胜了无情的革命机器，在精神上维护了知识分子真正的人道主义传统，然而他所曾信仰的革命终究没能拯救国家与民众，最初的革命者也没能担起拯救之使命。

四、在幻境中期盼救赎的知识分子——《大师和玛格丽特》中的大师

长篇小说《大师和玛格丽特》，可以说是 20 世纪俄国非常具有悲剧色彩与传奇色彩的作家布尔加科夫的代表作，这部小说的独特之处，从对于它的评价中就可以看出，它可以说是怪诞小说、哲理小说、幻想小说、神秘主义小说、批判主义小说。这部小说所表现出来的意义所指非常之多，单从叙事角度上来说，不仅有着重要的其中表现了作家高超的叙事艺术水平。在这部小说中作者塑造了 150 多个人物形象，同时小说的故事叙述也有很多特别之处，叙述从两个层面展开，两个层面又分别指向三个既互相依存又相互独立的叙述时空：现实中的莫斯科人们的生活、神话故事中的魔鬼撒旦的超时空活动、历史传说中的本丢·彼拉多与耶稣的故事。这三个特殊的时间空间被作家极具个性地融合在一起，以对"神话"因素的独特选择和充分运用，表现出作家在小说叙述方法和叙述策略上的特有意味。

另外，可以说，从政治角度讲，这部小说可以让我们更为生动地理解苏联社会体制改革的原因。小说中对知识分子形象进行了深刻的描写，作品开篇就以两位知识分子的对话开始，这两位知识分子分别是莫斯科几个主要的文艺工作者联合会之一"莫文联"的理事会主席柏辽兹和诗人"无家汉"伊万。在这两位文学工作者的谈话片段中，可以看出是两个无神论者遇见了无神论的终极反驳者沃兰德，沃兰德的预言让柏辽兹和无家汉觉得荒谬至极，但在后来，无家汉认识到了撒旦的存在，也曾经为解救他人努力找到凶手，结果，事实证明，莫斯科没有人愿意相信他。最后，在疯人院里的无家汉甚至开始怀疑自己的所见所闻是否是真实的可信的。在作品中，文联具有重要的象征意义，它象征着知识分子的信仰已然开始坍塌。文联曾是一个时代的俄国知识分子的心理状态和自我价值的实现的舞台，曾是知识分子关注国家命运、社会发展、人民生活的地方，但现在莫斯科文联里，成员所拥有的只是待遇享受的权利与普通人民有着很大不同，文联的实质意义开始变质，文学创作变得量化、变得市侩。会员的忙碌是为了能捞到一张去雅尔塔一个月的疗养证，这似乎成为比创作更为重要、更为吸引人的目标。在莫文联，每天作家们议论更多的是那里的饮食，游玩线路，福利待遇，每间房间的门上会标注着"钓鱼别墅组""住房问题"各种各样的与文学创作无关的项目，这样的环境下，知识分子的意义早已失去，就连沃兰德也要挂上教授的头衔，是个莫大的讽刺。

第二节 纳博科夫作品中的知识分子形象

一、纳博科夫作品中的知识分子形象分类

纳博科夫长篇小说中的俄国知识分子几乎都是由于俄国十月革命而被放逐于德国、法国、英国等西欧国家的背井离乡者，或者是由于二次世界大战而辗转迁居美国的离魂异客，他们难以忍受流亡生活的苦闷和煎熬，深切怀念故园俄罗斯以及过去的美好时光。但是同时他们面对流亡生活的态度是各异的，其形象各有自己的特殊性，这既和他们所处的流亡时代、流亡地点等大环境因素有关，也与他们不同的性格以及生命追求紧密联系。若以这些知识分子面对流亡生活的态度来分类的话，可以将其分为五类人：随波逐流者、精神上试图回归故土者、人格分裂者、诗性体验者与走向"彼岸世界"者。这五类形象出现的顺序与纳博科夫的创作顺序是基本一致的，从中体现了作家笔下流亡知识分子的形象演变过程，也可以窥见在不同创作阶段作家本人对于流亡生活的态度转变。

（一）被流亡生活所击垮的随波逐流者

纳博科夫笔下这些随波逐流的俄国流亡知识分子多处于俄国十月革命之后的第一次流亡浪潮之下，他们都是第一次以这种被迫的方式逃离故土。在流亡的大潮之下他们无法把握自我的命运和精神自由独立性，以至于最后一蹶不振而陷入流亡生活的困境中无法自拔，最终成为流亡浪潮下的牺牲品。这类流亡知识分子的代表人物是《玛丽》中的老诗人波特亚金。

（二）试图在精神上回归故土者

这类俄国流亡知识分子已经逐渐适应流亡国的生活，在忍受现实流亡生活困苦的同时，竭力想要在精神世界里回归祖国俄罗斯，他们身上最为重要的共同特点是将"回归"当作全部的生命理念，对他们而言切断了与祖国的联系是生命中最难以承受的苦痛。他们或者以文学创作的方式抒发自己浓厚的乡愁情结和回归故土的渴望，如《天赋》中的年轻作家费奥多尔，或者将乡愁情结诉诸童话和梦境，通过时空的幻化而回归故土，代表人物是《光荣》中的马丁。这一类人物形象在纳博科夫的长篇小说中不多见，不具有典型意义，因此在后文中不加以详细分析。

（三）迷失自我的人格分裂者

这一类俄国流亡知识分子往往在流亡生活中迷失了自我，现实流亡生活的琐事以及看不到希望的前路让他们不知何去何从。他们只好将情感和理念寄托于虚幻的爱情或荒诞的个人理念，陷入自我设定的怪圈而无法逃离，最后迷失自我并导致精神上的分崩离析和人格上的分裂。代表人物有斯穆罗夫的《眼睛》、赫尔曼的《绝望》以及金波特的《微暗的火》等。

（四）逃遁于艺术世界的诗性体验者

这一类俄国流亡知识分子往往遭受过流亡生活中的精神折磨，他们在精神折磨之后重新审视现实流亡世界和自我内心世界，发现唯有献身艺术才能让他们不再忍受内心的无可归依感。他们往往将自我的全部生命付诸诗性体验，主动让自己的精神处于放逐状态。如《防守》中至死都在追求精妙至高棋艺的卢仁，他已经达到"身不由己"的境界，主动也是被动地弃绝尘世的一切，陷入让人叹惋的自我毁灭当中。再如《塞巴斯蒂安·奈特的真实生活》中的塞·奈特，他在文学创作的艺术境界中寻觅到了自我生命的极致。

（五）摆脱"双重束缚"的走向"彼岸世界"者

这一类流亡知识分子最为复杂，他们已经不能满足于普通意义上的现实生活的自由，也不愿像人格分裂者或者诗性体验者那样沉迷于自我中心主义。他们已经摆脱外部世界的奴役和自我中心主义的奴役这两个"双重束缚"，构建起一个包含了外倾性宇宙和内倾性自我灵魂的自由王国。这个自由王国是真正的自由世界，构建起这个自由世界的流亡知识分子们，既不是被自己的"我"所彻底吞噬的主体，也不是完全被抛入外部客体世界的主体。这两类主体并未获得真正的自由，摆脱"双重束缚"者获得的是真正的自由，其精神既有内倾性也有外倾性的特点，在构建自由的过程中走向世界和他人，更为终极的目标是走向一个"彼岸世界"。别尔嘉耶夫曾说"自由是彼岸世界的突破口"，在那个"彼岸世界"，人成为完善的人，是真正自由的存在。纳博科夫笔下构建自由的流亡知识分子们，或者在一个自己与之格格不入的异国情境中寻求平衡点，不埋怨自我、他人或社会，而是在荒诞中寻找意义，比如《普宁》中的老教授普宁；或在荒诞的背景及故事情节中以一种恒久的平静姿态审视这个鄙俗荒唐的世界，用另类的方式来反抗周围环境和人物的不合理性，具有"反乌托邦"的特点，譬如《斩首之邀》中的辛辛纳特斯。

二、被流亡生活所击垮的随波逐流者波特亚金

1926 年在柏林流亡期间，纳博科夫写下了他的第一部长篇小说——俄语版的《玛申卡》后自译成英文版《玛丽》，可以说《玛丽》是他挥之不去的怀乡之梦，作者在男主角加宁身上糅入了自己年轻时代的感情经历，老年的纳博科夫在谈到《玛丽》时曾说过："由于俄国非同一般地遥远，由于思乡的痴狂陪伴我一生，我已习惯于在公众场合下忍受其令人断肠的怪癖，因此我毫不困窘地承认自己对这部处女作在情感上的强烈依恋。"小说的故事是在男主角加宁的视角之下展开的，故事中的重要人物老诗人波特亚金代表了俄国 20 世纪第一次流亡浪潮下的白银时代知识分子形象。

（一）现实流亡世界

这篇小说可以分为两条情节线索，一是在男主角加宁的主观回忆世界中加宁和初恋情人玛丽的恋爱经历。加宁一直沉浸于自我的主观回忆世界里，这个主观回忆世界是以十月革命之前的俄罗斯为背景的。在那个世界里，加宁对初恋的回忆和对故土的怀念交织缠绕在一起。而与这个追忆想象世界相对立的是一个现实的流亡世界，即在加宁的主观回忆世界之外设置了一个客观世界。这个世界是以加宁所寄宿的柏林廉价公寓为焦点的。第二条故事情节线索就是以这个客观流亡世界为背景而延展开来的，线索的中心人物是老诗人波特亚金。这个公寓里的寄宿者都是俄国流亡者，可以说是二十年代流亡于柏林的俄国人群体的一个截面，人物的身份也是形形色色。男主角加宁本是一个沙俄青年军官，在克里米亚战争中受伤后流亡至柏林。房东太太是一个半德国化了的俄国人。没有了读者、已经不再写诗的老诗人波特亚金，对生活仅存着一丝渺茫的希望。阿尔费洛夫，一个乐天派的商人，正在期盼着即将与久别的妻子玛丽的重逢。克拉拉，暗恋加宁的俄国姑娘，为了生计每天不得不在陌生的德国办公室里消耗时光。一对显然是同性恋的芭蕾舞男演员，每天似乎都很自得其乐。小说的故事发生在 1924 年 4 月，当时迁居柏林的流亡者们正处于撤离柏林并移居法国或者更远的国度的大潮之中，小说中的人物们正处于这样的大潮之下，他们不知何去何从，只能在流亡的浪潮之下随波逐流，看不到往后生活的期望和方向。老诗人波特亚金苦心准备着他迁移巴黎所需要的各类证件，最后却由于把护照弄丢而前功尽弃，承受不了打击而突发心脏病，生死未卜。

（二）沦陷于现实流亡世界

波特亚金的文化身份是俄国白银时代的老诗人，曾经有过文学上的成就，十月革命之后从俄国流亡到德国柏林，处于失业状态。他的流亡命运是悲凉的。小说的故事发生在1924 年 10 月，那时流亡者们撤离柏林的浪潮正值高峰。和周围的流亡者们一样，波特亚金

苦心准备着他即将迁居巴黎所需要的护照和各种证件。他盲目地认为到了巴黎的生活会"更自由、更容易些",对巴黎的生活充满了期望。无奈他根本不懂德语,更不明白签证那一套复杂的手续,只能求助于男主角加宁陪伴他一起去警察局办理。他在警察局和领事馆的表现显得那么无知和怯懦,他以前"从未排队拿过号",以至于"几分钟后拿到号时特别高兴,看上去比任何时候都更像只胖豚鼠了"[1]。当他在加宁的帮助下终于拿到宝贵的签证时,他虔诚地看着自己的护照说:"他们永远也不会明白,一个简单的橡皮图章可以给人带来这样多的焦虑不安。"[2] 几段简单的言语描述,已经将一个落魄、辛酸的流亡者形象展现得淋漓尽致。他失去了祖国和过去珍贵的一切,背井离乡在陌生的柏林艰难度日,失业让他失去了生活来源,言语不通让他对于新的环境惊慌失措,他现在既不属于俄罗斯,也不属于流亡国,成了一个地地道道的"没有国籍的人"。波特亚金的命运代表了由于十月革命而流亡西欧的很大一部分俄罗斯知识分子的命运。俄国战时的临时政策改变了当时很多知识分子的命运,他们在国内的阶层地位下降,言论自由和出版自由也受到了限制,这一切让他们对于这场革命的意义逐渐感到怀疑和不满,因此只能走上流亡之路。

除了那些白银时代就早已成名的著名文豪和学者们,普通的俄国知识分子在流亡国的生活是极其艰难的,乡愁情结成了他们最大的心灵慰藉,但是他们对于祖国的态度又是矛盾的,因为在他们离开的时候俄国的一切都发生了翻天覆地的变化,俄罗斯已经不再是他们记忆中的那个俄罗斯。波特亚金曾经梦见了彼得堡,但在他梦中彼得堡的白天却如同黑夜般黯淡无光,"行人都用古怪的眼神看着我。然后一个男人穿过大街瞄准了我的脑袋——真可怕——啊,这可怕极了。我们每次梦见俄国,从来没有梦见过它像我们现实中知道的那么美好,而总是怪异可怕……让你感到世界要完了"[3],可见俄罗斯在波特亚金的心中已经发生了变异。他一方面无比怀念自己度过青春时代的故土,渴望回归故土,另一方面却又害怕回归,害怕当自己回去的时候已经不被接纳,成了祖国的边缘人。

波特亚金对自己曾经的文学生涯也持着怀疑的态度"我多傻啊!为了那些白桦林我浪费掉了全部的生命,我忽略了整个俄国。现在,感谢上帝,我已经不写诗了,和诗了结了,我甚至对填表时称自己是'诗人'感到羞耻。"[4] 从这段话中可以体会到波特亚金深矛盾和无奈的复杂心情,他恐怕并非是对于自己的诗人身份而感到"羞耻",而是认为自己再也没有写诗的必要,因为给他创作灵感的俄罗斯已经面目全非,已经不再是他

---

[1] [美] 纳博科夫. 玛丽 [M]. 王家湘, 译. 长春:时代文艺出版社, 1997.

[2] 同上.

[3] 同上.

[4] 同上.

过去诗作中的俄罗斯。尽管沉重的流亡生活让波特亚金最终走向悲剧，而且他将自己人生悲剧的原因归结为无法逃脱的命运，是一个被流亡生活所击败的人，但在他的身上却依然存留着一丝知识分子独立不屈的品格。当有人对他的诗歌表示嘲讽，还称其为"整脚诗歌"时，波特亚金表现出愤慨并对此人表示不屑一顾，但同时他生活的困窘现状让他不得不接受来自此人的经济接济，接受来自自己瞧不起的人的施舍让他感到屈辱并自我责备："我看不起他对吗？糟糕的还不是这个——糟糕的是像他这样的人竟敢要给我钱……糟糕的是我竟然拿了。"波特亚金的内心煎熬正说明他在随波逐流的同时并未完全丧失知识分子的优秀品格，其悲剧结局是让人同情和值得深思的。

三、摆脱"双重束缚"的走向"彼岸世界"者普宁

《普宁》最初在《纽约客》杂志上间断地连载了四章，是纳博科夫第一部引起美国读者广泛关注的小说，小说描述了一个流亡的俄国老教授普宁在美国一所大学的教书生涯。尽管普宁身处一个不接纳他的异国文化环境之下，在旁人看来他的生活充满着荒诞与无奈，但是普宁超越了现实的荒诞世界，并且摆脱了自我的奴役，建构起一个真正的自由世界。普宁在这自由世界中既没有受到外部世界的奴役，也没有受到自我的奴役，摆脱外部世界奴役和自我世界奴役这两个"双重束缚"的人获得的是真正的自由。

（一）超越现实荒诞世界

《普宁》中的主人公老教授普宁出生于彼得堡一个相当富有的体面家庭里，他在俄国度过了无忧无虑的青少年时代并受过高等教育，由于俄国十月革命和二次世界大战而辗转流亡迁居至美国，在美国一所名为温代尔学院的高等院校教书。他与周围环境格格不入，经常受到同事的排挤和嘲弄，被妻子背叛，婚姻失败后孑然一身，终日沉浸于钻研俄罗斯古文化和文学，并且时时追忆着往事，他最后被学校解雇而失业，流离失所并且前途未知。普宁的性格温厚善良，虽然多愁善感却并不敏感多疑，尽管他的命运多舛，但是却从不抱怨或愤愤不平，而是自我构建起了一个具有丰富内涵的自由世界，从中体验着在外人看来似乎是悲喜交加的生活，在其生命中浓重的乡愁和深深的荒诞感之下存在着一个极为严肃和意义深刻的精神世界。

首先来分析普宁所处的荒诞的现实世界以及在周围人眼中的普宁。在小说的开头处普宁便处于一种可笑的荒诞境地。他准备去往克莱蒙纳城做学术报告，但是却完全不知道自己已经坐错了列车，而且在小说的结尾叙述者才告诉我们，实际上那次学术报告会上普宁还带错了讲稿并且完全不自知，小说结尾的这一笔让普宁的荒诞感更为鲜明。普宁"头秃得挺像个样儿，皮肤晒的黛黑，脸蛋也刮的蛮干净，首先让人印象深刻的是他

那个褐色的大脑袋……滚粗的脖颈和那穿着绷得挺紧的花呢上衣的、结实的身子骨儿，但临了叫人多少有点失望的是他那两条腿却挺瘦，脚也显得纤弱无比，几乎跟娘儿们的脚一模一样"[1]。这一段外貌描述惟妙惟肖地展现出了普宁身上的尴尬和矛盾。他是一个有着俄国老派作风的绅士，给学生们上课时几乎没有人欣赏他的风格，他只好"犹如在灯火辉煌的舞台上绘影绘声地模仿表演，尽力追忆他在一个尽管被历史淘汰却好像格外鲜明的灿烂世界里度过的一段热情洋溢、对事物敏感的青年时代，一边接连地举出例子，深深陷入自我陶醉的境地，使他的听众有礼貌地揣测那些玩意儿一定是俄罗斯式幽默"。[2] 可见普宁身上那种俄国老派风格和这个新大陆的现代社会是完全不相容的。不只是学生们对他的授课不感兴趣，他的同事们也时常在背后揶揄嘲讽他，觉得普宁是一个古里古怪的俄国老头儿，他的流亡者身份实际上是受到排斥的。更为凄惨的是普宁婚姻上的失败，他和前妻在一个青年流亡诗人的文学晚会上相遇并相爱，但是后来妻子移情别恋并抛弃了普宁，他和前妻所生的儿子也不愿亲近他。

普宁在现实生活中可谓是遭受了重重打击，他所在的温代尔学院从来没有正式成立俄语系，普宁在温代尔又没有终身任职权，这意味着普宁总有一天会失业。但是事情出现了转机，有个同事提议可以让普宁教授法语并且可能让他获得终身执教权，这件事情让普宁感激不尽并且还租了一个新公寓并举办聚会以庆祝乔迁之喜，因为他"三十五年来居无定所，受尽折磨，晕头转向，缺乏一种内心深处的安宁，如今他独自住在一所四面无邻的房子里，对他来说真是无比高兴，十分满意"[3]。有了自己独立的房子让普宁打心底里感到幸福，他甚至怀着感恩的心情认为仿佛过去的一切痛苦和折磨都不曾发生过，认为俄国革命、背井离乡、流亡法国、加入美国籍这些事情都好像没有发生过，一切"充其量不过是这样"。可惜事与愿违，温代尔学院那些无知的、无法赏识普宁才华的教授们决定辞退普宁，那个所谓的法国语言文学系的教授"一不喜欢文学，二不会法语"，真正有着深厚文学修养并对文学有着一腔热忱的普宁却因为没有合适的职位而被辞退。这真是个莫大的讽刺，美国知识分子界的浅薄无知和普宁身上那种深厚的俄国文化传统形成了对比。萨义德认为知识分子的社会批判力量一直都在衰落的原因就是日益严重的学术专业化和制度化，正是温代尔学院这种日益严重的学术专业化和制度化的风气毒害了普宁，使他成为制度的牺牲品。

[1] ［美］纳博科夫．普宁［M］.梅绍武，译．上海：上海译文出版社，2007.

[2] 同上．

[3] 同上．

现实世界是荒诞不经的，身处现实世界的普宁在他人的眼中也是荒诞可笑的，但与这个荒诞的现实世界相对立的是一个包含了外倾性宇宙和内倾性自我灵魂的具有丰富内涵的自由世界。普宁看似是外部荒诞世界的牺牲品，但是普宁自我构建了这个世界并且在这个世界中平静地生存着，以一种平静恒久的姿态审视着外部荒诞世界并且不受其影响。这个外部世界的荒诞性来源正在于外部现实世界的"文明的奴役"，文明是由人类创造的，人类从中构建了巨大的精巧性和高超性的文明世界，但是在这个文明世界中人的本能却随之日益衰弱，本能逐渐被机械的工具所替代，"文明包含着毒素，包含着谎言，它使人变为奴隶,阻碍他进抵生命的整体性与圆融性"[1]。文明并非是人的生存的终极目标和最高价值，但是也不能以野蛮和蒙昧的自然主义式方式来对抗文明，只有精神的人才能与文明世界相抗衡。普宁正是这样一个精神的人，普宁试图摆脱这种文明的奴役，他时刻能感受到这个"文明世界"的制度化压迫。温代尔学院的不合理制度、其他教授的不学无术和迂腐，都是受到"文明的奴役"的后果。偌大一个大学几乎没有认真做学术的教授，"从来没有正式成立俄语系，我们这位可怜的朋友一向是靠德语系为附设比较文学这一分支课程而被聘请的"[2]。矛盾正在于普宁却又不得不依靠"文明的奴役"而存活下去，失去了温代尔学院的这个教职，普宁将不知何去何从。日常生活中的物质多样性的包袱一直在困扰和奴役着每个人，这也就是复杂化的文明给予每个人的桎梏，人的一切生存都在文明中被客体化，也即被外化。

（二）走向"彼岸世界"

在普宁所建构起的这个真正自由的世界中，他寻觅着终极的真理，因为真理要求自由，要求寻找真理的人所需要的自由和对他人而言的自由。只有普宁这样真正自由的人才能走上寻求真理的道路，他在构建自由的过程中走向世界和他人，同时也和背负着俄国知识分子身上所共有的"苦行"灵魂，为世界和他人的悲苦所感悯。当他那个研究精神病学的前妻研究如何给精神病人进行心理治疗时，普宁感慨的却是"干吗要去干扰个人的忧伤呢，人们要问，人生在世唯一真正拥有的东西,难道不是忧伤吗"[3]。普宁具有一颗能够洞悉善感、幽深灵魂的崇高心灵，可以说他身上具有某种神性的光辉，尽管小说中并未提到过普宁的宗教信仰，在纳博科夫的大部分作品中也从未显现出纳博科夫的宗教信仰观点。

普宁构建自由世界的更为终极的目标也是走向一个"彼岸世界"，自由只是开启彼

---

[1] 汪剑钊.别尔嘉耶夫集：一个贵族的回忆和思索[M].上海：上海远东出版社，2004.

[2] [美]纳博科夫.普宁[M].梅绍武，译.上海：上海译文出版社，2007.

[3] 同上.

岸世界之门的通行证。普宁的命运结局是开放式的，他被温代尔学院辞退之后将继续走向流亡之路。"小轿车大胆地超越前面那辆卡车，终于自由自在……远方山峦起伏，景色秀丽，根本说不上那边会出现什么奇迹"[1]。这里的"那边"与其说是普宁即将流亡的具体地方，倒不如说是暗指了纳博科夫在多部作品中都曾寻觅过的那个"彼岸世界"。那个"彼岸世界"缠绕于普宁生命中的每个角落，也贯穿于纳博科夫的整个文学创作之中。普宁比塞·奈特向"彼岸世界"靠近了许多，普宁虽然沉醉于研究俄罗斯文学和古文学并且想要"完成一部关于古俄罗斯的伟大著作"，但普宁和塞·奈特的不同之处在于他从未将艺术的诗性体验当作生命的终极追求，精神流亡的世界对他而言是从琐碎忙乱的现实流亡世界中超脱出来的"无形之城"。普宁从未完全逃逸和弃绝现实世界，他摆脱了自我的奴役，以一种全新的眼光去审视打量这个现实世界，同时又在自己的精神流亡世界里永不停息地向前探索着，追求更为彻底的心灵解放。

普宁所要前往的那个"彼岸世界"也是纳博科夫许多作品中都提到过的那个"彼岸世界"。纳博科夫的"彼岸世界"与其形而上思想是密不可分的，他所坚信存在着的这个超验的生存境界与他本人的哲学思想是紧密结合的。纳博科夫认为"意识是世界上唯一真实的事物，是一切神秘之物中最神秘的一种"，但同时他并不是一个唯我论者。他既为人类意识的奇特力量而感到自豪，也对意识产生的局限性感到无奈。意识无法超越并解释孤独、死亡以及人类与过去时间的永远隔绝，"心灵提供的一切让他激动，心灵闭锁的一切让他惊骇，纳博科夫的全部作品都在致力于弄清我们'在为意识所拥抱的世界中的位置'，致力于剖析我们丰富的生活与它的渐行渐远之间古怪的不一致性，我们的生活每时每刻都在积累，但却总是跟我们的当下状态不同，它不断地退向过去，而我们在向死亡迈进。"[2]

在纳博科夫的笔下，人物的意识总是受到种种局限性，而对意识的无限拓展造成最大阻碍的便是个人、时间和尘世的生活。首先是个人对意识造成的局限性。纳博科夫总是想要逼近人类的种种界限，但是每个人都有自己"某种独特的生命花样，每个人的悲伤和热情……都遵循他个性化的规律"。他虽然可以将意识看作是自由的空间，让人物的心灵在时间和空间上都无限地远行，但是意识终归是人的意识，它既自由又受到个人的禁锢，譬如《绝望》中的赫尔曼试图从现实世界的狭长裂缝中逃逸，结果却发现自己

[1]　[美]纳博科夫.普宁[M].梅绍武，译.上海：上海译文出版社，2007..

[2]　[新]布赖恩·博伊德.纳博科夫传.俄罗斯时期（下）[M].刘佳林，译.桂林：广西师范大学出版社，2009.

依然存在于残酷阴郁的人间牢狱中。"他的作品所关注的那些想象性生灵是这样一些人，他们待在意识的最后堡垒中，如果他们愿意，他们可以越过堑壕，获得彻底的自由。可他们结果却表明，堑壕是无法逾越的深渊，那光怪陆离的监狱则是荒凉寂寥的土牢。"[1]他们的悲剧在于明明已经快要走到了边界，却发现边界只是一堵映着自己影像的玻璃墙。其次是时间对于意识延伸和拓展的阻碍。纳博科夫受到柏格森[2]的思想影响，赞同柏格森把时间和空间分割开来的观点，也接受柏格森认为时间是比空间更为丰富的存在样式的观念，同时也得出了自己的观点：空间上的可能回归与时间上的不可能回归构成荒谬的对立。纳博科夫彻底否认未来时间的存在，"那脚下看似坚实的石阶却是幽灵一般的楼梯，把我们引向陌生的境地"[3]，同时过去时间的存在让我们被囚禁于当下而无从自由选择，我们对于过去永远也难以弄清，因为究竟有多少是我们直接察觉出来的，又有多少是我们凭空创造出来的呢？第三，封闭的尘世知识体系约束了我们的意识，尘世的约束中也包含了时间的约束，"我们只能在实践中求知，我们只能一点一点地求知，每一个新的时刻都会产生出比我们所能注意的多得多的信息，每一个消逝的岁月都意味着有太多的东西一去不复返，即使当初发生时我们曾热切地关注"[4]，人类对于宇宙的了解对于整个广袤无垠的宇宙而言是少得可怜的，我们无法超越这个现实世界的范畴，因为我们对尘世以外的了解等于零。

第三节　屠格涅夫作品中的知识分子形象

一、时代背景与知识分子形象的塑造

屠格涅夫生活的时代正值社会动荡、暴动不断的十九世纪二十至八十年代，复杂的

---

[1]　[新]布赖恩·博伊德.纳博科夫传.俄罗斯时期（下）[M].刘佳林，译.桂林：广西师范大学出版社，2009.

[2]　亨利·柏格森，法国哲学家，文笔优美，思想富于吸引力，曾获1927年诺贝尔文学奖。以"创化论"之说，强调创造与进化并不相斥，因为宇宙是一个"生命冲力"在运作，一切都是有活力的。他反对科学上的机械论、心理学上的决定论与理想主义。他认为人的生命是意识之绵延或意识之流，是一个整体，不可分割成因果关系的小单位。他对道德与宗教的看法，亦主张超越僵化的形式与教条，走向主体的生命活力与普遍之爱。

[3]　[新]布赖恩·博伊德.纳博科夫传.俄罗斯时期（下）[M].刘佳林，译.桂林：广西师范大学出版社，2009.

[4]　同上.

社会环境、战火纷飞的年代却为作家提供了丰富写作素材。屠格涅夫以作家的独特视角在不断探索中创作出了《罗亭》《贵族之家》《前夜》《父与子》《烟》《处女地》这一十九世纪"俄罗斯社会编年史",为我们塑造了一系列形象生动鲜明的知识分子人物形象。

屠格涅夫作品中的知识分子形象总是带有鲜明的时代特征,所生活的年代,与当时重大历史事件发生的时间节点相吻合。这对于把握人物形象、小说背景有着重要意义。

1825年十二月党人起义后,尼古拉一世强化专制统治,实行高压政策。然而这并没有阻止社会意识的进步,尤其是俄罗斯贵族知识分子阶层的探索。克里米亚战争的失败则更加激化了国内反封建专制、反农奴制的情绪。

谈到《罗亭》与当时俄罗斯社会政治的关联,屠格涅夫指出:《罗亭》是在克里米亚战争达到高潮时所写的。在这一时期作家塑造的知识分子形象典型便是罗亭和拉夫列茨基,他们在爱情上的软弱失败更加证明了俄罗斯贵族知识分子在政治和社会生活中的软弱无为,因此罗亭和拉夫列茨基的最终命运或走向死亡,或者被人遗忘。如同俄罗斯历史上的贵族知识分子一样,退出了俄罗斯的历史舞台。

此外,克里木战争的失败引起了农民暴动和进步知识分子对专制农奴制度的不断抨击,俄罗斯国内逐渐形成平民知识分子这一阶层。在俄国农奴制改革的前一年,保加利亚爱国者、民族解放斗士英沙罗夫的出现顺应了这一时代背景,也反映出俄国国内反农奴制情绪的高涨。

1860年俄国实行农奴制改革,但名为改革,实为掠夺。普通农奴不但未从改革中享受到改革成果,相反,农奴们缺衣少食,没有土地,依然生活在水深火热之中。平民知识分子阶层目睹这一社会现实,更加剧了他们对专制制度的痛恨。"新的生活提出了新的问题,新的生活造就了新的人物,时代向文学提出了表现新生活和新人物的要求。屠格涅夫创作中出现的新的巨大的变化,他的笔深深地扎进当代生活的土壤之中。"针对这一现实塑造了"新人"——"虚无主义者"巴扎罗夫这一形象,为我们呈现了"父与子"两代人的就日常观念、政治观点、社会理想等方方面面的思想碰撞。

但由于当时社会发展的局限性和巴扎罗夫的"早逝",屠格涅夫并没有展现"新人"如何去践行自己的社会理想的。直到民粹运动"到民间去",屠格涅夫笔下的激进青年涅日丹诺夫投身于"共同事业"中,尝试与下层农民打成一片,企图发动农民进行暴力革命,推翻专制制度、建立理想社会,对巴扎罗夫的革命理想进行实践。

由此可以看出,当时的时代背景是激发屠格涅夫创作灵感的重要因素,作家凭借着敏感的观察和笔触塑造出了如今我们看到的知识分子形象。所以说,是时代塑造了他们。

二、屠格涅夫作品中知识分子形象的塑造手法

作家对于笔下人物形象的塑造通常会运用多种描写方式。屠格涅夫作为俄罗斯文学大师，总是能够精准地把握人物的基本特征，多种描写方法相结合，鲜明立体地刻画出人物性格。下面我们将详细分析屠格涅夫作品中知识分子形象的塑造方法。

（一）外貌描写

不同的作家描写笔下人物外貌时所用手法也会有所不同。有的作家在进行人物外貌描写时会对人物进行浓墨重彩的刻画；有的作家则习惯对人物外貌进行简单描写，即使寥寥几笔，人物形象也极为饱满立体，让人印象深刻。屠格涅夫显然属于后者。在勾勒在刻画其笔下知识分子形象的时候，通常先从外貌着手，给读者留下一个立体的感观印象。

（二）语言描写

语言描写亦是人物形象塑造的重要手段。屠格涅夫总是能够运用成功的语言描写生动地表现人物的思想感情，深刻地反映人物的内心世界，使读者"如闻其声，如见其人"，获得深刻的印象。

为了突出"行动的巨人"这一人物形象，屠格涅夫对能言善辩、夸夸其谈的罗亭进行了大量的语言描写。屠格涅夫在罗亭的首次出场时为他提供了绝佳的演讲场所，并为他安排了同皮加索夫的激烈辩论。

（三）心理描写

屠格涅夫是俄国文学史上首屈一指的心理描写大师，对笔下人物的心理描写在人物塑造中占有极其重要的地位。1860 年，在致友人的信中，屠格涅夫这样写道："诗人应当是一个心理学家，然而是隐蔽的心理学家。"这里，屠格涅夫特别强调心理分析的"隐蔽性"，这也是屠格涅夫心理描写极为重要的特征。"隐蔽的心理描写"使读者在潜移默化间感受到人物的心理状态，还可以给予读者以充分的想象空间，具有很高的审美价值。而屠格涅夫主要从书信、独白、风景烘托等方面对其笔下知识分子形象进行心理描写，从而更加全面地为我们展现作家笔下的知识分子形象的内心世界。

1. 通过书信展现人物内心世界

书信是人物表露自己内心想法的一种特殊方式，也是作家展现人物内心世界的一种特殊手段。通过书信，读者往往可以读懂人物内心最为直接的想法，走进人物的内心。这种心理描写方法成为屠格涅夫刻画《处女地》中涅日丹诺夫的重要方法。通过书信，我们可以看出涅日丹诺夫对于"共同事业"信仰态度的前后变化。

涅日丹诺夫致好友西林的信中，我们看到起初涅日丹诺夫对于"共同事业"充满了信心，积极乐观、干劲儿十足，还津津有味地向好友讲述周围生活的状况、对政治的关心，讲述他在这里遇到的姑娘——玛丽安娜。

2. 通过独白展现人物内心世界

独白是指通过人物内心表白来揭示人物隐秘的内心世界，能充分地展示人物的思想、性格，使读者更深刻地理解人物的思想感情和精神面貌。

3. 通过自然景色烘托人物心理

屠格涅夫在描绘心理活动时，常常将心理交付于景色的描写中，读者透过大自然所呈现出的景色来了解人物的内心感受。屠格涅夫作品中的人物心理刻画和浓郁的抒情性，主要是靠与大自然不断传递和交换丰富的内在情感讯息，产生某种微妙的对应、呼应和映射而达到的。

屠格涅夫是一位这样的风景大师，在他之后没有人再敢触及风景描写这个题目。他只要三言两语，一幅自然风景便跃然纸上。景色浮现在读者眼前，既可烘托人物内心的感受，也可让读者感同身受。景色介绍的不仅仅是故事发生地点的自然环境，更是对人物心理的烘托和对故事情节未来发展的影射。

（四）代言人阐释的描写方法

在屠格涅夫的小说中，总有这样一类人物，他们并非小说中的主要人物，读者却总是能够通过他们的叙述或视角更多地了解小说中的主人公的出身背景、形象特征，被称之为代言人阐释方法。而这种描写方法也是屠格涅夫塑造其笔下知识分子形象的重要方法之一。

屠格涅夫塑造其作品中的知识分子形象方法多样。通过外貌描写给予读者以整体印象；通过语言描写加以例证直观具体地展现人物性格；用代言人阐释的描写方法，借小说中其他人物之口来刻画人物形象；作为"隐蔽心理学家"的屠格涅夫更是通过人物独白、书信、风景烘托等方法进行心理描写，揭示人物内心世界。生动形象地刻画出其作品中的知识分子形象。

三、"怀疑者"——涅日丹诺夫

十九世纪六十年代后期，西方的科学主义和理性主义进一步发展成民粹主义"到民间去"运动，这一运动吸引了俄国众多以平民知识分子为主的先锋青年积极投身到革命活动中去。

涅日丹诺夫也是先锋青年中的一员。起初他响应民粹主义号召，怀着崇高的革命理想，到农村去发动广大农民推翻专制统治、实现农奴解放。不计个人利益，无偿为革命捐款募款；为了能够融入农民中去宣传革命思想，开始给自己披上农民的"外衣"，学习农奴的语言，陪他们喝劣质酒。青年们认为农奴们是按照科学的逻辑程序来进行活动的；凭推理判断，认为农民是理性化的人，会跟着真理走，而他们就代表着真理，只要自己变得"简单化"起来就可以发动农民，革命就会立即爆发。[1] 实际情况是，他们与农民之间依然隔着巨大的鸿沟，他们的做法只是表面行为，农民们完全不理解革命者们那些空洞的"革命理论"。面对"理想"与现实的巨大反差，涅日丹诺夫的革命热情渐渐退去了，他开始怀疑，怀疑崇高的"共同事业"，怀疑自己的信仰，他发现自己并不相信"共同事业"，更不愿为之牺牲、坐牢，他的"革命理想"彻底幻灭了，于是在被捕前绝望地自杀了。

贵族出身的涅日丹诺夫接受了良好的教育，但其公爵私生子的身份使其养成了矛盾、多疑的性格，这不但影响他对"共同事业"态度，也影响自己的爱情：他怀疑自己的爱情，他明明深爱着玛丽安娜，每封给友人的信中都会表露出自己对玛丽安娜的爱意，却又怀疑自己是否真的爱玛丽安娜。正是在这种对理想与爱情的"怀疑"中，"怀疑者"涅日丹诺夫走向了人生的终点。

四、"民族解放斗士"——英沙罗夫

小说《前夜》的主人公英沙罗夫便是这样一位"新人"。英沙罗夫出身平民家庭，是一个保加利亚商人的儿子。英沙罗夫深深地热爱着自己的祖国保加利亚，直到他生命的最后一刻，他念念不忘的依然是他亲爱的祖国。他有着平民知识分子的典型特征：目标明确、意志坚定。他亲眼所见土耳其是如何压榨保加利亚人民的："他们（土耳其人）剥夺了我们的一切：我们的宗教、我们的法律、我们的土地；可恶的土耳其人驱赶着我们，如同牛马，屠杀我们"，来到俄国就是为了要将自己的祖国从土耳其的奴役统治下解放出来。他有勇有谋，不似罗亭这些贵族知识分子巧言善辩，他所说的每一句话、每一个字都是经过深思熟虑的；他言出必行，为了支持保加利亚的民族解放运动，他毅然放弃在莫斯科的安逸生活，从莫斯科返回自己的祖国；他极富自我牺牲精神，为了实现保加利亚民族解放这一目标，他已做好了随时牺牲的准备。

英沙罗夫的果敢也使得他收获了美满的爱情。当他面对叶莲娜的表白时，他没有像

---

[1]　林精华. 屠格涅夫创作中的平民知识分子形象 [J]. 外国文学评论，1997（3）：102.

罗亭、拉夫列茨基一样退缩、犹豫，而是忠于自己内心的选择，毅然选择了叶莲娜，享受着爱情的幸福；当他面对叶莲娜母亲的挽留时，他没有选择俄国安逸的豪门生活，而是承担起自己作为叶莲娜丈夫、作为保加利亚民族解放者的责任，同叶莲娜一起回到自己的祖国，继续着自己未竟的事业。从这两方面来看，英沙罗夫的这一平民知识分子形象是高大的，结局是圆满的。

五、新时期的"多余人"——罗亭

十九世纪四十年代的俄罗斯社会正处于尼古拉一世的黑暗统治之下，沙皇政府设立秘密警察机构、加强书报审查制度、迫害先进知识分子，但贵族知识分子依然不断探索俄罗斯未来发展之路。

在这种社会背景之下，1856 年屠格涅夫在《现代人》杂志上发表了反映十九世纪四十年代贵族知识分子生活的小说《罗亭》，这在俄罗斯文学史上尚属首次；此外，小说的主人公罗亭也成为继叶甫盖尼·奥涅金、毕巧林之后又一个俄国社会的"多余人"，成为十九世纪四十年代俄国贵族知识分子的"鲜明写照"。

罗亭出身于没落的贵族家庭，接受了良好教育。他曾留学德国，喜爱研究哲学，并接受了先进的社会思想。罗亭善于雄辩，妙语连珠、激荡人心、才思敏捷，罗亭在小说中出场便是在拉松斯卡娅的庄园内与毕加索夫的辩论，并很快战胜了毕加索夫；他积极地宣传真理和正义，并鼓励人们勇敢地追求心中的理想和真理；他热情洋溢的讲演成功地吸引了大家的注意，人们觉得"他的讲话具有一种特殊的魅力，他的思潮汹涌而至……他这番不吐不快的即兴之谈，绝非洋洋自得的文字卖弄，而是灵感一泻千里的抒发。他掌握几乎是最高的奥秘——辩才的音乐"。

听到罗亭慷慨激昂的演讲，年轻的娜塔莉娅受到鼓舞，将罗亭视为真理与理想的化身，并爱上了他。当罗亭与娜塔莉娅的爱情遭到娜塔莉娅母亲的阻挠时，就当娜塔莉娅打算冲破家庭的束缚，义无反顾地与罗亭生活在一起时，罗亭却没有足够的勇气承担这份爱情。"在这里两种文化发生了冲突，结果使她的期望出现了转折"，她满怀希望地问罗亭"我们该怎么办"，罗亭却早已将当初恋爱时的山盟海誓全然抛诸脑后，唯有屈从。

"他想固守传统文明，相反，她则准备破坏它。"罗亭只是知道如何得到爱，却不知道当爱情遇到阻力时，如何克服阻力。

再者，他作为门第衰落了的优秀贵族知识分子，觉得在"婚恋问题上应该门第匹配，服从家长权威。两人的爱情首先是对长者负责而不是第一步就考虑爱情"，[1] 所以当他和娜塔莉娅的爱情遭遇到家长的些许反对，他的第一反应便是放弃爱情，选择屈从。

罗亭的悲剧性命运可以说是 19 世纪 40 年代俄国贵族知识分子命运的真实写照。他的可悲在于他是当时社会体制的产物，他的出身贵族阶层，接受良好的贵族教育，但面对社会趋势的变化无力应对；他厌恶压抑、黑暗的社会环境，却又无力改变它，只能屈服，这使他陷入深深地困顿之中而又无力解决。尽管他接受过良好的贵族教育，却又在俄国社会的实际问题上缺乏冷静的思考，缺乏切实可行的计划，更与俄国人民相脱离，缺乏人民的支持。在这种情况下罗亭所做的任何社会改革的尝试都注定是无本之木、无源之水，因而成为一个名副其实的"多余人"。

但罗亭同时也是"有着时代特色的多余人"。高尔基在评价罗亭的积极意义时曾指出："假如注意到当时的一切条件——政府的压迫，社会的智慧贫乏，以及农民群众对自己任务的缺乏认识——我们就应该承认，在那个时代，理想家罗亭比实践家和行动者是更有用处的人物……不，罗亭是可怜虫，他是一个不幸者，但他是当代的人物而且做出不少好事来。"[2] 同奥涅金、毕巧林面对现实的空想与无为相比，他毕竟采取了实际行动，是当时社会改革的"先行者"：积极地投身于社会生活，进行农庄改良、兴修水利，在学校推行教育改革；与保守派进行针锋相对地斗争，尽管最后这些改良和改革都不可避免地走向失败，但他想为社会和他人谋福利的信念和献身精神是难能可贵的，对当时的社会有一定积极影响。

小说结尾处的罗亭之死更具特殊意义：参加法国二月革命并牺牲在巴黎的街垒之上。最终他献身于自己的理想。罗亭之死也意味着贵族知识分子的精神觉醒和献身精神。所以，罗亭并非完全意义上的"多余人"，而是新时期的"多余人"。

[1]　林精华 . 俄国社会转型时期的传统知识分子——论屠格涅夫对贵族知识分子的审美把握 [J]. 外国文学评论，199（1）：97.

[2]　[俄] 高尔基 . 俄国文学史 [M]. 上海：上海译文出版社，1979.

第八章 俄罗斯文学理论

　　俄罗斯文学史上著名的文学创作者云集，具有深远影响的优秀文学作品琳琅满目。进入二十世纪，在文学创作基础上形成并用来指导文学创作的文学理论形成了波涛汹涌之势，一时间西方各种文学理论百花齐放，俄罗斯文学理论界也涌现出很多著名的文学理论家和新的文学思想，比如形式主义、狂欢、复调、历史诗学、叙事学等，都影响了整个世界的文学创作和文学评论。

第一节 雅格布森与形式主义

一、雅各布森简介

罗曼·奥西波维奇·雅各布森（1896—1982），是莫斯科语言学小组的创始人，捷克布拉格学派和美国纽约语言学小组的发起人之一，结构主义的奠基人，也是俄国形式主义的核心人物之一。

雅各布森早在中学时代就注意收集民间文学语言材料，1914 年他完成了在拉扎列夫东方语言学院的学习，转入莫斯科大学，1918 年毕业。在莫斯科大学学习期间，他创建了莫斯科语言学小组，后来在形式主义运动中该小组与诗歌语言研究会合并。1921 年至 1939 年雅各布森移居捷克斯洛伐克，成为布拉格语言学小组最活跃的成员之一。在布拉格期间，雅各布森完成了自己最初的两本论著——《最近的俄罗斯诗歌》（1921）和《论捷克诗歌》（1923）。第二次世界大战期间，雅各布森流亡美国，在纽约创建了语言学小组，后在哈佛大学和麻省理工学院教授普通语言学和斯拉夫语言文学。他著的《普通语言学论文集》法语译本于 1963 年出版。他发表过一些有关诗学、语言学的论文，尤其是关于诗律学、语法意义、形式结构等方面的研究文章。

二、俄罗斯形式主义

俄国形式主义要创建新的文艺学体系，首先就必须从理论上对文学研究的对象、任务做出新的解释。从俄国 19 世纪现实主义文学发展的传统来看，无论是革命民主主义批评家，还是学院派的批评家，都从文学与其他科学的共同点着眼，主张文学是社会生活的反映，文学的任务是为社会民众服务。因此他们在研究文学创作时，虽不忽视形式问题，却更重视思想内容。雅各布森等形式主义理论家则相反，他们注重探索文学区别于其他科学的独特性。他们强调，任何一种文化形态都有自己的具体特性，比如，科学有科学性，艺术有艺术性，文学同样有文学性。文学性就是文学的性质和文学的趣味。文学性就在文学语言的联系与构造之中。

早在 1921 年，雅各布森就十分明确地指出："文学科学的对象不是文学，而是'文学性'，也就是使一部作品成为文学作品的东西。不过，直到现在我们还是可以把文学史家比作一名警察，他要逮捕某个人，可能把凡是在房间里遇到的人，甚至从旁边街上经过的人都抓了起来。文学史家就是这样无所不用，诸如个人生活、心理学、政治哲学，无一例外，这样便凑成一堆雕虫小技，而不是文学科学，仿佛他们已经忘记，每一种对象都分别属于一门科学，如哲学史、文化史、心理学等等，而这些科学自然也可以使用文学现象作为不完善的二流材料。"雅各布森批评当时的许多文学史家把文学作品只当成"文献"，结果使自己的研究滑入了哲学史、文化史和心理学史等别的学科之中。

在形式主义理论家们看来，不能从社会生活方面、作品的内容方面去探讨文学性，而只能从作品的艺术形式中去找。他认为，文学性不存在于某一部文学作品中，它是一种同类文学作品普遍运用的构造原则与表现手段。文学研究者不必为研究作品而研究作品，更不应从作品的思想内容和艺术形式方面来肢解作品。文艺学的任务就是要集中研究文学的构造原则、手段、元素等等。文学研究者应该从具体的文学作品中，把它们抽象出来。

例如，在评论托尔斯泰的长篇小说《复活》时，研究者不必对小说内容加以概括，或者从某个固定的原则出发在小说中寻找证据，也无须从形式的角度，根据小说的上下文来研究《复活》自身的结构和语言特色，而是需要在深入分析小说文本的基础上，从语言学的角度探讨《复活》的内在构造原则与同类叙事作品的构造原则之间的联系，把《复活》变成一种传达语意的手段。

雅各布森等形式主义者如此看重文学性的探讨，强调艺术形式的分析，其重要原因之一，就是他们认为文艺学只有从形式分析入手，才能达到科学的高度。因为从作品的结构原则、构造方式、韵律、节奏和语言材料进行语言学的归纳和分析，就如同自然科学一样，较为可靠和稳定，很少受社会政治环境因素的影响。相反，如果从作品的内容展开研究的话，很容易受政治形势等外部因素的左右，文艺学很可能成为对社会学、政治学、历史学、思想史等学科的阐释。艺术内容是不定的、可变的，随着阐释者不同的解释而赋予不同的意义。艺术形式则是固定的、不变的，可以而且容易成为科学研究的对象。

所以，俄国形式主义者坚信，文学研究者只有把握文艺的本质，从事形式分析，才能达到科学的境地。雅各布森干脆声称，现代文艺学必须让形式从内容中解放出来，使词语从意义中解放出来。文艺是形式的艺术。

雅各布森作为一位语言学家，在早期活动中提出"文学性"这一概念之后，始终努力从语言学的角度来说明文学性。从他对文学性的解释中我们不难看到，雅各布森由俄国形式主义经布拉格学派最终到现代结构主义所留下的探索的足迹。

雅各布森指出，文学性存在于文学作品的语言形式之中。他从分析诗歌语言入手，把诗歌放置在语言交际环境中加以探讨，试图从语言功能上来阐释文学性，说明诗歌语言的特征。雅各布森认为，如果说，造型艺术是具有独立价值的视觉表现材料的形式显现，音乐是具有独立价值的音响材料的形式显现，舞蹈是具有独立价值的动作材料的形式显现，那么，诗便是具有独立价值的词的形式显现。他的意思是，诗的本质不在指称、叙述外在世界的事物，而在具有表达目的的诗歌语言（词）的形式显现。换言之，"诗的功能在于指出符号和指称不能合一"[1]，即诗歌（文学）语言往往打破符号与指称的稳固的逻辑联系，而为能指与所指的其他新的关系和功能（如审美）的实现提供可能。在此意义上，他认为"一部诗作应该界定为其美学功能是它的主导的一种文字信息"，就是说，诗歌语言虽有提供信息的功能，但应以"自指"的审美功能为主。在美国期间，雅各布森发表了《结束语：语言学和诗学》一文，进一步提出著名的语言六要素、六功能说，认为任何言语交际都包括说话者、受话者、语境、信息、接触、代码六个要素，与之相应，言语体现出六种功能：交际如侧重于语境，就突出了指称功能；如侧重于说话者，就强调了情感功能；如侧重于受话者，意动功能就突现了；如侧重接触，交际功能就占支配地位；如侧重于代码，无语言功能就上升到显著位置；只有言语交际侧重于信息本身，诗的功能（审美）才占主导地位。这里"信息"指言语本身，当言语突出指向自身时，其诗性功能才突现出来，其他实用功能才降到最低限度。

他在研究过程中发现，诗歌的诗性功能越强，语言就越少指向外在现实环境，越偏离实用目的，而指向自身，指向语言本身的形式因素，如音韵、词语和句法等。他在《隐喻和转喻的两极》一文中，把诗歌分为两类：隐喻与转喻。他认为，在一般的现实主义作品中，转喻结构居支配地位：这类作品注重情节的叙述和环境的描写，通过转喻来表现人物与环境的关系，主要是指向环境，如俄罗斯的英雄史诗中转喻方式占优势，而浪漫主义的作品则以隐喻为主导。后者一般很少通过清楚地描写事物的外在具体特征，来直接表述某种意义，而是尽可能地把要表述的意义隐含在诗的字里行间，让读者自己去品味，去赏析。这类作品有俄国的抒情诗等。雅各布森认为，在隐喻类的文学作品中，诗性功能强，因而文学性也就较强。

在具体分析诗性功能时，雅各布森仍然以索绪尔语言学为依据，把语句的构成放在选择和组合这两根纵横交错的轴上来加以分析。选择轴近似于索绪尔语言学的纵组合概

[1]　赵毅衡. 文学符号学 [M]. 北京：中国文联出版公司，1990.

念，即语句中排列的词是从众多能够替换的对等词语中选择出来的。组合轴则基本等于索绪尔语言学的横组合概念，也就是上下文之间的联系。雅各布森指出，诗性功能就是要把对等原则由选择轴引到组合轴，形成诗句的对偶。其实如若用中国文学的话来说，就是对仗。

雅各布森分析诗的语言，目的在于探索诗性功能所赖以生存的诗的结构。他努力寻找发音和意义上对应、语法功能相同的词语，寻找由一行行对称诗句组合而成的诗节，并由此发掘诗的内在结构。雅各布森在诗学理论上的独特贡献是显而易见的，他的研究为后来结构主义诗论的发展奠定了基础。

第二节　巴赫金与对话理论

巴赫金出生于 1895 年，苏联著名文艺学家、文艺理论家、批评家，世界知名的符号学家，苏联结构主义符号学的代表人物之一，其理论对文艺学、民俗学、人类学、心理学都有巨大影响。早在 1920 年，巴赫金在写作《审美活动中的作者与主人公》一文时，就已开始研究对话性。巴赫金的理论贡献主要在两方面：一、他建立了以他的"超语言哲学"为基础的历史诗学，这种历史诗学秉承索绪尔的结构主义以来对语言中心的关注，同时根据语言实践的社会基础和历史变化来解释语言符号系统所确立的形式和意义统一的特殊性。二、在对具体艺术形式的分析和探讨中巴赫金集中阐述了他的一系列理论，如对话理论、狂欢化、复调小说和话语杂多等，而且如在对陀思妥耶夫斯基和拉伯雷小说的研究中，巴赫金并不局限在对叙事形式和结构的微观分析上，而用他的小说理论强化了他的语言实践观。

关注巴赫金我们必须看到本世纪初西方哲学所谓的"语言学转向"，这个转向挑战了西方思想传统的认识论和本体论模式，而把哲学的关注中心放到了人类的语言结构，并以此解构了传统的二元论和本质主义。巴赫金在对二元论和本质主义的独语策略的轻蔑上和这个语言学思潮体现了同样的哲学气质，但巴赫金又和纯粹的语言论者不同，他更关心语言背后的语义空间，在这一点上，他应用了马克思的意识形态理论，把语言作为有具体语境和社会环境背景的一种实践，在对任何一种艺术形式的研究中，巴赫金都没有把文学艺术看成是自足的文本结构的共时体（如新批评、形式主义和前期的结构主义所做的那样），而始终将它们纳入历史和社会诗学的范畴。

以上都决定了巴赫金的理论的开放性，这种开放性也要求我们把巴赫金放到他所反对的庸俗社会学和心理学的比较中，同时也要求我们把巴赫金放到和他有同样背景但又被他所超越的形式主义和结构主义的比较中去研究他的思想。巴赫金作为哲学家和文论家的地位不是孤立地取得的，而是同各种思想和理论交锋和融合的结果，而且这种交锋并不都是直接的，有时会以一种历史回响的方式发生。

一、对话基础：他者与他人话语

　　巴赫金认为，我之存在是一个"我之自我"，我以外，皆为他者"于我之他"，一切离开了主体而存在的，不论主体还是客体都是他者：谈话的对方是他者，审美的对象是他者，作者创作的人物，即使对创作者来说也是他者，连镜子中的自我映像也成了他者。因为，这时在镜中看到的，已经不是主体，而是自我的客体化的事物。因此，巴赫金说："镜中的映像永远是某种虚幻：因为从外表上我们并不像自己，我们在镜前体验的是某个不确定的可能的他者，借此，我们试图寻求自我价值的位置，并从他者身上在镜前装扮自己。"或许可以这样说，镜中的影像是他者与自我结合的产物——实在的我相当于自我意识、自我体验，镜子相当于他者，实体照在镜子里所产生的影像就是自我对他者的感受。这映像由于脱离主体而存在，虽然依靠主体而存在，也是一个他者。一方面，"当我看到镜中的自我，我就被他人的灵魂控制住了"。另一方面，"我可以像体验自我一样，体验他者"。"在他人身上才给我活生生的，审美的（和伦理的）对于人的肢体和经验器官的具体内容令人信服的体验。"这就是说，即使是自我，当它被镜子映射出来时，已经他性化了。

　　有许多思想家、理论家都借镜子谈论过哲学问题，但是镜子所代表的事物与镜中之物都不尽相同。达·芬奇认为"画家是自然的镜子"，画家是镜子，自然是镜中之物，表明他把自然看得高于艺术。莎士比亚认为表演要合适，不要"过"与"不及"，演员是镜子，（剧中）自然是镜中之物，表明莎翁艺术必须忠于自然的观点。列宁用镜子比喻认识主体，镜中映像是客观世界，镜子是反映论的象征物。巴赫金用镜子比作客体，镜子的映像是自我，它表达了与"我思故我在"的主观唯心主义相反的，一个全新的观念——自我是可以成为客体，成为他者的。这其中有三层含义：

　　（一）自我，作为我之自我，是一个独立于一切他者的主体，但在客体（镜子）中主体可以"自我客观化"，特别是当自我作为客体成为自身主体感受、体验、审美对象的时候，当作者用作品和主人公作为自我客体化的他者来打扮自己的时候，当作品和主人公作为作者的自我客体化被读者感知的时候，镜中映像就是一个他者，自我客体化就会呈现出来。主体，在巴赫金那里，既不是统辖万物、统辖世界之神，也不是只能被动感知的生物，它既可以作为一个有主权的自由体感知世界，同时又作为客体的一部分，作为一个他者被自我主体感知，被自我以外的一切他者感知。

（二）主体的存在不是独立的，没有客体的映照，主体将因无法感知而不存在。任何人都不能体验自己的生与死——生的时候，因没有记忆而不能体验，死的时候，因丧失知觉而不能体验，所以，我们体验自己的生与死只能在别人身上进行，就像自己看不见自己的后脑勺，只有别人能看见一样。这种体验也会有不同的方式，如托尔斯泰描写死亡是从内部，从人物自我感受的角度，让读者去体验，但陀思妥耶夫斯基从来不写人的自我感受，他从外部观察死亡。不管怎样的方式，只有通过体验他者，才能体验自我。

（三）与苏格拉底对真理产生于对话的认识相仿，巴赫金认为，自我存在于他人意识与自我意识的接壤处，"一个意识无法自给自足，无法生存，仅仅为了他人，通过他人，在他人的帮助下我才展示自我，认识自我，保持自我。最重要的构成自我意识的行为，是确定对他人意识（你）的关系"。这是他所说"单一的声音，什么也结束不了，什么也解决不了。两个声音才是生命的最低条件，生存的最低条件"[1] 的哲学内涵。

他者，像任何一个主体一样，也分为实体与精神两个方面。作为实体的他者，在巴赫金的概念中不多见，在陀思妥耶夫斯基作品中实体的他者成为社会环境的象征，地下室人"把世界分裂为两个营垒：一个营垒是'我'，另一个营垒是'他们'，即无一例外的所有'别人'，不论他们是什么人。"地下室人深切地感到自我与他者的对立，感到这两个营垒的格格不入，相互仇视，相互对抗，大有萨特那种"他人即地狱"的感觉。杰符什金也对瓦莲卡说："外人可厉害呢，好厉害，您的心眼可不够用：他会埋怨您，责备您，甚至用恶意的眼光看您，把您折磨死。"他者，在这里是恶浊的社会环境，是陀思妥耶夫斯基奋力批判的对象。巴赫金认为，作品中人物对他者的观点是人物的观点，并非陀思妥耶夫斯基的哲学理论，陀思妥耶夫斯基的思想与巴赫金的思想几乎是一致的："我不能没有他者，不能成为没有他者的自我，我应在他人身上找到自我，在我身上发现别人，我的名字得之于他人，它为别人而存在，不可能存在一种对自我的爱情。"巴赫金的他者的概念，在精神方面，主要指他人意识、他人思想，也指思想的产品：主人公、作品。由于精神是靠语言来表达的，所以随他者、他人意识而来的另一个概念就是"他人话语"。

所谓他人话语，是在他人语言之上建筑起来的他人个性言语。他人语言是指社会语

[1]　[俄] 巴赫金. 陀思妥耶夫斯基诗学问题 [M]. 北京：三联书店，1992.

言，它包括"统一的民族语言的各个内部层次，有社会方言、团体的话语方式、职业行话、体裁性语言、辈分言语、成人言语、流派言语、权威人士话语、小组语言、昙花一现的时髦语言，以及甚至以小时计算的社会政治语言（每天都有自己的标语、词汇及腔调）"。每一个人都有自己使用语言的层次范围。然而，"在一个谈话的集体里，哪个人也绝不认为话语只是一些无动于衷的词句，不包含别人的意向和评价，不透着他人的声音，相反，每个人所接受的话语，都是来自他人的声音，充满他人的声音，每个人讲话，他的语境都吸收了取自他人语境的语言，吸收了渗透着他人理解的语言，每个人为自己的思想所找到的语言，全是这样满载的语言"。

二、对话模式：双声与复调

"生活美好。""生活不美好。"这是两个单独的论断。它们具有指物述事的语义内容，具有一个论断否定另一个论断的逻辑关系。

"生活美好。""生活美好。"看起来是一个论断写（说）了两次，但它们之间也存在一定的逻辑关系：同意、证实关系。

以上两种情况，如果都是由一个人说出来的，不会产生对话关系，如果出自不同人之口，就会产生对话关系。但这是公开的对话关系，每个判断都是单声的。如果有人说"生活美好"，另一个人并不赞同他的话，他也学着前者的口气说"生活美好"，但他通过语调所表达的实际意义是："生活并不如你所说的那样美好"。这样，"一个人嘴上的话移到另一个人嘴上，内容依旧，而语调和潜台词都变了。"就是说，在第二个"生活美好"的语句中，包括一个他人话语，一个自我话语，包括两个判断：生活美好与生活不美好。

再看一个例子。

小说《穷人》中，杰符什金的信里有这样一段话："我没有成为任何人的累赘！我这口面包是我自己的，它虽然只是块普通的面包，有时候甚至又干又硬，但总还是有吃的，它是我劳动挣来的，是合法的，我吃它无可指摘。是啊，这也是出于无奈嘛！我自己也知道，我不得不干点抄抄写写的事，可我还是以此自豪，因为我在工作，我在流汗嘛。我抄抄写写到底有什么不对呢！"

巴赫金认为这是典型的双声语，他把它展开来分析：

"他人：应该会挣钱，不应成为任何人的累赘，可是你成了别人的累赘。

杰符什金：我没有成为任何人的累赘！我这口面包是我自己的。

他人：这算什么有饭吃呀？！今天有面包，明天就会没有面包。再说是块又干又硬的面包！

杰符什金：它虽然只是块普通的面包，有时候甚至又干又硬，但总还是有吃的，它是我劳动挣来的，是合法的，我吃它无可指摘。

他人：那算什么劳动！不就是抄抄写写吗，你还有什么别的本事。

杰符什金：这也是出于无奈嘛，我自己也知道，我不得不干点抄抄写写的事，可我还是以此自豪！

他人：有什么值得骄傲的！抄抄写写！这可是丢人的事！

杰符什金：我抄抄写写到底有什么不好呢！"[1]

在这里展开的对话中，"两句对语——发话和驳话——本来应该是一句接着另一句，并且由两张不同的嘴说出来"，但实际在小说中，两者是重叠起来的，"由一张嘴融合在一个人的话语里"。[2]无论是一个人嘴上的话移到另一个人嘴上，而潜台词变了，还是一张嘴融合了两个人的话，它们的共同特点都是，一句话"具有双重的指向——二即针对言语的内容而发（这一点同一般的语言是一致的），又针对另一个语言（即他人的话语）而发"。[3]这就是双声语，它的本质就是"两种意识，两种观点，两种评价在一个意识和语言的每一成分中的交锋和交错，亦即不同声音在每一内在因素中交锋"。[4]巴赫金所说的"双重指向"与"两种意识"是双声语的两个最基本特点：双客体性与双主体性——在同一语句中暗含两个判断、指向——双客体；暗含着说者与他人话语（第二个说者）——双主体。它们之间的关系由于或赞同，或反驳，或补充，而成为对话性的。双主体在话语中公开的主体是说者，这毫无疑问，另一个主体是隐在的，会有各种不同的情况。这个隐在的主体可能是个说者——或是潜在的对话者，主人公想象中的对话者（上述杰符什金的例子），或是重复他人话语（拉斯柯尔尼科夫重复他母亲的话"长子嘛"）；也可能是个听者——在场的听众或众多交谈者中的某一个人（娜斯塔西娅·菲利波夫娜在许多人在场的情况下，对尼娜·亚历山大洛夫娜说："他猜对了，我的确并不是这样的人。"这话实际是对梅思金公爵说的。）在实际生活中，"指桑骂槐"属此类。

从巴赫金对双声语与象征的区别，也可以反证双声语的内涵。他认为诗学的象征，虽然具有双重意义，即具有双重指向，却"只有一个声音，一种语调"，是单主体，而

[1] [俄]巴赫金.陀思妥耶夫斯基诗学问题[M].北京：三联书店，1992.

[2] 同上.

[3] 同上.

[4] 同上.

没有另一个对话者，因而属于单声语体系，是非对话性的。

巴赫金将叙事文本的语体做了分类，并对几个重要的双声语体做了详细分析。由于利用他人话语的方式及使用的目的不同，双声语形成各种不同的语体风格。

"故事体是模仿别人的语言，对话体中的对话则要考虑到对方的语言，要适应对方语文的特点，要预想到他人的话语。"[1]

讽刺性模拟体：在自有所指的客体语言中，作者再添进一层新的意思，同时却仍保留其原来的指向。根据作者意图的要求，此时的客体语言，必须让人觉出是他人语言才行。其结果，一种语言竟含有两种不同的语义指向，含有两重声音。[2]

讽拟体：作者为表现立意而利用他人语言，但在保留他人语言自身的意向以外，又赋予同原意向相反的意向，隐匿在他人语言中的第二个声音，在里面同原来的主人相抵牾，发生了冲突，并且迫使他人语言服务于完全相反的目的。[3]

暗辩体语言，是一种向敌对的他人语言察言观色的语言。这一类语言好像是看到或感到了他人语言的存在，预感到了他人的反驳，因而本身仿佛遭到了扭曲，折射出他人话语对语句的影响。在实际生活中，"旁敲侧击"的话语，"话里带刺"的语言，属于此类，上面讲到的杰符什金那段话也属此类。[4]

而所有这些文体，不管是单一指向的仿格体，还是不同指向的讽拟体，它们都有两个主体。仿格体和讽拟体是重复他人话语获得的双声，暗辩体是省略了他人话语，是在未出现的他人话语的作用下，语句产生的扭曲表现的双声，是在猜测他人心理的情况下，在没有"正方"述理的情况下，对他人进行的单方面的反驳。或者是在回答对方很久以前一次谈话的尾白。但不管是哪一种情况。只要是处于话语层面的双声语，巴赫金就称它为"微型对话"。这是形式上表现出来的微型对话，还有一种是内容上表现出来的微型对话——内部对话，即主人公内心的思想矛盾构成的内心独自。

三、对话生存的时空：共时性与狂欢化

除了对话体的来源能补充说明对话性的性质以外，对话及对话性生存的时空也能使我们更深刻地理解对话性。

对对话时空的分析，始于《陀思妥耶夫斯基诗学问题》（1929 年），基点也立足于

[1]　[俄]巴赫金.陀思妥耶夫斯基诗学问题[M].北京：三联书店，1992.

[2]　同上.

[3]　同上.

[4]　同上.

陀思妥耶夫斯基的作品，对话性关系也仅限于作者与主人公，主人公与主人公，这与我们在《小说话语》（1935 年）中对对话性的了解就有一定的距离，这时他对时空问题的结论就带有一定的局限性，尽管他对陀思妥耶夫斯基的分析是饶有趣味的。而巴赫金在《小说话语》中所阐述的对对话性的认识，对话性关系的范围已十分广阔，对话性生存的时空也应随之广阔，但那时他并没有就时空问题讨论下去。他后来在 1937—1938 年撰写的《小说的时间及时空集形式》一文中，才专门讨论了时空问题，所分析的材料是古典文学（该书副标题为"历史诗学概要"），从古希腊小说（2—4 世纪）开始到拉伯雷的小说和卢梭的田园诗（18 世纪）。如果从巴赫金所分析的材料本身的先后顺序来看，应该是"古希腊小说—拉伯雷—陀思妥耶夫斯基"这样一个时空形式的发展过程，所以，我们不按巴赫金著作出版的顺序，而按时空形式发展的线索来考察巴赫金对时空问题的总体认识，来理解时空对对话性及对话性关系的影响。

巴赫金引用了一个数学概念"时空集"来说明他对时空问题的认识，这个概念爱因斯坦曾引用到他的相对论之中。它的主要的内涵是时空之不可分——时间是空间的第四维。巴赫金认为，必须从三个古典模式着手研究时空集，因为"欧洲小说就是在这三种模式的变体上发展起来的，以后才在欧洲的土壤上开拓了新的模式"。这三种模式是：考验历险小说，或叫希腊小说、诡辩小说；日常冒险小说；传记小说。其中前两种模式与对话性有着内在的联系。日常冒险小说是指《金驴记》这类小说，时空的变化体现为变形——一个人变为其他生物。考验历险小说写的都是超常的历险——未婚夫经过千辛万苦寻找未婚妻，在节外生枝的情节中表现了这类小说的时空特点——"突然"与"正巧"所携带的纯粹的偶然性的逻辑："偶然的巧合，即偶然的共时性与偶然的分道扬镳，即偶然的分时性。"

陀思妥耶夫斯基创造的对话性远远优胜于古代的各种对话体，他所创造的复调结构本身，"也要求另一种时空艺术观，用陀思妥耶夫斯基自己的话说，是'非欧几里德'的观念"。陀思妥耶夫斯基艺术观察的一个非常重要的特征，一个基本范畴，"是同时共存和相互作用，而不是形成过程"。"他观察和思考自己的世界，主要是在空间的存在里，而不是在时间的流程中。由此便产生了他对戏剧形式的深刻爱好。所有他能掌握的思想材料和现实生活材料，他都力求组织在同一个时间范围里，通过戏剧的对比延伸地铺展开来。""他力图将不同的阶段看作是同时的进程，把不同阶段按戏剧方式加以对比映照。却不把它的延伸为一个形成发展的过程。对他来说，研究世界就是意味着把世界的所有内容作为同时存在的事物加以思考，探索出它们在某一时刻的横剖面上的相互关系。"

我们知道戏剧的特点，是矛盾集中，地点场景相对集中、固定，时间也是现在进行时，表达方式是动作和对话，"三一律"非常明确地表达了这种经验。如果说戏剧——特别是话剧——是对话的艺术的话，那么戏剧的特点，就成为对话的时空特点。在这种时空环境下，对话中双声的使用也会增多，语言层面的内部对话性也有出现的机会。

巴赫金说陀思妥耶夫斯基"主要是在空间的存在里，而不是在时间的流程中"观察和思考自己的世界，但是他的作品中共时性，即现在进行时的特点，恰恰属于时间范围，而且这个属于 20 世纪现代小说的特征对于陀思妥耶夫斯基同时代的其他作家来说是超前的。陀思妥耶夫斯基是在现代的时间观念中展开情节的，他的主人公在共时性的作用下，从不回忆什么东西，没有属于生平往事的身感实受的经历。"他们从自己的过去中，只记得仍然属于现在，至今仍然在感受的东西，如没有赎完的过失、罪行，没能忘怀的屈辱。""因而在陀思妥耶夫斯基的小说中，没有原因，不写渊源，不从过去，不用环境影响、所受教育等来说明问题，主人公的每一个行为，全展现在此时此刻，从这一点上说并无前因，作者是把它当作一个自由行动来理解和描写的。"

情节在共时性的作用下，使人物的自由行动都处在一种关键时刻：临界期即在重大转折、更替前夕，危机的紧要关头，其目的是逼迫主人公讲话。陀思妥耶夫斯基之所以被称为"残酷的天才"，是因为他非常善于"让自己的主人公承受特殊的精神折磨，以此逼主人公把达到极度紧张的自我意识讲出来"，他善于"在主人公周围创造一种极其复杂、极其微妙的社会气氛、以便逼得主人公在同他人意识紧张的相互作用过程中用对话方式坦露心迹，展示自己，在别人意识中捕捉涉及自己的地方，给自己预留后路，欲说又止地表示自己最后的见解"。因此，陀思妥耶夫斯基的情节不是裹在主人公身上的衣服，想脱就脱，想换就换，"而是主人公的躯体和灵魂"。

对话语言在共时性的作用下，在一句话中表现两种不同的声音——双声语，而且，各种声音、各种意识，在对话中同时出现，必然产生争论、交锋，从而构成对位形式与复调结构。

除了共时性以外，狂欢化是对话所处的时空的另一要素。

狂欢节的各种特点被引入文学作品就是狂欢化，于是大型的群众场面——狂欢广场、不分阶级等级的亲昵接触、插科打诨、粗鄙的对话属狂欢化；奴隶变帝王，帝王变乞丐的人生双重性属狂欢化；狂欢之王加冕与脱冕所象征的变化与更替精神属狂欢化。庄谐结合的语言风格属狂欢化，被称作"贫民窟自然主义"的底层人民的生活，以及可以称作精神心理实验的各种类型的精神错乱、个性分裂、异常的梦境，都是狂欢式的。总之，

俄罗斯文学的多视角阐释

在陀思妥耶夫斯基的作品中，狂欢节中的情节与场面随处可见，狂欢化的氛围就是对话、对话性所处空间。由于空间，即情节场景的狂欢化，反过来，使时间也具有狂欢化的特点。轮盘赌，在巴赫金看来，是时间狂欢化的一种变体。"赌博的气氛，是命运急速剧变的气氛，是忽升忽降的气氛，亦即加冕脱冕的气氛。赌注好比是危机，因为人这时感到自己处于临界点。赌博的时间，也是一种特殊的时间，因为这里一分钟同样等于好多年。"

由于狂欢节要闹一整天，因此，以一天为单位的时间，也就具有狂欢节的时间的性质。巴赫金以《白痴》的上卷为例，它的情节始于清晨，末于夜晚。但这里的时间"根本不是悲剧时间（尽管接近于悲剧型），不是叙事史诗的时间，也不是传记的时间，这是一种特殊的狂欢体时间里的一天。狂欢体时间仿佛是从历史时间中剔除了时间，它的进程遵循着狂欢体特殊的规律，包含着无数彻底的更替和根本的变化（原注：例如穷公爵早上还无处容身，晚上竟成了百万富翁。）。"所以，这种狂欢时间，戏剧性的共时原则，使陀思妥耶夫斯基的作品出现令人瞠目的情节剧变，"旋风般的运动"，陀思妥耶夫斯基的流动感。流动感和快速在这里（其实在哪里都如此），不是时间的胜利，而是控制时间的结果，因为快速是在时间上控制时间的唯一办法。控制时间，使时间膨胀，事件浓缩，长篇小说集中在几天，甚至几小时的时间内，而包容了几十年的人生历程，这是现代小说对古典小说在时间上的突破。显然，陀思妥耶夫斯基时空特征主要表现在时间上，巴赫金讲的陀思妥耶夫斯基观察和思考自己的世界，"主要是在空间的存在里，而不是在时间的流程中"，或许是考虑到时间都是现在时，因而没有变化，就显出空间的变化来，时间成了空间的第四维？时空紧密结合在一起，而成为时空集。

不管巴赫金如何称谓陀思妥耶夫斯基的时空特点，戏剧共时性与狂欢化的时空，是复调小说得以成长的土壤，是无可争辩的。而所有这些对话性的时空观念、对话性的形式建构原则，就是巴赫金所说的复调艺术思维。

第三节　维谢洛夫斯基与比较诗学

俄罗斯文艺学领域对民间创作的研究，并在其研究基础上形成理论体系者，不能不提及维谢洛夫斯基。在维氏的文艺学研究实践中，来自民间的文学传统，是其研究的对象、前提、基础和不可缺少的土壤。

维谢洛夫斯基是俄国十九世纪最具个性的文艺学家之一。他创建了历史比较研究方法，构建的历史诗学体系，对于 20 世纪俄罗斯文艺学（例如形式学派、巴赫金学派等）具有深刻的影响。维氏历史诗学的基本信念是"回答什么是诗意意识及其形式的演变"。[1]刘宁先生认为，对于这个问题的回答构成了维氏"历史诗学的中心课题"。[2]然而，要回答这个"演变"，就必须追问："演变"是从何处来？经由什么环节而来？向何处去？在当下文学创作实践中是更为彰显了还是业已消失了？造成这一切的原因是什么？而作为这个课题研究基础的，则不得不是民间创作研究。维氏的全部诗学就立足于民间创作回答这些问题。

　　那么，为什么选择民间创作为研究对象而不是当代文学？或者不是稍微前一点的普希金、莱蒙托夫或果戈理研究？果真像他自己所说的"现代生活太紊乱，太令我们激动；我们对待古代则比较冷静，不由自主地在其中寻找我们所未吸取的教训……"吗？[3]的确，紊乱的生活，快速的节奏，特别是研究本人深陷其中的利害关系——这一切对于学术研究来说，实在属于不可克服的干扰。但是，选择古代民间创作作为历史诗学研究的对象，更根本的原因在于学术理念发生了变化。当我们的学术研究不再仅仅服务于转瞬即逝的意识形态目的的话，那么，就必须叩问自己：除了个人爱好和政治目的，文艺学理论的学术研究具有什么指向？我理解，假如可以把目的分层次的话，那么，这里就有学术话语本身的自我建构和以之为终极目的的民族文化精神接续两个层次。这两个层次不是截然分开的；它们之间具有自然的联系。假如，从第一个价值层面上来看，历史诗学的目的是"从诗歌的历史演进中抽象出诗歌创作的规律和抽象出评价它的各种现象的标准——以取代至今占统治地位的抽象定义和片面的假定的判决"。[4]

　　这也就意味着，要回答诗的本质问题，就必须从追问诗本身开始；而"诗本身"又包含着哪些因素呢？在维氏看来，这不是一个理论思辨性质的问题，而是一个考据问题，也就是通过追溯诗的历史脉络来回答的问题。而从第二个目的，则应该归纳为对民族文学的历史意识的强调，把民族文化的现在与过去密切不可分隔地联系在一个整体上。维氏表达了"你告诉我人民是怎样生活，我就告诉你人民怎样写作"这个思想。关于这一点，伊·卡·果尔斯基在强调维氏的历史诗学的民族性时这样说："显然，在 19 世纪的文学运动历史上，民族性问题具有关键意义。"

　　从维氏的学术理念来说，他的基本思想是：当代诗歌（也包括一切叙事文体、抒

[1]　[俄] 维谢洛夫斯基. 历史诗学 [M]. 刘宁，译. 天津：百花文艺出版社，2003.

[2]　同上.

[3]　同上.

[4]　同上.

情文体和表演性文体的文学创作）的一切形式方面的因素，都具有深刻而悠远的历史原因。这个历史原因远不止步于我们现在所知晓的古代经典；严格说，被称为古代经典的作品只是这个历史视野中的结果而不是原因。维氏把研究的视野推进到"荷马史诗"之前，更不用说希腊戏剧之前了。他认为，在荷马之前的诗歌存在状态具有一个鲜明的特征——混合性，即"有节奏的舞蹈动作同歌曲音乐和语言因素的结合"。[1] 而这个混合性诗歌的特征之一，"是它的占主导地位的表演方法：它曾经是，现在也还是由许多人、由合唱队来演唱的；这种合唱艺术的痕迹在比较晚期的、民间的和艺术的歌曲的文体和手法中保留了下来"。[2] 换句话说，古希腊史诗、诗歌和戏剧的一切经典形式在它之前的民间集体创作活动中就业已广泛存在，是"在群众的无意识的合作中，在许多人的协助下形成的"。[3]

目前所看到的艺术的多样性特征，在古代民间文学艺术中是紧密地混合在一体的。不过，在这种创作形态中，由于缺乏张扬的个性和自我意识，它们还不能称为诗歌艺术，而只是艺术的"史前史"。维氏认为，历史诗学的任务就是说明，诗歌自它成为个人创作以来，就没有离开过历史（文化史和各个民族的风俗文化史）。"在我看来，历史诗学的任务——在于确定传统在个人创作过程中的作用与界限。"[4] "……这种诗学能够排除它的思辨体系，为的是从诗歌的历史中阐明它的本质。"[5] 维氏用以下的规律说明诗歌形式因素的历史继承性："在人民的记忆中铭刻着一些形象、情节和类型，它们在某个时候曾经是栩栩如生的，是由于某个人物的活动，某一事件，某一引起兴趣、充满情感和幻想的奇闻逸事所激发的。这些情节和类型被普遍化了，关于人物和事实的表象可能黯然失色，只剩下了一般的公式和轮廓。它们潜藏在我们意识的某个隐秘阴暗之处，就像许多经历和体验过的事似乎被遗忘了，却蓦然使我们震惊。这恰似某种不可理喻的启示，某种既新鲜又古老的体悟一样，我们无法认清它们，因为往往不能确定那种出乎意料地重新唤起我们古老记忆的心理活动的本质。在民间的和艺术自觉的文学生活中也是如此：一旦对于旧的形象，对于形象的余波产生了民间诗歌的需求，形成时代的要求，那么它就会突然出现。"[6] 这个描述，在相当大的程度上道出了诗歌发展的形式因素出现的基本

---

[1]　[俄] 维谢洛夫斯基 . 历史诗学 [M]. 刘宁，译 . 天津：百花文艺出版社，2003.

[2]　同上 .

[3]　同上 .

[4]　同上 .

[5]　同上 .

[6]　同上 .

规律。正是由于对民间诗歌存在状态的研究，维氏坚信："任何理论上的考虑都不能妨碍我们把民间传说的这种重复性列入自觉的文艺现象。"[1]

维氏把民间创作作为文艺学研究的前提和基础，在他的文学研究视野中，文学（无论内容和形式因素）从来都是随着时代和风俗文化的变更而发生着变化，而形式方面的任何变化，以及因此产生的新的因素，都可以在古代民间混合型存在状态中寻找到它的雏形。形式方面的多种因素，是古代群众智慧创作的结晶，它们不会轻易消失，合适的时代到来，那些已经淡出个人创作多年的形式因素又会重新出现，并起着重要的作用。"无论在文化领域，还是在更特殊一些的艺术领域，我们都被传说所束缚，并在其中得到扩展，我们没有创造新的形式，而是对它们采取了新的态度。"[2]巴赫金的下述话显然与维氏的思想密切相关："含义现象可能以隐蔽的方式潜藏着，只是在随后时代里有利的文化内涵语境中才能得以揭示。莎士比亚融入作品中的宝贵含义，是若干世纪乃至上千年间创造和积淀起来的。这些宝贵的含义隐藏在语言之中，不仅是标准语，还有在莎士比亚之前没能进入文学的民间语言成分；也隐藏在言语交际的多种体裁和形式之中，在数千年形成的强大的民间文化形式里（主要在狂欢化形式里），在戏剧表演的体裁里（神秘剧、讽刺喜剧），在渊源于史前远古时代的故事情节里，最后还在思维的形式里。莎士比亚也像任何艺术家一样，构筑自己的作品，不是利用僵死的成分，不是利用砖瓦，而是用充满沉甸甸含义的形式。"[3]雅各布森所说俄国诗学对民间创作材料布局规律的发现，在维氏和巴赫金甚至形式主义学派看来，乃是对整个文学基础的求索，而不仅局限在形式因内。

虽然维氏的主要兴趣是形式的历史积淀，虽然对于他来说，这个发掘就是诗学研究的主题，但是，他的研究毫无疑问具有意识形态倾向。在我看来，他的研究对象——诗学，是与另外两个层面的对象相联系的：在更高的目标上是思想史，再上则接续到一般历史的建构。他如此概述道："思想史是一个比较宽泛的概念，文学只是它的局部表现；要使文学分化出来，就必须对于什么是诗歌，什么是诗意意识及其形式的演变具有明确的理解，否则我们便无从谈论历史。"[4]可以这样表述维氏的立场：作为思想史的一个部分，文艺学研究假如没有从根本上解决自己从何处来的问题，遑论历史视野，它也就无法参与历史的建构。

---

[1]　[俄]维谢洛夫斯基.历史诗学[M].刘宁,译.天津：百花文艺出版社,2003..

[2]　同上.

[3]　[俄]巴赫金.巴赫金全集（第四卷）[M].石家庄：河北教育出版社,1998.

[4]　[俄]维谢洛夫斯基.历史诗学[M].刘宁,译.天津：百花文艺出版社,2003.

第四节　普罗普与结构主义叙事学

一、结构主义的含义

结构主义英文为 Structuralism。结构主义有广义和狭义之分。广义的结构主义是 20 世纪初开始酝酿，五六十年代达到高峰的一种哲学和人文学科的思潮和运动，也是一种带有普遍意义的哲学方法论。对结构主义的特点很多学者都曾加以论述。

瑞士心理学家皮亚杰曾师从荣格，后来开创了发生心理学的学说。他的心理学学说具有结构主义倾向，以至于他在撰写心理学论著之余，写了一本《结构主义》来对自己所遵循的方法论做出系统梳理。在《结构主义》一书中，皮亚杰概括结构主义具有三大特点：整体性、转换性和自我调节性。

整体性是指任何事物的结构是按照组合规律有秩序地构成的一个整体；转换性指任何事物结构中的各个部分可以按照一定规律来互相替换或改变；自我调节性指任何事物结构内部的各个组成部分都互相制约，互为条件。

英国学者特伦斯·霍克斯指出："结构主义基本上是关于世界的一种思维方式……这种思维方式对结构的感知和描绘极为关注。……事物的本质不在于事物本身，而在于我们在各种事物之间的构造，然后又在它们之间感觉到的那种关系。"[1]

美国学者罗伯特·休斯在《文学结构主义》中也论述到广义的结构主义："从最广义上讲，结构主义是在事物之间的关系中，而不是在单个事物内寻找实在的一种方法。"[2]

综合以上学者的观点以及其他看法，我们可以得到结构主义的基本特点：

在解释任何现象时，撇开其具体内容和单纯的因果关系，只注重寻找和描述其结构，即构成这一现象的内部各因素之间的关系，以及这一现象与其他现象之间的关系。

狭义的结构主义则是指 20 世纪 60 年代以法国为中心兴盛并达到高峰的一种文学理论和文学批评流派。结构主义文论是结构主义方法在美学领域中的一种运用，它从俄国形式主义的母体中滋生分化出来，通过吸收结构主义语言学的具体成果，在结构主义人类学、民俗学等的影响下创立起来。

[1]　［英］特伦斯·霍克斯.结构主义和符号学［M］.瞿铁鹏，译.上海：上海译文出版社，1987.

[2]　［美］罗伯特·休斯.文学结构主义［M］.刘豫，译.北京：三联书店，1988.

这里我们所要论述的主要是狭义的结构主义，不过广义、狭义的结构主义是紧密相关的。

结构主义文论流派是个观念相近，但队伍松散的理论联盟。结构主义之父为索绪尔。而整个阵营有前四子和后四子之说。前四子为法国人类学家列维－斯特劳斯、后现代精神分析学家拉康、历史哲学家福柯、西方马克思主义理论家阿尔都塞。后四子是罗兰·巴特、茨维坦·托多洛夫、布雷蒙和格雷马斯。前四子加上巴特又称为结构主义的"五巨头"。另外，热奈特、乔纳森·卡勒、尤里·劳特曼、诺思罗普·弗莱以及早期的俄国人什克洛夫斯基、普罗普都可以聚集在结构主义的旗帜下。

二、结构主义的基本内容

（一）结构主义语言学和人类学

在语言学和人类学领域，出现了结构主义语言学家索绪尔和结构人类学家列维－斯特劳斯。

斐迪南·德·索绪尔是瑞士语言学家，结构主义之父。其理论观点开了结构主义的先河，当代结构主义者的思想都以他的著作《普通语言学教程》为基础。

1906 至 1911 年，索绪尔在瑞士日内瓦大学讲课。1913 年他逝世后，其学生巴利和薛施蔼等根据同学们的笔记和索绪尔的一些手稿及其他材料编辑整理成《普通语言学教程》一书，于 1916 年在法国出第一版（法文），1922 和 1949 年分别出第二版和第三版。在《普通语言学教程》中，索绪尔提出了对后来结构主义者具有方法论意义的思想。这些思想主要由下列几对概念体现出来：语言和言语，能指和所指，共识性和历时性。

1. 语言和言语

系统是结构主义的核心概念，索绪尔把语言看作一个抽象的符号系统。他先从语言展示的两种基本表现形态考察整个语言现象。这两种基本表现形态即语言和言语。

索绪尔认为语言是整个符号系统，言语是我们具体说的话。抽象的语言系统只有一个，而具体的言语则千差万别，因人、因时、因地而异。言语能表情达意，人们之间能相互交流，是因为这些言语都遵循一定的语言规范，都处在同一种语言系统之内。比如我能听懂你的话，你能听懂我的话，就因为我们遵从的都是汉语语音、词汇、语法所构成的汉语语言系统。索绪尔用象棋来类比语言和言语的关系。下棋都要遵循一套规则，但每一盘下过的棋又有所不同。如中国象棋，马踏斜日，象飞田，车直走，小卒只能一步一步拱。下中国象棋都要遵循这一套规范和惯例，但假如两个人下过三盘或五盘棋，每一盘具体的下法肯定是不一样的。要会下棋就必须先懂那一套规则；要说出话，也必须先懂那一套语言规范。因而在索绪尔的理论中，他强调的是语言系统而非具体言语。

2. 能指和所指

索绪尔认为语言符号是由能指和所指两部分构成的，就像一张纸的两面那样。音响形象即能说、写出来的叫能指，在说、写时想到的概念叫所指。能指和所指间的关系是任意的，在二者之间并没有必然的联系。比如表示"无色无味无臭的透明液体"和"木本植物通称"在汉语中分别写作"水"和"树"，在英语里则为"water"和"tree"。字形和读音都和汉语不同，但它们指的却是同一个概念。

索绪尔还认为语言符号能指称意义并不是由于词语和指称物之间有什么关系，而仅仅是由于处于同一系统中的各部分之间具有一定的差异关系。"水"不是"树"，"water"不是"tree"。用交通灯来类比，在红绿灯这一符号系统中，"红""绿"颜色是能指，"停""行"是所指。它们具有如此的指示意义，只是因为"红"不是"绿"，"绿"也不是"红"。

在能指和所指中，索绪尔强调的是能指。

3. 共时性和历时性

索绪尔把语言看成一个符号系统，他认为首先应当对这个符号系统进行共时研究，即把它作为时间的横断面上的一个完整系统来研究，而不是进行历时研究，即从纵向的历史发展过程中去研究。后来从结构主义发展出来的叙事学研究就是采用一种共时性方法进行的。[1]

语言学术语和方法在人类学研究中的应用，是结构主义从语言学走向其他学科的最早标志之一。做这项工作最早的就有法国著名人类学家克劳德·列维—斯特劳斯，所以列维–斯特劳斯也被人誉为"结构主义之父"[2]。

列维–斯特劳斯认为对语言的分析为整个人类文化的分析提供了合适的范例。像索绪尔一样，他力求在零散混乱的现象下面去寻找本质上类似于语言系统的结构。因而他用语言学的方法来分析非语言学的材料，具体地用结构主义的语言学模式分析了文化行为、庆典、仪式、血缘关系、婚姻法规、烹饪法、图腾制度等等。他取得的成果，尤其体现在对三种具体的系统——亲属关系、神话、野蛮人的思维等的分析中。[3]

列维–斯特劳斯的结构人类学思想主要体现在其名著《结构人类学》中。

[1] 傅道彬，于茀.文学是什么 [M].北京：北京大学出版社，2002.

[2] 方珊.形式主义文论 [M].济南：山东教育出版社，1994.

[3] 胡经之，张首映.西方二十世纪文论 [M].北京：中国社会科学出版社，1988.

（二）结构主义诗学

1.诗学释名

"诗学"英文为Poetics，这一称谓在西方历史悠久。开西方文艺理论先河的亚里士多德的著作即名之为《诗学》。从亚里士多德的《诗学》看，"诗学"并不纯粹讲诗歌，而是讲到了戏剧等除诗歌以外的体裁，因为当时古希腊发达的文学样式是史诗和戏剧。亚里士多德这里的"诗学"等同于文艺理论，即一般的艺术理论。可见"诗学"有广、狭义之分。狭义的"诗学"则专指关于诗的文学批评和作诗法研究，研究对象即诗歌。

结构主义在狭义的诗学研究方面取得了很大的成果，这一成果主要是由雅各布森、乔纳森·卡勒做出的。

在此要涉及的是结构主义在广义诗学方面的研究，具体地探讨结构主义者对文学的理解，即结构主义的文学观。

结构主义文论流派是从俄国形式主义母体中滋生分化出来的，它们的文学观念是一致的，要了解结构主义，应先认识俄国形式主义。

2.俄国形式主义的文学观

俄国形式主义是20世纪西方文学理论的发端，其活动时期是20世纪10年代到30年代，开端和结束都以一个人及其文章为标志。1914年什克洛夫斯基就未来派诗歌发表了题为《词语的复活》的小册子，标志着俄国形式主义的开端。1930年1月，什克洛夫斯基又发表题为《学术错误志》的文章说："对我来说，形式主义是一条已经走过的路。"宣告他放弃形式主义。其理论主张在后来捷克的布拉格语言学派中继续延续。

俄国形式主义的理论主要来自于两个小组的集会、讨论和刊物。一个是"莫斯科语言学派"，由七位莫斯科大学语文史系的大学生于1914年组成，以罗曼·雅各布森为首，包括鲍·托马舍夫斯基等；另一个是彼得堡的"诗歌语言研究会"（音译为"奥波亚兹"），也是大学生社团，成立于1914年，以什克洛夫斯基为首。

俄国形式主义反对传统对文学的界定。传统对文学本质的界定主要有表现论和再现论。形式主义者认为把文学作品看作是作者个性的表现将不可避免地导致传记和心理学，而把它当作是某一社会的描绘又会导致历史学、政治学或社会学。形式主义尤其反对19世纪下半期的文学研究。19世纪下半期的文学研究信奉的是实证论，批评家们更多的是从哲学、历史、心理学、社会学等方面对作品进行评析，像丹纳的《艺术哲学》，就是从种族、时代、环境三个原则出发对各艺术门类进行分析，认为物质文明和精神文明的面貌都取决于种族、时代、环境三大因素。"实证论文学研究几乎已成为哲学、历史、心理学、美学、人种学、社会学等等的松散聚合体。"[1]形式主义者不满这种实证论的研究方法。形式主义者认为文学研究的是文学性，而不是这个或那个作家的这部或那部文学作品。雅各布森说："文学科学的对象不是文学而是文学性，即那个使某一作品成为文学作品的东西。"[2]而文学性在形式主义者看来正存在于差异之中。

为寻找这种差异，形式主义者什克洛夫斯基提出了著名的"陌生化"概念。"陌生化"是俄文"反常化"经英语转译之后而成的。[3]"反常化"与"自动化"是一对相对的概念。

所谓"自动化"，即人们由于数次重复，习惯成自然，在经验中形成无意识，引起惯常化，而这种惯常化导致了人们产生机械反应。什克洛夫斯基认为，自动化广泛存在于人的活动中。人的各种动作、行为活动、言谈举止等等，只要经过多次重复，它们在人的经验中就会变成无意识的东西，习惯成自然，导致自动化的出现。

"反常化"则是一种重新唤起人对周围世界感受的方法。就是使熟悉的、习以为常的东西重新变得新奇、陌生。什克洛夫斯基就认为艺术能使那些已经惯常或无意识的东西陌生化，比如说步行，步行就是走路，因为我们每天都要走路，所以我们对步行就没有多少意识，但是当我们跳舞的时候，无意识的步行姿态就会给人一种新鲜之感，而舞蹈就是一种被感觉到了的步行。

具体到文学作品中，陌生化如何体现？

诗歌中的陌生化问题最终集中到语言上，诗之所以为诗，就在于诗的语言使习以为常的普通（实用）语言变得不寻常和陌生，比如汉语格律诗中采用对仗、押韵、平仄等等，就是一种陌生化手段。现代诗如徐志摩《再别康桥》中的诗句"寻梦？撑一支长篙／向青草更青处漫溯／满载一船星辉／在星辉斑斓里放歌。但我不能放歌／悄悄是别离的笙箫；夏虫也为我沉默，沉默是今晚的康桥！"其中采用了顶真修辞手法，为全诗的飘逸、洒脱、美妙、静谧、忧郁和怅惘相交融的意境的营造起到了重要作用，这也是一种陌生化。

在散体文（小说就是一种散体文）领域，形式主义者以区分"故事"和"情节"来看陌生化。"故事"（fabula 发布拉）是指按照时间顺序发展的事件，"情节"（syuzhet 休热特）指记叙文里事件发展的次序和方式。"故事"和"情节"的关系类似于普通（实用）语言和诗歌语言的关系，情节使故事变得陌生了。

---

[1]　[英] 安纳·杰弗森，戴维·罗比，等 . 西方现代文学理论概述与比较 [M]. 包华富，等，译 . 长沙：湖南文艺出版社，1986.

[2]　同上 .

[3]　方珊 . 形式主义文论 [M]. 济南：山东教育出版社，1994.

俄国形式主义者的文学观念核心在于他们认为文学研究的对象是"文学性"（雅各布森），而文学性体现在差异性中："文学的本质不是别的，而是它与其他事物的差异。"[1]"陌生化"（什克洛夫斯基）即体现了一种差异。诗歌的陌生化表现在诗歌语言与普通（实用）语言的差异，小说陌生化表现在情节与故事的差异。

从以上论述可见，在俄国形式主义者那里，文学性和形式几乎是同义语。词、句的选择（语言），全篇的布局、安排（结构）都属于形式范畴。俄国形式主义者自身也是这样看的，什克洛夫斯基曾说"艺术是技巧"，"手段是唯一的主角"，他们的陌生化也是从形式来看的，因而他们被对手冠以"形式主义"的称呼。

（三）结构主义叙事学

叙事学是结构主义文论中的重要组成部分，也是结构主义文论中最有活力的部分，它从结构主义内部发展出来，成为一门独立的学科。叙事学这一术语是1969年托多洛夫第一次提出的，他在《〈十日谈〉的语法》中指出："这部著作属于一门尚未存在的科学，我们暂且将这门科学取名为叙述学，即关于叙事作品的科学。"[2]结构主义叙事学家们的理想是，通过一个基本的叙事结构来观察世界上所有的故事，他们设想可以从每一个故事中提出它的叙事模式。然后在此基础上建立一个无所不包的叙事结构，这就是隐藏在一切故事下面的那个最基本的故事。他们相信存在某种可以超越时代、超越地域、超越各种叙事媒介的独立故事。他们认为语言学家们能从复杂多变的词句中总结出一套语法规律，他们也一定能从纷繁复杂的故事中抽象出一套故事的规则，从而把变化多端的故事简化为容易把握的基本结构。

在这方面已经有了一个先行者——俄国的普罗普。整个结构主义都受到俄国形式主义的影响，叙事学也一样。普罗普并不是俄国形式主义圈子里的人，他不属于"莫斯科语言学派"和"诗歌语言研究会"中的任何一个小组，但他在1928年出版的《民间故事形态学》（雅各布森在20世纪50年代将其译成英文出版）却是最有影响的著作，结构主义叙事学从此受到极大启发。

在《民间故事形态学》中，普罗普通过对一百个俄罗斯民间故事的分析，总结出了三十一种功能和七个行动范围。这三十一种功能和七个行动范围构成了所有民间故事下的基本故事，现存的一切民间故事都不过是这基本故事的变体和显现。

[1]　[英]安纳·杰弗森，戴维·罗比，等.西方现代文学理论概述与比较[M].包华富，等，译.长沙：湖南文艺出版社，1986.

[2]　方珊.形式主义文论[M].济南：山东教育出版社，1994.

结构主义者承袭了普罗普的思想，大力发展并完善了结构主义叙事学。代表性著作有托多洛夫《〈十日谈〉的语法》，格雷马斯的《结构语义学》，巴特的《叙事作品结构分析导论》和热奈特的《叙事话语·新叙事话语》（中译本，中国社会科学出版社，1990）等。其中，热奈特的著作被公认为关于结构主义叙事学的最权威的著作，代表着叙事学研究取得的最坚实、最有价值的成果。1972 年，热奈特发表《辞格之三》，其中包含了占该书三分之二篇幅的重要著作《叙事话语》。它通过对法国作家普鲁斯特卷帙浩繁的意识流小说《追忆似水年华》的分析，建构出一套可以应用于分析其他叙事作品的理论体系。

结构主义的基本内容当然不限于以上所述，朱立元主编《当代西方文艺理论》中把结构主义文论的基本特征概括为四个方面：（1）寻求批评的恒定模式；（2）强调文学研究的整体性；（3）追踪文学的深层结构；（4）在文学符号学和叙事学上有深入研究。方珊著《形式主义文论》一书中则把结构主义的特点归纳为三个基本特征：（1）语言学的霸权地位；（2）永恒存在的结构观；（3）普遍适用的符号性。两书中均有更详备的论述。笔者所介绍的只是结构主义理论外围的但是空雨件的东西，即结构丰芰的文学观念，这一点是有必要加以说明的。

三、普罗普与结构主义神话学

在结构主义中，普罗普在结构主义中，最为突出的贡献就是在结构主义神话学方面，本书就以神话学为例进行论述。

俄国学者弗拉基米尔·普罗普的研究俄国神话故事的著作《民间故事形态学》，不仅是二十年代俄国文论界最有影响的著作，而且开了结构主义叙事学的先河。普罗普首先着手处理民间故事的分类和组织问题。他不满于前人把民间故事按人物和主题分类的方法，认为这种方法不够系统严密。例如"龙劫走了国王的女儿"这个主题，普罗普认为并不成为单独一类，因为龙可以换成巫婆、巨人或任何邪恶者，国王可以换成父亲或任何所有者，女儿可以换成任何可爱而又娇弱的角色，劫夺可以换成使之失踪的任何别的行动方式。这样看来"龙劫走了国王的女儿"就是几个角色和一定行动构成的一个情节单位。普罗普研究了一百个俄罗斯童话，在对其永恒的和易变的成分区分时，得出这样一条规律：一个故事中的人物虽然可以变动，但其在故事中的作用是一样的。普罗普把功能描述成"根据其在行动过程中所具有的意义而界定的一个人物的行动"。以此为出发点，进行归纳和概括，得出四条规律，使叙事学的研究有了新的基础；

1. 人物的功能是故事中恒定不变的因素，不管它们是由谁和怎样具体体现的。它们构成一个故事的基本成分。

2. 童话故事所使用的功能的数量是有限的。

3. 功能的排列顺序永远是相同的。

4. 就其结构而言，所有的童话故事都属于同一种类。

当对故事的功能进行逐一比较时，普罗普发现，功能总数从未超过 31 种，不管一个故事拥有这 31 种功能中的多少种（从没有一个故事拥有全部功能），它拥有的那些功能总是以同样的顺序出现。普罗普还把功能的情节归纳为七个"行动范围"。这些行动范围涉及童话故事的七个人物角色。1. 反面人物，2. 施主（供养人），3. 帮手，4. 公主（一个被救的人）及其父亲，5. 派主人公外出历险者，6. 主人公，7. 假主人公。在任何一个特定的故事中，这些角色可以由各种人物担任，有时一个人物可以担任几个角色，也有时几个人物共同担任同一种角色。这些便是叙事体裁所需要的全部角色。普罗普从一种文学体裁的各个具体作品中抽象出一套基本原则，并以此来把握变化多端的文学现象的基本结构，这在结构主义叙事学的发展中具有重要意义。

普罗普以单个童话为分析单位，寻找故事的基本形式，而克劳德·列维-斯特劳斯的分析单位是一组神话的基本故事，他寻找的不是艺术形式，而是神话的逻辑意义，即原始神话的隐含意义。

在列维-斯特劳斯看来，一个神话就是一种文化用代码传送给它的单个成员的一种信息，只要我们能适当地排列神话素，而不是简单地按照流传至今的叙事顺序，就能破开代码、解出信息。他用重新组合神话素的方法分析了希腊神话中关于俄狄浦斯的故事。像一切叙事作品一样，这个故事的情节本来是线性发展的：卡德摩斯寻找其妹欧罗巴，后来杀死巨龙，将龙牙埋在地上，从那里冒出来的龙种武士向他进攻，他把一个宝石投向龙种武士们，龙种武士为争夺宝石而自相残杀，最后剩下五位，帮助他建立忒拜城；后来俄狄浦斯杀父娶母，成了忒拜国王等。列维·斯特劳斯认为，神话的情节掩盖了其逻辑意义，要理解其逻辑意义，就要打破情节线索，把神话素安排成这样：

亲族中异性关系过于亲密	亲族中同性关系相互排斥	人的强大有力	人的软弱无力
卡德摩斯寻找被宙斯劫走的妹妹欧罗巴	龙种武士自相残杀	卡德摩斯杀死巨龙	拉布达科斯（拉伊俄斯之父）=瘸子?
俄狄浦斯娶其母伊俄卡斯特	俄狄浦斯杀其父拉伊俄斯	俄狄浦斯杀死斯芬克斯	拉伊俄斯（俄狄浦斯之父）=左脚有病的?
安提戈涅违抗禁令葬其兄玻利尼昔斯	艾提欧克勒斯杀其兄玻利尼昔斯		俄狄浦斯=脚肿的?

表中第一栏的情节表示兄妹或母子的血缘关系过分亲密，第二栏则是杀兄杀父，与第一栏恰好形成相反的二项对立。第三栏的情节表示人能战胜妖魔，第四栏的几个人名都表示人无力正常行走，与第三栏人的强大有力也形成二项对立。通过这种分析就可以揭示神话的逻辑意义。列维－斯特劳斯认为，古希腊人相信人类像植物一样，是从泥土里生出来的，而现实生活又明明告诉人们，人是由男女交媾而生的，于是与原始人对人的起源的认识形成了矛盾。与此相关，如果人是由男女交媾而生，那么是同一血缘还是不同血缘的男女所生呢？列维－斯特劳斯认为，第一栏的乱伦暗示人由同一血缘的男女所生。第二栏亲人自相残杀，又暗示与第一栏相反的关系。第三栏人杀死妖魔暗示人不是泥土所生. 第四栏人无力行走，又暗示人无法摆脱泥土所生的状态。这表明，相互矛盾的对立面，在神话里共同存在，并行不悖，矛盾也就得到了调和，对于古代人类，俄狄浦斯神话也就成为具体思维的"逻辑工具"，起到调和、解决矛盾的作用。所以，列维－斯特劳斯说："神话思维总是从意识到对立走向对立的解决。"

　　列维－斯特劳斯把神话看作原始人心智活动的表现密码，并用上述方法对神话中的逻辑意义进行阐释。这种阐释虽显得牵强，但他关于探讨神话内在的逻辑意义的主张却有其合理之处。这种读解方法，为打破情节线性发展的局限、探求隐藏在情节下面的逻辑意义提供了一个范例，对结构主义文论产生了极大影响。

参考文献

[1] 曹维安.俄国史新论 [M].北京：中国社会科学出版社，2002.

[2] 曹靖华.俄国文学史 [M].北京：北京大学出版社.2007.

[3] 洪宇.简明俄国史 [M].上海：上海外语教育出版社，1987.

[4] 金亚娜.期盼索菲亚——俄罗斯文学中的"永恒女性"崇拜哲学与文化探源 [M].北京：人民文学出版社，2009 年.

[5] 金亚娜，刘锟.俄罗斯文学与文化研究 (第一辑)[C].北京：北京大学出版社，2011.

[6] 金雁.倒转"红轮"：俄国知识分子的心路回溯 [M].北京：北京大学出版社，2012.

[7] 梁坤.末世与救赎——20 世纪俄罗斯文学中主题的宗教文化阐述 [M].北京：中国人民大学出版社，2007.

[8] 李赋宁.欧洲文学史（第二卷）[M].北京：商务印书馆，2009.

[9] 任宣光.俄罗斯文化十五讲 [M].北京：北京大学出版社，2005.1–184.

[10] 任子峰.俄国小说史 [M].北京：北京大学出版社，2010.1–469.

[11] 苏畅.俄苏文学与中国现代文学的生成 [M].北京：社会科学文献出版社 2013.

[12] 姚海.俄罗斯文化 [M].上海：上海社会科学院出版社，2005..

[13] 徐崇温.存在主义哲学 [M].北京：中国社会科学出版社，1988.

[14] 徐稚芳.俄罗斯文学中的女性 [M].北京：北京大学出版社，1995.

[15] 于帅，戴桂菊，李锐.斯拉夫文明 [M].北京：中国社会科学出版社，2001.

[16] 张建华.俄国知识分子思想史导论 [M].北京：商务印书馆，2008.

[17] 张晓东.苦闷的园丁——"现代性"体验与俄罗斯文学中的知识分子形象 [M].北京:人民文学出版社，2009.

[18] [法] 安德烈·瑟利耶，让·瑟利耶著，王友新译.中欧人文图志 [M].北京：中国人民大学出版社，2008.

[19] [英] 马丁·吉尔伯特.俄国历史地图 [M].王玉苗，译.北京：中国青年出版社，2009.

[20] [美] 尼娜·珀利堪·斯特劳斯.陀思妥耶夫斯基与女性问题 [M].宋庆文，温哲仙，译.吉林：吉林人民出版社，2011.

[21] 陈方.试论白银时代俄国女性文学的崛起 [J].外国文学评论，2010(3):154–166.

[22] 段丽君.当代俄罗斯女性主义文学 [J].俄罗斯研究，2006(1):79–83.

[23] 杜荣.多余人爱情中的俄罗斯女性形象 [J].平原大学学报，2007(4):36–39.

[24] 符美玲.俄罗斯文学中的妇女形象 [J].华南师范大学学报（社会科学版）1985(l):115–120.

[25] 傅漩.性别角色的被给定和男性主导——维·格·别林斯基女性主义思想解读 [J]. 俄罗斯文艺，2004(2):43-45.

[26] 范会芝.《大雷雨》中的卡捷琳娜形象之分析 [J]. 西安外国语大学学报，2008(2):49-51.

[27] 高杰.安娜·卡列尼娜人物形象分析 [J]. 绥化学院学报，2010 (12). 105-106.

[28] 高立伟.悲情的坚持——试析《叶普盖尼·奥涅金》中达吉亚娜的人物形象 [J]. 白城师范学院学报，2012(4):62-65.

[29] 黄海宁.对《叶甫盖尼.奥涅金》中达吉雅娜形象的再认识 [J]. 沈阳农业大学学报（社会科学版），2008(6):370-372.

[30] 姜雪红.俄国文学中的"圣母"式女性形象 [J]. 湖南医科大学学报，2012(3):157-158.

[31] 商玉洁，赵咏华.俄罗斯文化国情教程 [M]. 北京：中国人民大学出版社，2002.

[32] 李英男，戴桂菊.俄罗斯历史 [M]. 北京：外语教学以研究出版社，2006.

[33] 吴克礼.当代俄罗斯社会与文化 [M]. 上海：上海外语教育出版社，2001.

[34] 周启礼.白银时代俄罗斯文学研究 [M]. 北京：北京大学出版社，2003.

[35] 符·阿格诺索夫.20 世纪俄罗斯文学 [M]. 北京：中国人民大学出版社，2001.

[36] 何云波.陀思妥耶夫斯基与俄罗斯文化精神 [M]. 长沙：湖南教育出版社，1997.

[37] 马克·斯洛宁.现代俄国文学史 [M]. 北京：人民文学出版社，2001.

[38] 亨利·特罗亚，张继双译.普希金传 [M]. 北京：世界知识出版社，1992.

[39] 叶尔米诺夫.陀思妥耶夫斯基论 [M]. 上海：上海译文出版社，1985.

[40] 冯春译.普希金文集——抒情诗 [M]. 上海：上海译文出版社，1995.

[41] 果戈理.死魂灵 [M]. 王士燮，译. 南京：译林出版社，2000.

[42] 果戈理.彼得堡故事及其他 [M]. 刘开华，译. 合肥：安徽文艺出版社，1999.

[43] 萨特.存在与虚无 [M]. 陈宜良，等，译. 北京：生活·读书·新知三联书店，2007.

[44] 萨特.存在主义是一种人道主义 [M]. 上海：上海译文出版社，1988.

[45] 王剑钊，查振科，程光炜.希望从绝望深处迸发——存在主义文学述评 [M]. 长春:时代文艺出版社，2001.

[46] 王诺.欧美生态文学 [M]. 北京：北京大学出版社，2003.

[47] 曹孟勤.人性与自然：生态伦理哲学基础反思 [M]. 南京：南京师范大学出版社，2006.

[48] 朱坦.环境伦理学理论与实践 [M]. 北京：中国环境科学出版社，2001.

[49] 雷毅.生态伦理学 [M]. 西安：陕西人民教育出版社，2000.

[50] 雷毅.深层生态学 [M]. 北京：清华大学出版社，2001.

[51] 周湘鲁.俄罗斯生态文学 [M]. 上海：学林出版社，2009 年。

[52] 勃洛克，叶赛宁.勃洛克叶赛宁诗选 [M]. 郑体武，郑铮，译. 北京：人民文学出版社，1998.

[53] 郑体武.俄罗斯文学简史 [M]. 上海：上海外语教育出版社，2006.

[54] 杨素梅，闰吉清.俄罗斯生态文学论 [M]. 北京：人民出版社，2006.